【著·繪 大坦誠】

沒有審訂 你想得美

很多負能量 謹慎閱讀

孤立圖鑑

搞砸人緣自習模擬題本

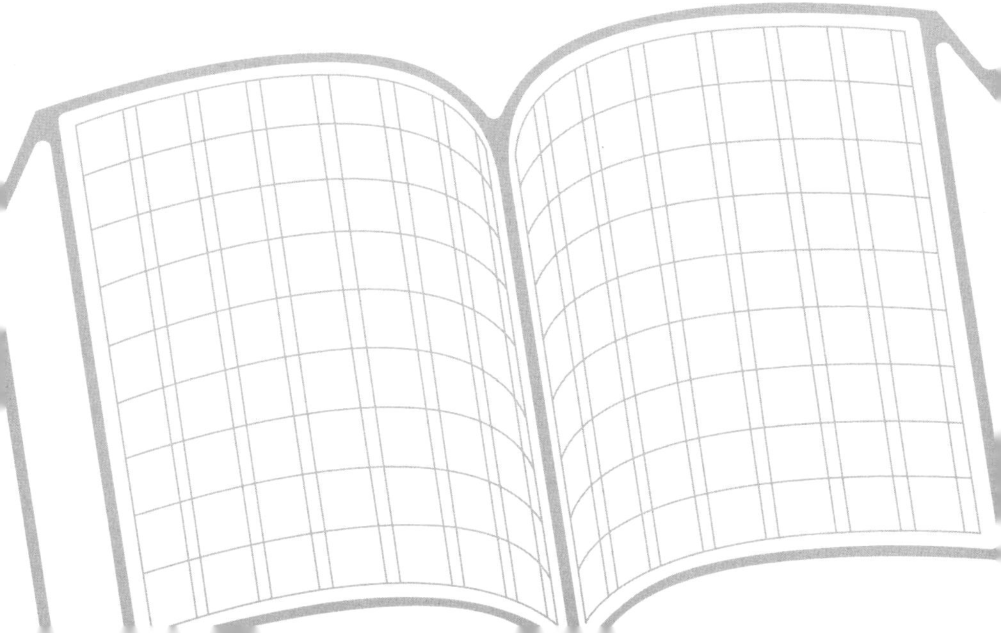

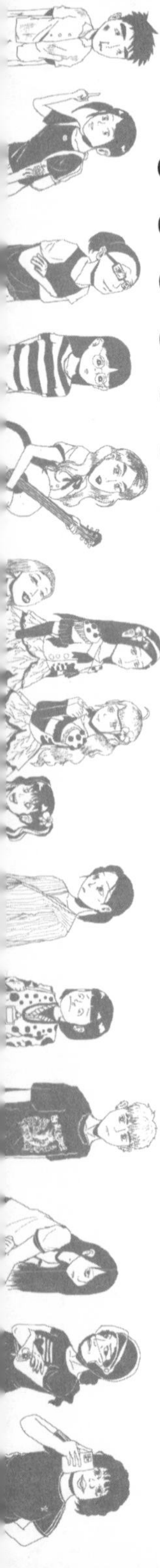

目 錄
CONTENTS

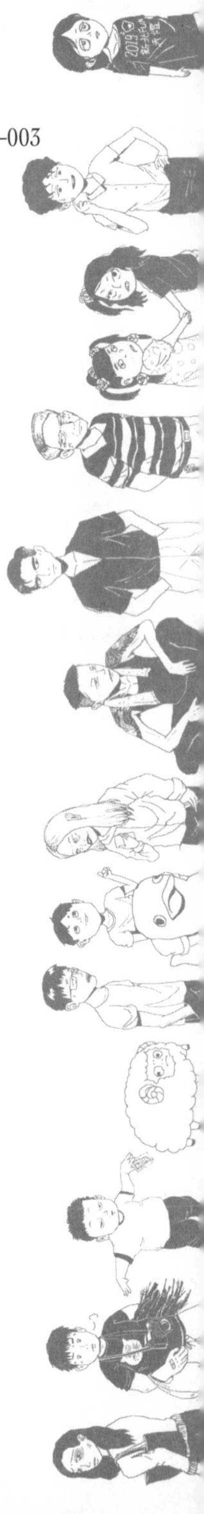

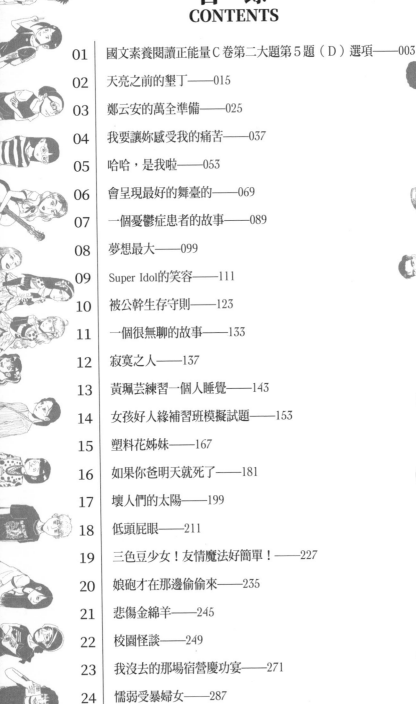

01

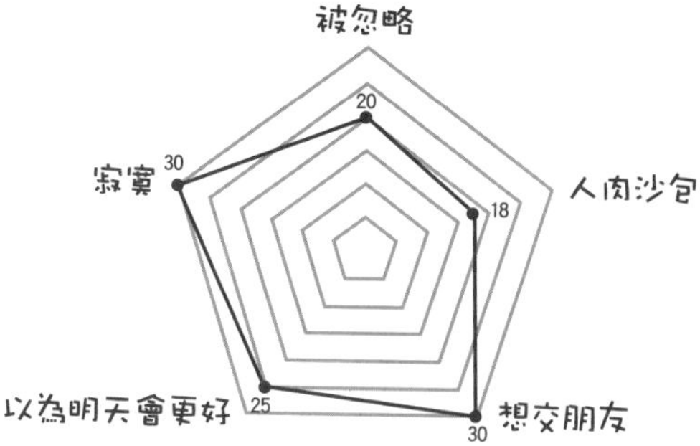

國文素養閱讀正能量C卷第二大題第5題（D）選項

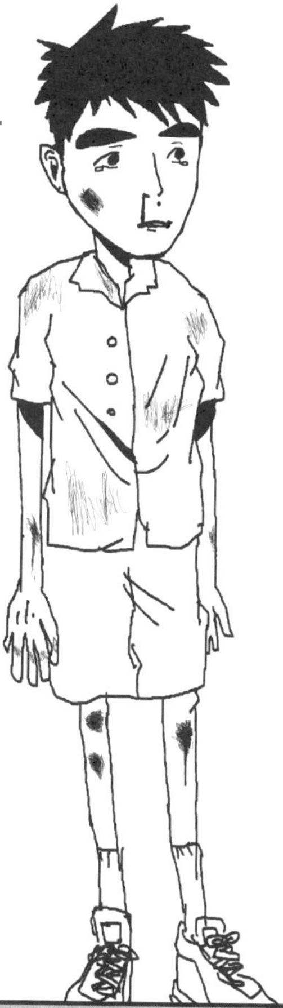

01 國文素養閱讀正能量C卷第二大題第5題（D）選項

個人姓名：邱智霖

別名：忍耐反被猴子無限糟蹋的後悔男

原產地：通常會在開學第二個月誕生，然後被欺負到轉學

特徵：善良、願意原諒人、相信明天會更好（但沒有）

被孤立的原因：一開始班上的頭頭以半開玩笑的方式欺負他，見他沒反應後越來越肆無忌憚。其實沒人想跟他開玩笑，只是把他當成玩笑

（　）5.閱讀下列句子，選出沒有語病的選項。
(A)在同學的葬禮上，她非常難過，哭得樂不可支。
(B)用成績來決定一個人的價值是正確的行爲。
(C)他在這次比賽中，得到第一名，榮獲亞軍頭銜。
(D)他孤身一人，和很多同學一起待在教室裡。

邱智霖坐在人很多的自習室裡。

孤身一人。

這其實是國文閱讀素養C卷的語病題目：「他孤身一人，和很多同學一起待在教室裡。」有問題的詞語是「孤身一人」，因為在大多數狀況下，和很多人在一起時，不能用「孤身一人」來形容。但邱智霖喜歡這個生了病的句子。不是因為他喜歡國文，而是他發現，這個句子是這所學校裡面唯一同理他的事物，所以他遲遲無法把正確選項（B）寫上去，就這麼盯著考卷發呆。

監管夜自習的老師清了兩聲喉嚨，看了他一眼，他趕緊低下頭繼續假裝研究題目。這讓他更感覺自己「孤身一人」。更正：不是感覺，是真的。他仍然覺得就算很多人待在一起做同一件事，也能用孤身一人形容，因為人是矛盾的生物。
例如：現在是冬天，而且他的外套被搶走了，但他認為這還不是最冷的時刻。最冷的時刻，是之前班上跑大隊接力決賽的時候。決賽那天出了大太陽，操場幾乎都要冒煙。接力棒一到他手裡，原本熱烈加油的同學們瞬間安靜了下來，沉默地盯著他看。豔陽高照，他感受到令人心碎的酷寒，但他還是賣力狂奔、卯足全力，超越了好幾名別班選手——他以為自己是想要證明些什麼，但現在回想起來，他比較像是在逃。
孤立這種事情就像沒有終點的跑步，方向不變，一步一步越來越遠。一開始只是他和同學聊一拳超人的時候，班上同學崇拜的蔡子鴻湊上來對他們說：「酷喔！」然後蔡子鴻身後的跟班們發出一陣訕笑。他還記得蔡子鴻超厚的瀏海以及堅挺的鼻梁，還有手裡無時無刻都在玩的握力器。接著是蔡子鴻問他鼻孔下的痣是不是鼻屎沒挖乾淨。一開始他還會以為這是朋友間的開玩笑，但等他意識到事情沒這麼無害的時候，蔡子鴻已經會在上課時拿橡皮筋彈他的脖子，並把橡皮擦屑吹到他頭上了。
邱智霖也曾經想著要反抗。原本隨和的他曾向家中求助，但邱智霖上頭有兩個哥哥，哥哥們都不以為然地說誰都馬打過架，要打就打贏，不要像娘砲一樣，哭哭啼啼雞雞歪歪活該被欺負。在哥哥們的嘲諷聲中，媽媽語氣心疼卻急躁地曉以大義：「不要理他們就好，你越理，他們越愛弄你。一個巴掌拍不響，弄久了他們就不會想要弄你了，知道嗎？知不知道？」

邱智霖忍了下來，於是他繼續被撞肩膀。但他也不想當任人欺負的沙包，他終於在蔡子鴻趁他吃便當時搶走一支筷子，還把他便當裡的排骨拋到空中時，往蔡子鴻的鼻子揮了一拳。

小小的教室裡發出驚呼，但更多的是國中生湊熱鬧的興奮。蔡子鴻瘋了似地用力掐住邱智霖的脖子，邱智霖口中的飯粒像是針一樣倒插進他的喉嚨，然後他的脖子緊緊被掐住，他的手瘋狂地揮舞，希望有人來救援他，但有誰會救一個被孤立還被揍的人呢？這樣違反了國中生的社交守則與值得說嘴的娛樂，所以他伸出手時，有人踩了他的手。

後來邱智霖和蔡子鴻都被記了過，相同的一支大過，邱智霖好像一個罪人，而蔡子鴻則到處宣揚自己差點掐死班上的鼻屎男。蔡子鴻再也沒撞過他的肩膀，只是看到邱智霖會說：「噁，鼻屎男。」這就是素養導向教會國中生的生活變通：也許他們不懂為什麼 a-b-c=a-(b+c)，但明顯的肢體霸凌不行，他們就改用不明顯的肢體和言語霸凌。

邱智霖原本很痛恨媽媽告訴他要忍，但在這件事情之後，他學到比「媽媽告訴他要忍、哥哥告訴他要打贏」還更值得遵守的事情：「沒辦法跟哥哥一樣打贏，就忍著別告訴媽媽。」然後，他痛恨蔡子鴻，也痛恨自己。

但他仍然試圖反抗，所以班導發下霸凌調查問卷時，他鼓起勇氣寫了好多好多。

隔天，老師在講臺嘆了一口氣，說道：「我們班有人濫用問卷，為了小事告了一堆狀，被我撤了下來。以後大家沒事別跟邱智霖講話，免得刺激他。這不是霸凌，大家要多體諒敏感的同學。」接著他有氣無力地看向邱智霖：「同學們知道通報霸凌對受害者自己也沒有好處吧？事情只會越來越大條。」

蔡子鴻大喊「鼻屎會越來越大顆」，然後全班大笑，老師憋笑，這又讓全班笑得更大聲。

隨著每次分組時班上男生盯著他竊笑、班上女生被分到跟他同組就開始哭的日子，邱智霖的孤立之旅就這樣來到了國三夜自習這一站。邱智霖的心早已徹底麻木，他的世界只剩下痛苦，還有在午休時披著外套，做那些可以痛毆全班的白日夢。邱智霖沒有便當吃，因為人緣極佳的蔡子鴻命令訂便當的同學不能訂邱智霖的那一份。邱智霖會安分地買好麵包，晚餐時間一個人去操場旁邊啃，躲過蔡子鴻從便當上拆下來的白痴橡皮筋。

邱智霖正想低下頭繼續寫考卷時，監看夜自習的老師突然打破沉默，叫班上的陳勝瑞去校門口等媽媽，說他媽媽要給麥當勞。陳勝瑞看起來呆呆的，但其實他家裡非常有錢，而且媽媽長得很漂亮，常常看到她來學校給陳勝瑞送這送那的。照理來說這種媽寶應該也會加入被霸凌的行列，但陳勝瑞總是很大方地請客，而且班上男生超愛去陳勝瑞家打電動，所以陳勝瑞在班上的情況可以說是十分安穩。

陳勝瑞一踏出教室，蔡子鴻跟他的小跟班們就開始起鬨，說他們晚自習不要吃便當，要把錢拿去訂麥當勞。小小的班級開始沸騰，只希望全班閉嘴安靜自習的老師不耐煩地答應了，要他們下課趕快點餐，現在先閉嘴看書，會考要到了。

國中生們立刻陷入狡猾的安靜。邱智霖看著陳勝瑞離去的背影，開始好奇在校門口等媽媽是怎麼樣的滋味？被在乎是什麼滋味？

一想到麥當勞熱呼呼的玉米濃湯，再想到書包裡被課本壓扁的麵包，邱智霖突然覺得好冷，他突然好想吃麥當勞。而且騷動過後，意猶未盡的蔡子鴻又開始拿橡皮擦屑丟他，還故意發出急躁的呼吸聲和非常微小的笑語。邱智霖希望夜自習老師再清一次喉嚨，但老師確定蔡子鴻與他的跟班「只有」丟橡皮擦屑，而且邱智霖不是那種會鬧事的學生後，翻了白眼，開始滑自己的手機。

邱智霖已經放棄抵抗，在答題欄寫上了（B），但「孤身一人」這個詞就像炸彈一樣，讓劇烈的寂寞吞噬了他。他忽然覺得好痛苦，身旁越多人就讓他感到越孤單，彷彿每個人都能盡情地對他發洩憤怒。他已經不知道要怎麼做了，因為怎麼做都沒有用。飢腸轆轆的他，開始偏執地認定，只要能喝上一碗熱湯，他就會好了。

所以下課時間，他不顧一切地走向訂餐的同學，斬釘截鐵地說：「拜託，我也要訂。」

負責訂餐的同學是個怕事的濫好人，她本來連聲拒絕，但邱智霖鐵了心地糾纏：「拜託，我給妳兩倍錢，不然我就一直在這裡耗。」像是雞窩出現蛇的老母雞一樣，訂餐的同學慌了，她樂於攀附蔡子鴻，但她根本不想跟邱智霖這種人扯上關係，雖然她也不知道邱智霖是哪裡做錯了。她只好不耐煩地低聲回道：「啊煩死了，要什麼趕快點，不要害我被靠杯，點完趕快走開！」

「欸欸欸，把妹喔！」蔡子鴻的跟班一。

「欸欸欸，把妹喔！」蔡子鴻的跟班二。

「欸欸欸，把妹喔！」蔡子鴻的跟班三。

「啊現在是沒把我放在眼裡就對了？」蔡子鴻笑嘻嘻地跑出來，整個人趴在收錢同學的位置上：「很大尾哦！」

收錢女同學不知所措又花痴地開始傻笑。國中生最喜歡這種鬧事的社會底層流氓+9幼蟲。接著，蔡子鴻厲聲罵道：「啊你是靠杯逆？」

說罷，蔡子鴻掃掉收錢同學桌上的東西。收錢的同學開始哭。

蔡子鴻真的生氣了。有人願意給邱智霖訂便當，顯得他這個班級頭頭不夠高位，欠人反抗。他用中指挖了一下自己的鼻孔，用力往邱智霖的人中戳，罵道：「麥當勞沒賣鼻屎啦！」

「呀哈哈哈哈哈！」蔡子鴻的跟班一。

「呀哈哈哈哈哈！」蔡子鴻的跟班二。

「呀哈哈哈哈哈！」蔡子鴻的跟班三。

這是蔡子鴻最近做過最激烈的行為，邱智霖知道蔡子鴻快發飆、而且他自己也快哭出來了。感到無比屈辱的邱智霖本來想說點什麼，但他想起那次在走廊上被掐脖子的事，又縮了回來。

他深怕自己又會差點窒息，甚至是更糟——只不過更糟是怎樣的更糟？要怎樣才不會更糟？他想不出來，因為已經很糟了。他忽然明白，是不是明天也只會更壞了，所以無論怎麼做都沒有用。

那是不是沒什麼好怕的了？

於是他瞄準蔡子鴻的臉，就像所有他做的白日夢所演練的一樣，用力地揍了下去。

是的，真的沒什麼好怕的了。

夜自習教室一陣譁然，隨後是葉子鴻的小跟班湧了上來，以及無處安放躁動的國中生們興奮又試探性的叫囂聲。蔡子鴻面部漲紅的在地上翻滾時，邱智霖狠狠地咬了其他小跟班的手，然後用拳頭擊中不知道誰的嘴巴，反正不是他自己的就對了。接著蔡子鴻發瘋似地衝上來掐住他，夜自習老師跑了過來假裝想要把他們拉開，但只是假裝而已。邱智霖用力掙脫卻又覺得幾乎要窒息，這種似曾相識的感覺好像他打輸蔡子鴻的那場架一樣，他的手再度拍打亂抓。只不過這次有些微的改變，他的手瘋狂扭動時並不再期待會被誰拯救，他只是想要抓住某個東西來幫自己甩開蔡子鴻，於是他摸到了不知道是誰的保溫瓶，用力往蔡子鴻的頭上敲下去。

蔡子鴻頓時鬆開手，而邱智霖的理智也被拉回，他知道這樣可能會死，所以他用保溫瓶砸向蔡子鴻堅挺的鼻梁，一下又一下，一下又一下。直到他的攻擊不再是為了此刻差點殺掉他的蔡子鴻，而是為了要打碎記憶裡得意洋洋又無比噁心的不屑笑臉。伴隨著蔡子鴻撕心裂肺的哭喊，邱智霖突然一陣恍惚，因為他無法預測明天的事了——原本他能夠想像得到明天的所有事：來到該死的學校，看見該死的蔡子鴻，還有脖子後面遭到一堆莫名其妙的該死橡皮筋和該死橡皮擦屑攻擊，他甚至能夠模擬蔡子鴻迎面而來撞他肩膀的觸感，但現在迎面而來的只有蔡子鴻的嚎啕。

忽然，他發現自己正在打破某個循環。在循環中，他總在等著一些不可能發生的事情，例如父母師長會發現他過得很痛苦，例如他能一次就讓蔡子鴻學到教訓，例如像普通人一樣用普通的價錢買到普通的麥當勞。

他懂了，有些事情不是等不來，是不必等。此刻飢餓從混亂的思緒中竄出，他真的真的好想喝麥當勞的玉米濃湯，大隊接力那天體會到的寒意突然萌發，那陣寒意讓他想要逃跑。他一刻也不想再停留，他要用最快的方式買到麥當勞。他必須要這麼做。

有人的指甲掐進他的肉裡面，但他又揮動幾下保溫瓶。然後他瞥見不斷退後的人群，再然後，一切都沒有這麼困難了。

邱智霖從七樓的夜自習教室狂奔到一樓的時候，他覺得自己再也不能跑了。他飛奔跑下三樓樓梯的時候腳掌一拐，現在正在隱隱作痛。他滿臉漲紅，汗珠從鼻尖竄出，大口大口地喘著氣，往校門口走去。只是當他看見穿著乾淨厚外套的陳勝瑞，在寒風中皺著眉頭在校門口左顧右盼時，那股寒意忽然又來襲，於是他顧不得疼痛，再次拚盡全身力氣跑出校門。

揍歪蔡子鴻鼻梁的他應該要感到痛快，但穿越路上的行人之後，孤身一人的選項（D）一次又一次地在他的腦海裡迴盪。這讓他沒空理會行人們的表情和腳上的痛楚，他只是混亂地辨認著哪個路口可以通往他的目的地，並下意識地聯想到筆尖在國文素養閱讀正能量C卷第二大題第五題填上答案「D」的觸感。有點沙沙的，但應該會很滑順。就跟他鼻腔裡面噴出的那股熱流一樣。在重複著這樣有規律的混亂之後，邱智霖終於一跛一跛地走進麥當勞。

他排隊時原本遮遮掩掩，很擔心店員會問他怎麼了、會讓自己被抓回學校，沒想到店員只是複誦完他要點的餐點後，繼續頭也不抬地說「下一位」。

不過店裡仍有許多視線跟隨著他。邱智霖端著湯隨便在內用區找了位置坐下後，掃視著人群，他想要確認那些眼神和班上同學的不一樣，才敢放心喝湯。旁邊有一群滑手機的高中女生，遊戲區有幾個忽然停下動作的小孩。遠處有一個有點眼熟的、穿著高領毛衣的女人，帶著微微踉蹌的步伐，推開麥當勞的門。點餐的櫃檯大排長龍，廁所旁邊坐著一個動作緩慢的老人和正在玩手機的外籍勞工。

與幾個人的眼神交會後，邱智霖的警戒慢慢鬆懈了下來，而且即將要感到不好意思。說也奇怪，人們在確定他臉上真的有受傷之後，便紛紛低下頭，迴避他的視線。他終於放心地將衛生紙揉成一團、堵住鼻血，開始啜飲起這杯得來不易的濃湯。

想到自己身旁連一個值得信任的人也沒有，心底就竄起一股陰沉的涼意。

但是，既然已經知道所有人都無法信任，是否也就意味著自己將不會再錯信任何一個人？因為唯一能依靠的就剩自己——是那個不用讓媽媽親手把東西送到校門口、不用掏出兩倍價錢乞求蔡子鴻，也能喝到玉米濃湯的自己。

濃湯的暖意終於在邱智霖的口中緩慢地、理直氣壯地擴散了開來。

如果現在要邱智霖繼續作答，他會毫不猶豫地寫下（D）。

02 天亮之前的墾丁

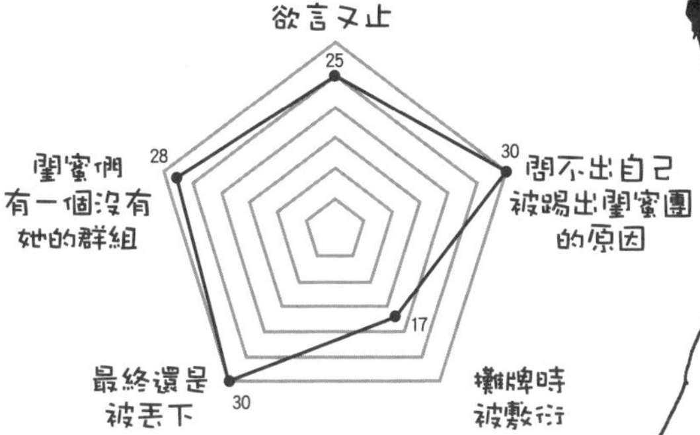

02 天亮之前的墾丁

個人姓名：張書婷

別名：忽然被踢出閨密團體的無助女

原產地：人數是偶數的閨密團

特徵：隨時都害怕被拋下然後隨時都被拋下

被孤立的原因：開學時和座號相近的酷女孩們組成了一個人緣滿好的閨密團，但自己其實沒這麼善於社交也沒那麼酷，所以新的酷女孩加入時，被其他原閨密暗示「她超無聊」接著被踢掉

【1】

四月的墾丁非常浮躁。天氣在冷與熱之間擺盪，風格在仿外國沙灘和本土風情中隨著觀光客湧入而飄移，好像什麼東西都集合在這裡了，卻又都不屬於這裡。

街上充斥著試圖打扮得成熟、看起來反而稚氣的學生。好笑的是，越隆重打扮的人總是越加狼狽。

參加畢旅的張書婷暗自慶幸自己只穿了短袖來逛街，不像自己的閨密們與葉利雯，她們穿著韓系刷毛大學T，額頭上的瀏海都熱到油掉，脫妝情形更是慘不忍睹。這讓張書婷有點得意。

只不過當葉利雯高舉手機、要大家來張自拍時，張書婷還是匆忙地擠入了內鏡鏡頭，爭取到了一個小小的空間，這讓她再次覺得自己好遜。

她本來沒那麼遜的，但是一站在葉利雯旁邊就遜到不行。

她很討厭葉利雯假裝大剌剌地對著她說：「欸，張婷婷妳很呆餒！」

這讓她覺得自己是一個一無是處的自卑女。

其實張書婷不需要自卑。她有著秀氣的面龐和高䠷的身材，是那種不會讓人暗戀，但會讓人想交朋友的清新女孩。可是只要和行事風格獨特的葉利雯待在一起，她就會自覺自己是個模糊的隱形人。

葉利雯並不是個大美女，她很黑，腿甚至有點粗、鼻子有些塌，只是她厚厚的嘴唇配上一口白牙，再加上好像會笑一樣的大眼睛，讓她不用多做什麼表情看起來就古靈精怪。總之，葉利雯就是「嘿哈囉，我這裡有樂子哈哈哈！」的那種長相，而且她還真的有許多樂子。她很屁，也很吵，而且很開朗、很好接近。

葉利雯常常做出一些高中生最愛的「小惡」——諸如在上課時間故意出糗、下課不停纏著想要安靜念書的同學講笑話、偶爾批評一下高一高二學弟妹、偷偷給一些同學取有點糟糕的綽號等等，這些足夠叛逆、好笑、又不影響到多數人的利益的「小惡」，就是正值青春期高中生們眼中「勇者」的證明。

和葉利雯的「有樂子」相比，張書婷就是個「不有趣」的人。不過，其實如果沒有葉利雯當對照組，這樣的她也不到「無趣」，反而能被說是「不無聊」。該追的偶像團體都有追、該跟上的流行都有跟上、該有的女孩小團體也有加入，而且還是完美的四人組，沒有誰被冷落，直到葉利雯加入她們。

她們的四人組仍然是四人組——三個閨密都還在，葉利雯當然也在，因為葉利雯占走了她的位置。

是什麼時候開始沒有她的位置的呢？

某次，葉利雯跟她的閨密們在公車上大聲聊天，女生小圈圈裡除了張書婷之外都聊得很開心，張書婷一邊偷瞄那些瞪著她們的乘客，一邊期盼著葉利雯她們可以自動停下來。

沒想到，葉利雯拍了拍她的肩膀，問：「婷婷妳生病喔？看起來呆呆的。」

「是啊，真的。」張書婷乾笑回答：「我真的呆呆的。」

葉利雯只是回了句「唉唷」，就越過她，繼續和其他三人聊天。公車到站又上來了一些乘客，把張書婷從葉利雯她們身邊擠開。

乘客湧入的那一瞬間，本來還在搞笑的葉利雯似笑非笑地瞟了張書婷一眼，然後她側過身、製造出一個和張書婷之間的縫隙，任由那兩三名乘客擠過來，將張書婷隔開。

張書婷發誓葉利雯是故意的，就算葉利雯在車上誇張大叫「啊！婷婷妳很呆欸！妳不見了啦！」也沒法讓她忘記葉利雯剛剛複雜的表情。張書婷罕見地動怒了，她本來想要奮力擠回閨密們身邊，告訴她們誰才是閨密團的創始成員，但她忽然覺得葉利雯她們四個人的感情好融洽、好完整，完整到讓她覺得自己是最最多餘的人。

然後張書婷知道自己被拋下了。

【2】

只不過，知道和做到，是兩回事。

在畢旅頭兩天，張書婷仍然匆忙追著四個人。她努力用近乎嘶吼的聲量插入朋友們的談天，才不會讓葉利雯爽朗高亢的大笑聲迅速轉移那個她好不容易能加入的話題。她一直在說服自己，這就是朋友間的默契，或是要自己別想這麼多。

她得時刻提防葉利雯她們又把自己丟下來，一邊在科學博物館抓緊時間看自己有興趣的地動儀，一邊賣力竄入葉利雯錄製限時動態的鏡頭裡；她在彰化摸乳巷的時候根本沒在聽導遊說什麼，兩眼死盯著葉利雯她們在那條狹窄的巷子裡瘋狂地往前鑽鑽鑽鑽鑽，好像她的閨密們都急著鑽到一個沒有她的地方。她告訴自己要快樂，於是她感到加倍窒息。

現在，她們正和班上的男生群一起逛墾丁大街，一群人在紀念品店裡對各式各樣賣得太貴又太奇怪的泰迪熊指指點點。他們樂在其中，尤其是葉利雯一直拿著泰迪熊搞笑，逗樂大家，還大笑著說「女人，這隻熊我要了。」

「要這個幹麼，一隻賣四百五，北車隨便一攤同款只要兩百，網購幫你送到家只要一百八。」張書婷一邊想著，一邊握著剛剛跟著葉利雯她們一起買的泰迪熊。她很不甘心，她應該要快樂才對，這不是畢旅嗎？

天氣悶熱，泰迪熊溫熱的絨毛握在手中備感黏膩，跟她的心情一樣。

更糟糕的是，葉利雯買了一盒超辣又超貴的臭臭薯條，大喊著要比賽吃辣。

大家進行著熱烈的吃辣挑戰賽。怕辣的張書婷很想迴避，但擔心又會被拋下，只好咬下葉利雯分送的薯條，然後被燻得直流眼淚。在她表示想買杯手搖解辣時，葉利雯笑道：「欸這個臺北也有啦，張婷婷妳很呆餒！」然後帶著大夥趕往下一個目的地。

呆妳媽啦幹！臺北不是也有妳買的智障泰迪熊和智障辣薯條嗎，呆妳媽！

張書婷的煩躁變成了怒氣，她終於在心裡決定直接槓上葉利雯，於是她賭氣似地加快腳步，擠入閨密們中間。

葉利雯不怎麼在意，她越走越快、越笑越嗨，指著一處仿刺青的紋身貼紙店大喊：「這個好酷！」然後蹦蹦跳跳地跑了過去，興致勃勃地看著紋身貼紙攤，吆喝大家快來。

經歷了泰迪熊店的格格不入，張書婷不想要再落後了，她要這群甩開她的人配合跟她選一樣的圖案。所以她搶先指著一張非常搶眼的刺青圖，幾乎是用喊的告訴老闆娘：「請幫我紋這張！」

葉利雯和其他人終於停下來等她了。張書婷鬆了一口氣，原來她也可以被人圍繞，她覺得非常痛快。葉利雯饒富興味地看著她，拿起手機幫她拍照，接著大眼睛骨碌一轉，笑吟吟向那群男生和閨密們提議：「欸，我們先去射氣球，等一下再來找張婷婷！婷婷我們等一下再line妳喔！」

然後，她又像在公車上擠走張書婷那時一樣，拋給她一個該死的複雜的眼神。

男生們顯然沒注意到葉利雯的表情，只是連聲叫好，跟著葉利雯一溜煙地跑向射氣球攤位。三個閨密們說著「欸很煩欸！」也穩穩跟上男生們的腳步。

張書婷還來不及反應，就從搶先的人，變成搶先被拋棄的人。

忽然的情勢逆轉，張書婷反而不知道該怎麼反應。她的腦袋一陣空白，靜靜地讓老闆娘把超大的圖片紋在她手上。老闆娘動作俐落，很快就紋好了貼紙。張書婷付了錢，在她們的五人小群組傳訊息說自己已經好了，但群組裡遲遲沒有回應。

張書婷幾乎要哭出來了，但她口中的辛辣警報硬是堵住了她的眼淚。畢竟葉利雯那根超辣臭薯條的辣度以及氣味還沒從她口中散開。比起哭，她需要立刻找一個東西解渴。

張書婷快速地買了一杯凍檸茶，然後急匆匆地吸了一口，但嘴巴辣了還喝冰的只會更辣，她只好快速地走離墾丁大街的人潮，然後把舌頭吐出來哈氣。

「我現在真的是一條跟著葉利雯她們的哈巴狗了。」張書婷想著。她本來還有點想哭，卻忍不住「噗哧」一聲笑了出來。

她一邊哈氣，一邊走離墾丁大街。舌尖上的辣感終於散去時，張書婷發現自己已經走得好遠。她打開手機查了一下定位，發現這裡離墾丁海水浴場很近，剛好可以去那邊的沙灘走一走。

【3】

海水浴場的沙灘踩起來好舒服，像水一樣令人深陷，又像雲一般輕柔。

獨自在沙灘上發呆的張書婷回想著下午的畫面：全校在墾丁的沙灘上玩排球時，她本想好好感受一下腳下細細軟軟的沙子，但葉利雯正拿著自拍棒和全班自拍，她只能趕忙湊過去，然後跟著全班匆匆撤離沙灘。

沙灘好舒服啊，她其實很想邀請閨密們一起來享受，但她看了看群組仍然沒有閨密們找她的訊息。

她真的期待這場畢旅好久好久了，結果她的畢旅被搞成這個樣子。

一想到這，張書婷終於忍不住哭了起來，她只是希望可以回到那種「不用看葉利雯臉色、不用跟在三個閨密的後面跑、不用應和自己沒興趣的劇，也不用提心吊膽地加入話題」的自由學校生活。可是為什麼她要得到被拋下的懲罰？

直到她哭累了、看著海面發呆，才發現一顆顆星星浮現在一波波的浪潮之上。規律的海潮聲讓她重重的呼吸顯得格外清晰；晚風微涼，原來，這才是墾丁最美的樣子。

「好安靜喔，可惜葉利雯她們沒來找我，享受不到這片沙灘。」張書婷想著。但葉利雯她們來了又如何？她一定又會在沙灘上耍白痴，大喊「張婷婷妳很呆餒。」然後自己又得巴著那群閨密，一路搖尾乞憐直到畢旅結束。這樣的話，現在這樣被拋下的獨處時光，反而算得上難能可貴。
張書婷輕輕地捧起一把沙子，任它受風吹拂、灑向天空。
她知道，這將是畢旅最棒的、也是最後的時刻。

【4】

回到飯店後，張書婷趁著葉利雯她們窩在一起自拍時，跟大家說要去飯店大廳的販賣機買八寶粥吃，然後偷偷提著行李溜出房間。當然，葉利雯她們根本不在乎張書婷要去哪裡，只是隨便應和了聲就繼續聊自己的。
買好回臺北的客運票後，張書婷仍沒什麼逃跑的感覺，太不真實了。她甚至也以為自己只是出來買宵夜而已，幾分鐘後她就會拿著八寶粥回房間。
直到書婷聽到開往臺北的車發出陣陣引擎聲，她才意識到自己真的逃離畢旅了。還好哥哥跟她說，會幫她請事假，讓她放心回臺北，別管葉利雯了。
於是，張書婷挑中最愛的靠窗位置、心滿意足地坐了下來。之前閨密們畢旅都倆倆坐在一起，她只能跟不熟的同學坐，還是靠走道。
畢旅真的結束了嗎？
車開往家的方向，張書婷望著窗外發呆。她看著飛速流逝的路燈，以及路燈背後的深色大海。

「可惜不是白天的時候坐這班車，不然海一定看起來更漂亮。」張書婷悶想著。但既然她可以一個人離開墾丁，下次也能獨自再來墾丁。她的第一站絕對是海水浴場，她想玩浮潛，想看熱帶魚。

如果能當一條回歸海洋的熱帶魚，閃閃發光，自由自在，又何必勉強與溫泉裡吃腳皮的小魚為伍？一邊吐泡泡，一邊團結地在溫泉水裡面啃腳皮也是要看天賦的，葉利雯那張聒譟的嘴巴成天一開一闔，做溫泉小魚一定很適合……

「很呆餒！」熟悉的評語從心底冒出，張書婷噗哧一聲笑了出來。

外面的天空好像更亮了一點點，而飛舞的路燈則越來越柔和。

她靠著車窗，慢慢進入了夢鄉。

畢旅真的開始了。

03 鄭云安的萬全準備

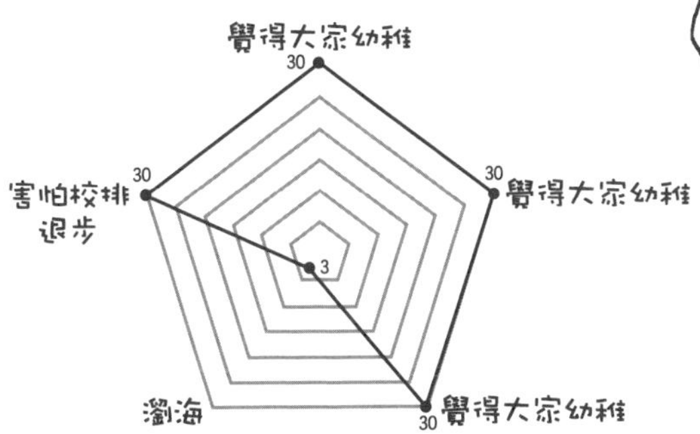

03 鄭云安的萬全準備

個人姓名：徐葳儒

別名：大聲說著「我不在乎你們怎麼看」並且真的不在乎別人怎麼看的資優女

原產地：校排前三名的榜單上

特徵：沒有瀏海也沒有破綻

被孤立的原因：覺得大家太幼稚，而且幼稚的把戲完全無法弄哭她

靠北莊靜國中 5281

徐葳儒妳以為自己是誰丫== 不要憨好嗎？整天只會跟老師告狀0.0這樣很了不起嗎（¯▽¯）其實我們都事在看妳笑話啦！

投稿日期：2022年4月11日18:33 CST

靠北莊靜國中 5286

徐葳儒今天請假了ㄟXDD 嚇一個直接不敢來

投稿日期：2022年4月12日19:04 CST

靠北莊靜國中 5290

徐葳儒不要看過罵妳的限動還不敢出來承認我跟你講妳已經死定了我們都忍妳很久了不要不敢來學校不要讓我們一職等

投稿日期：2022年4月13日17:11 CST

靠北莊靜國中 5292

徐葳儒妳最好在張婆的課跟我們全班下跪道歉哈哈不然明天妳就會再上靠北版一次我們會直接絕絕子在這個社會如果要生存就要懂看人臉色尤其是我們

不要死鴨子嘴硬還沒種到不行到最後丟臉的剩下你

投稿日期：2022年4月14日22:06 CST

——徐葳儒已經請假兩天沒來學校了，真爽。

鄭云安得意洋洋地在廁所鏡子前看著靠北版的投稿，5281和5292是她投的，5286和5290是八號跟十五號幫忙發的，很好，每則靠北版的貼文都有人按讚，都是乾哥乾姊按的，總有一天全校的人都會挺她，一起懲罰徐葳儒，真是太完美了，徐葳儒應該怕到在家一直哭吧！

總之，鄭云安真的很不爽徐葳儒，她的好閨密也是。

「當個風紀股長就這麼囂張，上課爬窗戶要記，午休拍個抖音也要記，打掃時間甚至不能拿掃具打來打去，不然又會被她記，很機車耶！」閨密一邊忿忿地在鏡子前撥弄瀏海，一邊氣呼呼地抱怨：「她每次一記我們，機車張慶琳就會臭罵我們這些比較嗨的人，結果現在班上變得超安靜，很解嗨耶！很解嗨，超解嗨的啦！」

「對啊！有張慶琳當我們班班導很衰欸！然後上次邱智霖在學校打我乾哥，啊我乾哥就是那個蔡子鴻啊，結果他們班老師在問話的時候，徐葳儒還硬要去我乾哥他們班幫邱智霖講話，說我乾哥平常都把邱智霖推去廁所打。奇怪耶到底干她屁事啊？到底干她屁事！徐葳儒害我乾哥抖音粉絲變超少！」鄭云安一邊向閨密大吐苦水，一邊拿起有色護唇膏補妝，像是即將上早朝的女王一般，優雅而不失霸氣地在鏡子前面塗塗抹抹。

說到抖音，鄭云安忍不住嘆了一口氣。最近她在抖音上的粉絲從312變成309，讓她心痛不已，因為她好久沒更新了。上次她放邱智霖被她乾哥揍的影片上了熱門，好不容易讓抖音粉絲從97變成334，大家都在敲碗她錄下更多精采酷畫面，但她乾哥被記了一堆過後轉走了，而且還是因為那個死富二代陳勝瑞的媽媽來學校跟著逼她乾哥認錯，幹！干她們屁事喔！女人都很多管閒事嗎！

鄭云安忿忿不平地想著，為什麼這群無聊的女人都不能像她一樣當個「酷跩御姊」，總要當個無聊的「乖乖公主」，真討厭！正義魔人全部都走開，酸民酸民酸民不要來！

她，鄭云安，可酷可跩的闇黑御姊，即將一個接一個復仇！如果這個不能拍抖音的班級要逼她葬愛世間，那麼她就要靠著自己的初衷權御天下！想到這裡，鄭云安更加覺得自己的使命極度重大。她像個落魄但不低頭的貴族，挽著閨密的手，足踏蓮步、搖曳生姿地走回了班上。

徐葳儒已經請假兩天了，班上又恢復了以往的超嗨氣氛，一進教室就看到男生們在玩阿魯巴，還有幾個女生拿著啤酒罐自拍。鄭云安驕傲地高高抬起頭，因為她新收的兩個小弟——八號和十五號，正在她的位置旁眼巴巴地等著她。

「欸，徐葳儒請假兩天了欸，大姊，妳很強喔！竹聯幫再拜託妳罩啊！」八號興奮揮手。

「咱大姊是不會輸的Ｒ！太神啦！」十五號興奮地搓著自己超長的瀏海。

鄭云安得意地笑了，現在的小弟太好收了吧？她不過是騙想要混黑道的八號說她可以幫忙引薦竹聯幫，又跟整天都在臉書上貼初音照片的十五號說她可以假扮成他的初音妹妹，他們就自告奮勇，說要一起上靠北版罵徐葳儒。

「知道姊厲害就好，別吵姊，幫姊把徐葳儒的桌椅搬到後面的垃圾桶旁邊。」鄭云安像個女皇般一樣發號施令。

「是的大姊！」「挖嘎達！」八號和十五號喜孜孜地搬起徐葳儒的桌椅。

「妳確定ＩＧ的文她們沒刪？」鄭云安勾起嘴角，神態從容地跟閨密確認。

「有啊！我有跟被徐葳儒記過的二十四號、二十八號還有一號說要發文罵她，他們都有發。二十五號還在確認。我有跟二十五號說如果不發，就叫人打她。」閨密拿起手機，開啟了濾鏡，在鏡頭前搔首弄姿，而鄭云安湊過去，露出了甜帥壞笑。

身為抖音網紅跩酷御姊，細節一定要拿捏得死死的，所以鄭云安去靠北版上發文後，又跟自己的閨密還有一些常常被徐葳儒告狀的人一起在ＩＧ貼文標記徐葳儒，說要讓她轉學。

「但怎麼只有三個人罵她啊？傻眼欸！」鄭云安皺眉。

「吼唷，沒差啦，她都已經嚇到不敢來學校了啦，妳看妳在靠北版上罵完她，她隔天就請假了。」閨密開心地看著徐葳儒被拖到後面的桌椅：「都請兩天假了，到今天還是沒來。」

鄭云安正想叫八號把徐葳儒的桌椅弄倒，鐘聲就響起來了，閨密突然像觸電般大喊：「欸欸欸下一節是張慶琳的課，趕快坐下啦！」

哼，張慶琳有什麼好怕的，她很快就會落到跟徐葳儒一樣的下場。鄭云安一邊在心裡抱怨，一邊像是被迫屈膝的孤勇者般，嘟著嘴回到位置上。但她很快又恢復了心情，因為她想到，此刻徐葳儒一定在家裡瑟瑟發抖吧。

「教室怎麼這麼髒，黑板怎麼還沒擦啊？」張慶琳老師一走進教室就開始凶巴巴地碎念：「值日生，幫忙擦一下黑板！」

「這隻母老虎怎麼這麼煩啊？要擦自己擦啊，幹你娘。」鄭云安在心裡咒罵著一點也不嗨的班導。她把手放進抽屜，偷偷對著班導比了一個中指，還打算在扳倒徐葳儒後，開始上靠北版罵張老師。「媽的，機車張慶琳，看妳能囂張多久，妳很快就會落到跟林煒——」

「老師，我來了。」

鄭云安在心裡碎唸到一半，教室門口出現了一個讓鄭云安意想不到的人。

徐葳儒。

「喔，風紀股長喔！妳來了。」張老師看起來很詫異：「啊妳後來有沒有確診啊？」

「沒有，只是過敏，所以只請兩天的假。」徐葳儒淡淡地回答。她個子雖然嬌小，皮膚白，但聲音很宏亮。只不過，今天的徐葳儒看起來非常虛弱。

「喔喔，那好，全班都到了，我可以趕課了。去坐下吧！」張老師喝了一口茶，並找了枝粉筆，準備振筆疾書。

笑死，不敢來學校，還假裝過敏。鄭云安滿心期待地等著看徐葳儒找不到自己位置的反應。

「老師，我的桌椅被推到後面去了。」徐葳儒往自己的位置看了一眼，有點詫異地對班導說。

「因為我們打掃的時候忘記要弄回去了。」鄭云安搶先舉手發言。

「對啊，她的位置旁邊有髒東西。」閨密在一旁附和著。

「喔，這樣啊。」張老師有點狐疑地看著徐葳儒的桌椅：「唉唷，有唸有差喔，鄭云安和莊婷允，妳們兩個現在會打掃了喔，不錯喔。」

鄭云安和閨密帶著竊喜，迅速交換了眼神。

「那徐葳儒，妳自己搬一下。好來，我要趕課，同學我們翻到第一百七十四頁——」

徐葳儒默默走向後面的桌椅，她要扛起自己的桌子時打了一個噴嚏，雙眼通紅地擤著鼻子，看起來泫然欲泣。

鄭云安興奮極了，趁著張老師背對他們寫板書時囂張地扭過頭，狠狠地瞪著徐葳儒。然後她在紙條上寫著「不要忘記道歉」，揉成一團，趁著張老師還沒轉回身，往徐葳儒身上丟去。徐葳儒打開紙條，看起來嚇了一跳，隨後停下手邊的動作，低著頭翻找自己的書包，拿出了幾張紙和面紙。

隨後，鄭云安和八號、十五號以及閨密紛紛伸出了腳，擋住位置與位置之間的道路，不讓徐葳儒把位置搬到前排。

徐葳儒冷冷地瞪著鄭云安，鄭云安則非常得意地拉開口罩，挑釁地對著徐葳儒罵出「看三小」的口型。張老師仍在寫字，這世上再也沒有人可以拯救徐葳儒。

全班同學一個接著一個轉頭，看著徐葳儒和鄭云安的對峙。

原本因為張老師而安靜的教室，變得更加寂靜。

接著，徐葳儒環顧全班同學，眼神從銳利變為懷疑，再變為絕望。

最後，她的眼神變得空洞，緩緩地舉起了手。

徐葳儒要舉手道歉了！徐葳儒要舉手道歉了！徐葳儒要舉手道歉了！徐葳儒要舉手道歉了！徐葳儒要舉手道歉了！徐葳儒要舉手道歉了！徐葳儒要舉手道歉了！徐葳儒要舉手道歉了！徐葳儒要舉手道歉了！徐葳儒要舉手道歉了！徐葳儒要舉手道歉了！舉手了道歉了舉手了道歉了舉手了道歉了舉手了道歉了舉手了道歉了舉手了道歉了舉手了道歉了舉手了道歉了！

鄭云安興奮地瞪大了眼睛，她上張老師的課時精神從來沒有這麼好過，此時此刻她的血液洶湧、內心奔騰，徐葳儒這等貨色不可能剪去她的翅膀，因為跩酷御姊鄭云安將會毀了敵人的天堂。

鄭云安知道，這個班級即將因為她而重振歡笑。徐葳儒這種小丑必須要受到懲罰，走廊上即將恢復最凶狠的叫囂。接下來她要每天每天揍徐葳儒，然後上傳她耍酷的視訊，跩酷御姊鄭云安即將統治整個莊靜國中，八號跟十五號再也不只是她的小弟，而會心甘情願地當她的僕人。她要中午玩抖音，晚上要開直播，還要在防疫假把老師踢出線上上課的聊天室，因為跩酷御姊將從扳倒徐葳儒開始東山再起！好日子就要來了，再強調一次，沒有人可以阻止鄭云安中午玩抖音！沒有人可以阻止鄭云安中午玩抖音！沒有人可以阻止鄭云安中午玩抖音！沒有人可以阻止鄭云安中午玩抖音！

「老師。」徐葳儒舉手後喊了一聲，張老師仍然在黑板上寫著數學公式，而全班不由自主地開始躁動，等著看平日雷厲風行的風紀股長被雷劈倒。

「有什麼想說嗎？」張老師感應到騷動，轉過頭來：「我要趕課，快點。」

「老師，我要道歉。」徐葳儒終於開口。

她道歉了她道歉了！逼死她逼死她逼死她！逼死她逼死她逼死她！逼死她逼死她逼死她！逼死她逼死她逼死她！逼死她逼死她逼死她逼死她逼死她！逼死她逼死她逼死她逼死她！

鄭云安不小心「嘻」一聲笑了出來，但此刻張老師的注意力只放在徐葳儒那突如其來的道歉上。

「什麼道歉？怎麼了？」張老師皺起眉頭。

「因為學校的靠北版說『徐葳儒妳最好在張婆的課跟我們全班下跪道歉哈哈，不然明天妳就會再上靠北版一次我們會直接公幹妳，在這個社會如果要生存就要懂看人臉色尤其是我們，不要死鴨子嘴硬還沒種到不行到最後丟臉的剩下你』，所以我要道歉。」徐葳儒又擤了一下鼻子，面無表情地說道。

鄭云安本來興奮到不行，但聽到自己的黑特信件被念出來，霎時感到有點羞恥。而且，為什麼徐葳儒可以把罵她的文章背得一清二楚？

「同學們，對不起。」不等張老師反應，徐葳儒逕自走上臺前。「我可能要送一些人去警局了。」徐葳儒冷冷揮了揮手上的紙，鄭云安才發現，上面印著自己和同學在IG上罵她的貼文，還有靠北莊靜國中上面辱罵她的文字。

「IG那些限動我都看到了，是誰黑特我的，我會印下來交到學務處，然後再帶一份到警察局報案，賠償金是少不了的。」徐葳儒挑起眉毛，看了鄭云安一眼。「明天張老師的課之前，我不需要有人下跪道歉，但我要收到三百字的道歉信，上面要有張慶琳老師的簽名。」

接著，徐葳儒俐落地轉向張老師：「老師不好意思，這樣可以嗎？」

「喔！不行喔，三百字的道歉信，張婆不想簽名。」張老師笑著說：「張婆要簽八百字的。」

「老師，這是剛剛鄭云安傳給我的紙條。」徐葳儒將紙條遞給了張老師。

踐酷御姊鄭云安的班上，終於發生了一些比較嗨的事。像是：有一些小丑受到了應有的懲罰。

但鄭云安沒辦法幫小丑錄影傳到抖音上面。因為小丑就是她自己。

走廊上，終於有了鄭云安心心念念的猖狂叫囂——

「鄭云安！站起來！」

04

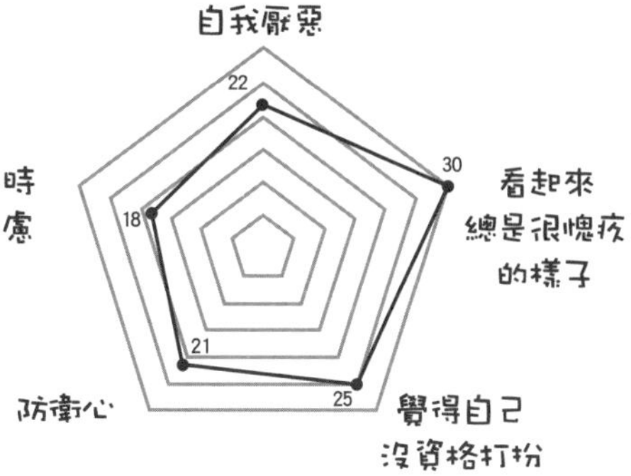

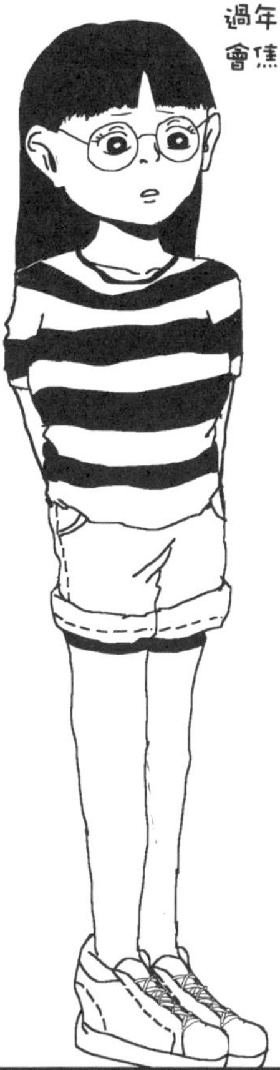

我要讓妳感受我的痛苦

04 我要讓妳感受我的痛苦

個人姓名：阿寶

別名：因青少年時期的創傷所以沒自信的高學歷女

原產地：小學二年級時的寒假的家族聚會

特徵：整天檢討自己

被孤立的原因：青少年時期中有段時間都在「親戚之間的比較」之中輸了，所以直到自己贏過許多人，還是會下意識地覺得自己永遠都落後大家

【1】

我女友阿寶算是個滿可愛的女生，只不過她是那種做任何事情都拚死拚活的人。

阿寶說她國中以前沒有這麼好勝，甚至有點消極。該怎麼說呢，這一切都要歸功（或是歸咎）於她的二姨媽和她的完美家庭。

二姨媽的完美家庭，完全沒問題。二姨媽的老公駱伯伯是個好好先生，又有錢，又溫和；二姨媽的兒子駱睿駿長得又高又帥，大女兒駱家璇在當律師、嫁給醫生，還常常受邀上節目；小女兒駱家儀是第一志願女中畢業，還是班上的學霸。

但所有的問題集中在二姨媽身上。她的二姨媽是個典型的、討人厭的親戚。二姨媽原本是家中學經歷都最差、卻又是最驕傲的人，好不容易嫁入豪門後，便開始大鳴大放。每次家族聚會時，她會笑娘家的親戚窮，再笑親戚們的小孩考不上好學校。如果拒絕交代你的背景，她就會抓著你問問問問問，找到你的臉書翻翻翻翻翻，然後在親戚聚會時，把自己翻到的資訊拿出來講講講講講。

而且那種講講講講講根本不是「講」的程度而已，是「羞辱」。羞辱、羞辱、羞辱。她會先拿一則新聞起頭，再開始說自己的小孩多厲害，接著立刻把話鋒刺向她的獵物，開始像毒蟲介紹藥丸價位一樣把獵物的學歷和工作背景講出來，講完後還要痛心疾首地叫著「唉呀怎麼辦呀，這個以後賺不了錢捏！」等你被講到一臉喪氣時她才會滿意地總結，她會看著你說：「妹妹呀？姨媽告訴你喔，如果再這樣下去，社會會不要妳耶？嗯？嗯？」

「如果大人插嘴救場，或是小孩講話反駁，我二姨媽就會劍拔弩張地辯到你認錯才會閉嘴，等到親戚聚會結束後再奪命連環摳、群組連環發，纏著你理論，直到你願意低頭認錯為止。」阿寶對於二姨媽的套路非常熟悉。

阿寶深刻記得，有一次一個親戚的小孩受不了，直接捏起手上的油飯砸向二姨媽的臉，然後衝上去撲打二姨媽。二姨媽驚慌失措從椅子上摔下來，那場面仍被阿寶譽為人生最美麗的畫面之一，比Dcard上的巨大粉刺洞洞照還要美麗。後來那個小孩罰跪了整個下午，當時才國小的阿寶覺得那個小孩也戰勝了二姨媽。只是到了隔年，在餐桌的另一端，被揍過的二姨媽仍死性不改地抓著親戚們狂問收入、猛問成績。

當時啃著雞翅的阿寶感到非常、非常的絕望。她呸出了手裡的雞翅。她覺得二姨媽好煩，也覺得自己咬著的雞翅好煩，無論怎麼啃怎麼咬，骨頭都比肉多。她從此討厭雞翅。

「你會發現啊，有些事情是你永遠改變不了。」阿寶回憶起當時的場景，總是會變得陰鬱：「你會知道無論怎麼反抗、甚至動手打人，爸爸媽媽他們仍然會聽二姨媽的話，你的成績一樣爛，然後二姨媽一樣有資格笑你們，因為她就是過得比我們好。這些事情好像永遠都不會停止一樣。」

也許久久一次的親戚聚會沒有那麼大的影響力，但當你能夠預知到如果自己成績不好，有生之年的親戚聚會都要被這樣羞辱一次，那這場聚會裡的二姨媽，就會變成腦海裡的烏蘇拉。

國中的時候，阿寶要考全民英檢中級，更絕望的是二姨媽知道了這件事。她本來很討厭英文、想要擺爛的，只不過一想到二姨媽那張畫著紫色唇膏的大嘴巴，又會忍不住全身哆嗦。二姨媽的小孩已經拿到全民英檢中級證書了，要是她考不好，她一定會在餐桌上再被羞辱一次又一次。

所以她開始沒日沒夜地背單字、練題目、背單字、練題目、纏著她覺得在講外星語的補習班外師練了一次又一次的口說。她根本不喜歡英文，只是她更不喜歡二姨媽三不五時關心她的全民英檢成績。

最後，連她自己也不敢相信：她考過全民英檢了。

考過全民英檢後的那次聚會，阿寶成為了受到最小砲火的人。那是真真實實的、浩劫餘生的幸福感。更棒的是，阿寶在二姨媽聽到她全民英檢過關時，臉上露出了落寞的表情。更棒的是，聽說二姨媽的兒子考上了她最痛恨的視覺設計系，二姨媽那天像是被揍一樣，鐵著一張臉。

阿寶愛死了這種表情。她本來是個性格溫和、不與人爭的人。本來是。但她開始享受二姨媽那張醜歐巴桑臉落寞的樣子時，她緩緩地讓自己變成了一個激進的人。那一刻她下定決心，她要變得比二姨媽的小孩還會讀書，長大要比二姨媽的家更有錢，然後她要嘲諷二姨媽一番後、給每個家族的小孩鼓勵，徹底用「最優秀的晚輩」的身分，終結掉這個該死的傳統。

她發現自己其實沒有二姨媽說得那麼笨，所以有了新的發現，就有了新的野心。於是阿寶拚死拚活、沒日沒夜地變成了一個讀書機器。她一路從第一志願女中考上了第一志願大學，但她也不想要只當讀書機器，所以她也努力交朋友，從國中的歌唱比賽冠軍到高中的排球社社長都由她一手包辦，所以她成為了一個努力交朋友的讀書機器。身旁的人對她的評價是：「明明很好勝，卻又要裝好人。」

【2】

「我不想因為二姨媽，變成什麼事情都爭第一的人。我已經失去我的青春時光，還有可以跟朋友玩樂的機會了。」有一次阿寶打工下班，我去接她，她坐在我的後座，語重心長地對我說：「所以我到大學，真的有打算放過自己，不要一天到晚想著第一第一第一。你看，我現在沒有那麼拚了，我還去打工耶。」

「妳的成績一樣很好啊，妳不是卷姊嗎？」我看著還有八十幾秒的紅綠燈，還可以聊一下天。「可是寶，妳也打太多工了吧，三份工耶，妳不是有獎學金嗎，為什麼這麼拚啊？」

「那是因為我要當我們系上第一個買車的大二小美眉！」阿寶神采奕奕地回答。

於是，阿寶成為了系上第一個把自己累到住院的人。

【3】

「我原本可以再撐一下下的。但你知道為什麼我會突然昏倒嗎？」那是阿寶出院後的某個下午。她一邊說著，一邊把頭靠在我的肩膀上。

「不是妳把自己累壞了嗎？」

「才不是咧，是心理的問題，心理。」

「妳該不會得了憂鬱症了吧？」

「才沒有。」阿寶堅定地回答道：「我是知道自己終於能夠報仇，感動到暈倒了。」

原來那時候身為系學會長的阿寶，雖然正在發燒，卻還是忙著處理系學會的事情。她忙著忙著，開始懷疑自己為什麼要這麼辛苦？然後她想起了二姨媽聽到她考上臺大外文後、臉上不甘心的感覺，便繼續加倍努力地完成工作。

（媽的，老女人，我一定要讓妳心甘情願地認輸。）

她忙著忙著，突然收到家教學生傳來的訊息。分科測驗放榜了，她的家教學生考上了心目中的理想學校，所以傳訊息來謝謝她。這又讓她想起二姨媽的女兒好像也是今年考分科測驗呢？最近她都沒聽到二姨媽的消息了，該不會是她的資優生女兒考不好吧。

考得好不好她管不著，但她一想到如果她女兒考上臺大醫學系，那麼她的臺大外文學歷是不是又要拿來被二姨媽狠狠說嘴？

想到這裡，她難得分心，開始幫二姨媽的女兒查榜，一查不得了，她的二女兒居然考上了一間超爛的私立科大。

看到那串被二姨媽唾棄的校名、掛在她女兒的名字前面，阿寶終於覺得自己贏了。要知道，阿寶這位好勝敢死隊的隊長，只有贏過，沒有贏夠。

重複念完那幾次校名後，頂著高燒處理 excel 文件的阿寶，心中揪得緊緊的結，終於被這個意外的驚喜給解開。然後她終於撐不下去，在系辦昏倒了。

「北鼻我跟你說喔，當我意識還很模糊的時候，我一直在想，我是不是要死了。」阿寶語帶哽咽，而我摸了摸她的頭。

「然後我就在想，我在死前一定要做什麼事情，結果人家就立刻想到了。」

「哇！北鼻，妳好有效率喔。」這女人真的是工作狂。

「是真的啦！不要敷衍人家，我是真的有想到要幹麼。」她從床上跳了起來，目光炯炯有神。我知道，這是她又要為了某件事拚死拚活的前奏。「我要讓她感受到我們所有親戚的痛苦。」

復仇計畫頗有阿寶的風格。

我看了一眼阿寶的國中朋友吳珈芮，又看了阿寶的室友張書婷。接著我翻了白眼，幹！重死了，現在到底是怎樣？我手上的布條又是怎樣？演狗血連續劇是不是？

走進內湖住宅區時，我感受到臺北有錢人地段才享有的安靜。可是真的太安靜了，所以那個叫吳珈芮的陷阱妹整條路都在吵，講一些智障地獄梗。

「欸，敲敲門。」一頭綠髮的吳珈芮突然跟旁邊的書呆子張書婷搭話。

「請問是誰？」不苟言笑的張書婷問。

「不要加請問啦，臺大生都這樣嗎？這樣很遮耶。」吳珈芮生氣：「再來一次。」

「煩欸，好啦，是誰啦？」張書婷沒好氣地說。

「是笑妳女兒考上學店的……美少女！」走在最前面的阿寶轉過頭來，開心地對我們比了耶：「美少女戰士來復仇了！耶！」

「很遮耶，很遮！」吳珈芮生氣地口沫橫飛：「這樣很像白痴國小生萬聖節要糖果，很遮耶？」

「蛤，那我要不要在前面罵，嗯，那個，罵……幹你娘？」阿寶力求完美的性格又浮了出來。

「不用，我們就只要在她打開門的時候，大喊『敲敲門～妳猜我們是誰』，然後妳的大姨媽——」

「我提醒一下，是二姨媽。」張書婷推了推眼鏡。

「喔喔，喔幹！然後啊，妳的二姨媽問說，你們是誰呀，我們就要大聲說：『我們要找一個白痴女兒考上白痴學校的地方媽媽，哈哈哈，就是妳！笑死！』然後我們就要把我們做的海報丟到她家裡面，然後妳男友要先按好電梯，我們就可以逃走。叮！復仇成功！」吳珈芮講一講自己高潮了起來：「她一定覺得很遮！超遮！」

「耶！」阿寶聽了，也開心得蹦蹦跳跳：「耶！」

我嘆了一口氣。阿寶說要復仇之後，立刻找了她國中認識的太妹吳珈芮，問她怎麼樣復仇，因為她想要找自己認識最凶的人來幫自己報仇。吳珈芮本身是個很奇葩的人，好像還上過電視的樣子。然後吳珈芮提議，就做一個布條和兩個加油棒，上面寫著二姨媽的女兒考上學店的事實，然後去她家門口按電鈴。等到阿寶大喊「妳的女兒上了白痴學店」之後，我就要舉起「女兒上學店」的布條，吳珈芮就要舉著印有那間私立科大校徽的加油棒揮給她看，而張書婷在旁邊錄影，每年親戚聚會都要放一次。

靠杯喔，吳珈芮是她的國中同學，怎麼阿寶已經變成大學生了，吳珈芮的言行舉止還像國中生？

我已經多次阻攔了，我跟阿寶說過得幸福就是一種報仇，而且這樣說不定會被告，但是阿寶信誓旦旦地說，她一定要讓該死的二姨媽承受被羞辱的滋味，這是她的家族使命。我本來有點無奈，但說不定阿寶做完這件事情就能夠放過自己了，只好無奈地答應她一起去報仇。

我們就這樣緩緩地走向內湖的某棟豪宅去。

「欸，芮芮。」阿寶問道：「妳覺得二姨媽遇到這種事會怎麼樣啊？」

「她應該會嚇到大姨媽不見，然後開始勃起吧哈哈哈哈哈哈哈哈哈。」吳珈芮仰頭大笑。

「還有呢？我還想多聽一點。」

「我認為這可能會摧毀她的信仰，並且無法度過這樣的危機。Erik Erikson說，成年期面臨創造、生命或工作的停滯的衝突，就會導致成年晚期面臨自我統整或絕望的衝突。」張書婷非常知性地解釋完後，沉默了一晌，忽然舔了一下嘴脣，露出奸笑：「我愛死這種場面了。」

幹！阿寶旁邊的人都這麼奇怪嗎！

「我也愛死了，等我播放這部影片的時候，她一定會無地自容。耶！」阿寶再度手舞足蹈。

「不要比耶了，很遮耶。」吳珈芮超級聒譟。

「而且，她的女兒正面臨青少年期面臨自我認同和角色混淆的衝突，如果看到這個畫面，她一定會崩潰，然後留下陰影。」張書婷看起來像一隻發情的哈士奇：「她媽媽一定已經罵過她了，現在再加上我們，她媽媽一定會毀了她，然後等女兒發瘋，再去哭著處理。這都是她們自找的！這都是他們自找的！」

「蛤，這樣最可憐的不就是她女兒。」阿寶轉頭問我：「真的嗎？」

「我不知道耶，她的女兒可能也無法忘記這個下午。」我隨口應付她。

【5】

走進二姨媽家社區的大廳時，阿寶才發現二姨媽不在，我們的氣勢被削弱了幾分。但是舌粲蓮花的阿寶騙過了保全，所以我們還是拿到了晶片卡，浩浩蕩蕩地走進氣派的住宅區。

就這樣，我們四個人就像埋伏著的獵人一樣，等著那個該死的姨媽上鉤。吳珈芮開始生動地學著二姨媽看到我們之後崩潰的樣子，說實在的真的滿好笑的。接著看起來像是變態眼鏡娘的張書婷叫吳珈芮學她女兒崩潰的模樣，吳珈芮就問阿寶，她女兒是個怎麼樣的人。

「她女兒喔，我想一下喔。」阿寶本來開開心心地看著吳珈芮耍寶，被問到這個問題，就沉思了起來。「她叫駱佳儀。」

「不是啦，我是說她女兒的外表啊、個性長怎樣？」吳珈芮進行靈魂拷問。

「她女兒就矮矮的啊，然後剪妹妹頭，綁馬尾，眼睛很大，但戴黑框眼鏡，有點呆。然後每次吃飯的時候，都在背單字，所以我不常看到她的臉。」阿寶越說越小聲。

接著，我們不約而同地盯著阿寶她臉上的黑框眼鏡，陷入了一片沉默。

「欸，那個，阿寶，」吳珈芮似笑非笑地說道：「那她女兒跟妳很像欸。」

「哪有啊。她的頭髮比較長啊，而且她有黑眼圈，我沒有。」阿寶非常不堅定地反駁。

「那可不可以談談她的個性呢？」張書婷舉手。

「就……要求完美吧，我也不是很有印象欸。」阿寶盯著自己的腳：「好像有點……要求完美？之前親戚聚會她表演拉小提琴，結果她沒拉好，又堅持拉了三遍，還懲罰自己，不讓自己吃東西。」

「喔幹！好遮喔，好恐怖喔。」吳珈芮好像沒有注意到到阿寶不尋常：「那我也不知道她看到妳會怎樣耶？得到憂鬱症附贈思覺失調症？」

「然後她會羞愧自殺！她會羞愧自殺！」陳思妤再度興奮。

「對，而且她如果不小心活了下來，她一定會逼自己重考，然後她會恨死她的親戚。」阿寶猛然抬起頭來：「她會在每天晚上躲在棉被裡面哭，然後只准自己哭十分鐘，因為她單字還沒有背完。然後她會很嚴厲地拒絕所有約她的同學，讓同學生氣，但同學生氣最好，這樣她就沒有朋友了，沒有朋友會干擾她讀書了。」

「阿寶——」

「最後她一定會上很好的大學，然後她不會放過自己，因為她每天晚上都會覺得自己正在被親戚追殺，被問說，妳現在很優秀，那妳什麼時候會不優秀。如果哪個報告可能會失敗，她就會覺得自己的牙縫裡面塞了超大的整隻雞翅的骨頭，她會覺得自己將要被打回原形了，然後她會想到自己不能只有讀書，她會打工，打工，打工，她還會不准自己再錯過大學生活，她會接系學會，然後把自己累到住院。她一定會住院。她一定會跟我一樣，因為我就是這樣。我好累，真的好累。」

平常笑口常開的阿寶突然這樣，嚇了我們一跳。

「她一定會跟我一樣，跟我一樣痛苦。」阿寶聽起來在哭。「然後我就會也變成下一個可惡的親戚了。」阿寶抬起頭的時候滿臉淚痕：「我們不要這樣做了，好不好？」

不等我們反應，電梯門就「叮」的一聲，打開了。

張書婷嚇傻了，吳珈芮正要說一些什麼，而我正要勸阿寶的時候，電梯門就這樣突然開了，該死的二姨媽從電梯裡走了出來。

「你們要做什麼？」

【6】

現在是早上九點，我「砰」一聲從床上跳起來，幹你娘，要睡過頭了。我慌忙地搖醒阿寶：「欸欸欸，寶寶，早八要遲到了啦！」

「喔唷！不要去了啦！」阿寶緊緊抱住我的腰：「人家今天想賴床。」

我摸摸她的頭髮，躺了回去。「可是那是系主任的課耶？」「我知道啊，人家昨天晚上跟吳珈芮她們去唱歌，很累啦！等一下我還要去二姨媽家看佳儀耶。我蹺一次就好啦，我真的只蹺一次就好。」

「佳儀是那個二姨媽的女兒喔？」

「對啊，她快要可以走路了。而且我還帶水果給她唷！我帶的水果是第一名！」

阿寶從棉被裡探了出頭，比了一個耶。

我順著她的目光，看到那籃華麗的水果。唉，她還是愛搶第一名。我看見那籃水果上面好像還附著一張小卡片，便起身拿起來端詳。

那張小卡片印著角落生物的花紋，阿寶在上面寫著：「重要的是過程，不是結果。加油！」

我真不敢相信這是由超級在意結果的阿寶寫出來的。這讓我回想起那天下午，電梯門打開之後發生的事。

當時我們全部的人包括二姨媽都傻掉了，最先回神的吳珈芮搶過我手上的布條，布條上面寫著：「恭喜××女中　駱佳儀　考上××科大」。二姨媽看到之後像一隻被踩到尾巴的藏獒，她生氣地大聲尖叫「你們到底要幹麼！」說時遲那時快，阿寶衝上前，抱住了二姨媽。

在場所有人再度愣住。

「二姨媽，我們只是想恭喜家儀上大學。因為我覺得妳會很難過。」二姨媽原本要掙脫，但阿寶說的話慢慢讓她停止動作。

「我知道二姨媽一定想要她上更好的大學，可是家儀很乖，是個好女兒，妳一定也是個好媽媽。妳們都很棒，妳們都超級棒。」家儀自己講一講又哭了：「所以我跟我的同學想要來這邊，跟妳說，不管怎樣，妳們都很棒……」我看到二姨媽那隻肥肥的手慢慢地安分了下來，開始輕輕地撫上二寶的背。

我對張書婷使了一個眼色，張書婷雖然有點失望，但她還是拖著吳珈芮進電梯，到社區外等待阿寶。

後來張書婷和吳珈芮就先走了，事後吳珈芮居然沒有生氣，她還說，她滿欣賞阿寶這個敢遵從自己內心的瘋女人。而家儀考差的原因，是因為最疼愛她的哥哥忽然出車禍過世了。

再後來我才知道，我們跑去二姨媽家的那天，二姨媽剛好從醫院接家儀回來。因為家儀考上爛大學後，受不了二姨媽天天靠杯她，就跳樓了。還好她摔在遮雨棚，只有腳骨折而已。

總之，這就是大鬧二姨媽家的全部過程。

以過程論來說，事情的發展還不錯，因為沒有人再受傷了；但這件事情的結果完全出乎阿寶預料，因為她原本就計畫把二姨媽弄哭，讓她不敢再靠杯任何親戚的小孩。

可是以結果論而言，阿寶的目的還是有勉強達成。因為二姨媽再也不會機掰親戚的小孩了。而且那天下午，二姨媽抱著阿寶痛哭了起來，哭了好久、好久。

05

哈哈，是我啦

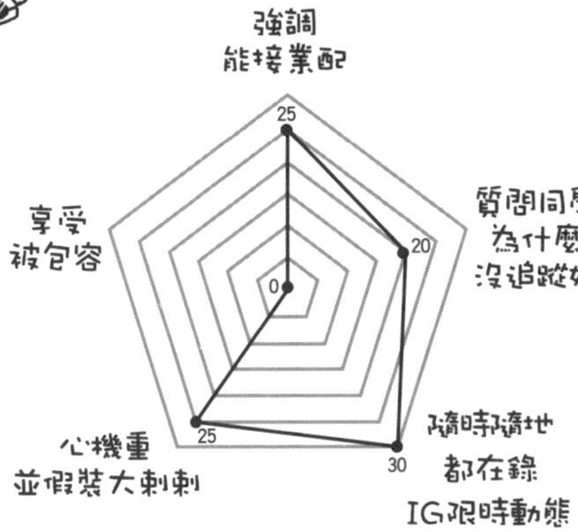

05 哈哈，是我啦

個人姓名：許蓁 Lucy

別名：可悲膚淺網美

原產地：某張破千讚的自拍照

特徵：喜歡假裝自己親民但其實勢利眼到靠北

被孤立的原因：目中無人、只看得到自己以及自己的手機內鏡今晚十點二十九分，在某國立女中當音樂老師的紀恩潔，點開ＩＧ，等待網紅 Lucy 的直播，確定她就是昨天下午二年愛班的女主角。

紀恩潔還記得，今天午後的陽光散落在走廊上，寒冬轉暖，總讓人那種希望無限的錯覺。只不過忽然上升的溫度，卻透露出非常微小的躁動，不易顯現，卻飄散在空氣之中。紀恩潔經過二年愛班的時候，看到她此生最為厭惡的畫面。

女孩間的霸凌。

她記得，二年愛班的女孩子們一言不發地看著前面那個兩女孩。一個綁著馬尾、戴著黑框眼鏡的女生，面無表情地用嚴厲的語氣對著講臺上另一個女孩說話。另一個女孩顫抖著雙手，不停地拭淚。

紀恩潔留神辨認，發現是二年愛班的班長正在疾言厲色地說話，哭泣的女同學則是許蓁。

許蓁留著一頭長髮，是精心漂過燙過的亞麻色大波浪捲髮。她有化妝，雖然很淡，卻遮不住女孩白淨甜美的長相。躁動的午後陽光照射在女孩纖細的身子上，她那淡色的髮絲在肩上柔順地披散，映著陽光發出點點光暈，使不斷啜泣的她看起來像一條被奪去聲音的美麗人魚。

為人正義感十足的紀恩潔看著這位楚楚可憐的少女，心疼她一個人承受兩種身分——二年愛班的許蓁，和女網紅 Lucy。許蓁曾因出現在某 YouTuber 愛情配對節目上而聲名大噪，她在配對節目彈鋼琴的亮麗模樣，引起校內校外不小的轟動。後來許蓁在眾多網友敲碗下，公開了自己的ＩＧ，以 Lucy 的名字接了不少業配商品。從此 Lucy 名聲傳播得更遠，好幾次都能看到校門口有記者等著採訪她，或是有 YouTuber 等著要跟她合作。

紀恩潔曾經想著這樣是否恰當？這樣年紀的小女生突然被攤在大眾眼光下，她會不會被螢幕背後的尖銳眼神給戳傷？但還好，近日紀恩潔慢慢不再這麼受矚目，因為一年信班有另一個新崛起的校花出現了。據聞這名校花是韓國知名經紀公司的練習生，因為決定要完成學業才返臺，在哈韓的潮流下，她奪去了許蓁大部分的目光。

大家都傳聞許蓁過氣了，但紀恩潔暗自慶幸許蓁得到了救贖。這樣的女孩子、壓力一定很大吧。她的妹妹就是這樣。

紀恩潔真不知道許蓁這樣的女孩子，是怎麼度過學校生活的？

但其實許蓁的學校生活非常非常的幸福。

許蓁值得被愛，她是值得被愛的女孩子。家裡有錢，成績好，多才多藝，父母寵。天真爛漫，有點傻氣，但努力。再說一次，許蓁值得被愛。

就如同漫畫中的美少女高中生一樣，太陽公公和白雲姊姊注視著許蓁熟睡的小臉蛋，許蓁漂漂亮亮地醒來，然後發出「咦！呀哩呀哩！」的超口愛驚嘆聲。許蓁的一天，就從冒冒失失的可愛小遲到開始。只是她的小遲到有點太遲但還不算太晚，她知道今天早上輪到她當值日生，所以她睡到早上九點才起來。

上午第三節課，數學老師上課上到一半，許蓁有點傻氣地闖入班上教室。她踏著小碎步悄悄地溜進教室，然後用力地甩門，並哐啷一聲坐到自己的位置上，並嬌憨地吐舌：「吼唷！老師，我遲到了啦哈哈！」

數學老師是個心中毫無波瀾的中年男人。他的親切幽默和藹有幾分出自本性，但大部分都是「煩死了愛聽不聽隨便你，我懶得念了，就跟你們這群敗類打哈哈吧，隨便啦。」

「唉唷，許小姐，很晚起哦！」數學老師發出機械式的宏亮笑聲。

「哪有啦～老師～我哪有！」許蓁嬌聲嬌氣地撒嬌：「你這樣好壞！」

許蓁就是這樣，跟同學處得好，對長輩又非常放得開，拉近了無形的距離。

數學老師裝出「嚇一跳」的反應，非常婉轉的句點了許蓁：「唉呀，許小姐怎麼這樣說呢？學測更壞呀～好我們看下一題！」

「老師不可以壞啊！老師最喜歡我們班啊！二年愛班超可愛！」許蓁在跟老師嘻笑時，不忘幫班上爭取福利。許蓁在內心感謝自己，她這種比較優秀的人，就是要帶領班上比較沒這麼突出的人讓上課超嗨。

確定數學課變得超嗨之後，許蓁笑嘻嘻地用超口愛的聲音，跟老師說「老師拜拜！」然後把整張椅子轉向她的閨密，開始大吃閨密的起司蛋餅。

閨密說：「呃，你沒吃早餐嗎？」

許蓁的小嘴塞滿了蛋餅，傻氣地說：「恩呀！超餓！我可以吃超多蛋餅！」說完，可愛的許蓁小吃貨歪著頭，比了一個「大力士」的手勢。

閨密似笑非笑地說：「恩，我也沒有吃早餐，哈哈。」

許蓁其實知道閨密很不開心，但不開心又怎樣？她開心就好，我們漂亮女生要勇敢做自己，不管別人怎麼說！而且她知道閨密只跟ＩＧ粉絲多的人交朋友，全班就屬她的粉絲最多，她和閨密就是互相照亮又互相拯救的關係。

超嗨數學課下課了，雖然沒辦法準時到校，但是許蓁處事周到。下課前一分鐘她就舉手高呼「啊啊啊我要蒸便當！」然後蹦蹦跳跳地把便當拿去蒸飯箱。

只不過到了第四節英文課，吃貨許蓁肚子有一點點餓餓！因為快要接近段考，所以這節英文課老師開放同學自習。所以上課前十分鐘，吃貨許蓁露出友善的微笑，從座位上嘟嘟嘟地跳了起來，用超可愛的聲音跟大家說「借過哦借過哦！」然後拿起自己的超可愛抹布，跑到蒸飯箱前面拿便當來吃。

徐蓁開開心心的打開便當，今天吃的是蝦仁炒飯。她像一隻可愛的小兔子，一邊吃炒飯，一邊發出「恩嘛嘛恩嘛嘛」的聲音，一邊把湯匙靠在櫻桃小嘴上，陶醉地晃動，拿手機自拍，錄影片上傳到限時動態。

沒想到她吃光蝦仁炒飯裡的蝦仁之後，突然驚慌地說：「呀呀呀！吃錯了啦！傻爆眼！」然後瘋狂拍閨密的肩膀，大喊「怎麼辦辣怎麼辦辣」，並一起發出狂笑。

她確實是吃錯便當了，第三節下課才拿去蒸的便當，怎麼可能第四節就熱騰騰的佳餚呢？但她堅信自己沒錯，如果要一直這麼愛計較，那人怎麼活？但也不能不懂得心疼自己，就像上週閨密不小心用到她的立可帶，她氣嘟嘟地一直掉眼淚！

所以許蓁蹦蹦跳跳地舉手，用娃娃音說：「哈囉哈囉寶貝們，我不小心吃錯便當了！唉唷！」她俏皮地敲了一下自己的頭，高舉吃到一半的便當，慎重其事地問說：「是我不小心吃了誰的便當嗎？這很重要！我很擔心！對不起！」

她這樣問的時候她覺得自己很委屈，她覺得沒辦法好好做自己，因為她預料到世界會無法允許這麼完美的她粗心犯錯。終於有一名同學臉臭到不行地舉手，她趕忙叫閨密把便當拿給那位同學，同時還很佩服自己只把蝦仁炒飯的蝦仁挑出來吃完。許蓁有點迷糊，但面對朋友絕不馬虎。

許蓁本來想要錄個限時，和蝦仁不見的蝦仁炒飯便當的主人合照，但蝦仁炒飯便當的主人立刻奪過了便當，迅速地表示：「呃，沒關係，下次請妳自己記得就好，不用拍到我。」

許蓁在班上的人緣並不好，但因為她是個傻白甜是個小姊姊，是電是光是FUCKING SUPER STAR。照理來說，這樣的閃閃發亮大公主應該要被全班討厭才對，但很明顯的討厭一個人的時候，最怕你表現得再明顯，對方也感受不到，比最害怕還要更害怕的，是對方感受到你的討厭，卻還是打從心底地愛自己，並更加無視你。

所以二年愛班女孩們對於許蓁的感覺已經從討厭昇華為恐懼。她們不求許蓁變好，也不期待許蓁過得不好，只要許蓁別跟她們扯上關係就好。而許蓁當然也沒有因此而覺得難過，她反而在這份疏離中，增添了不可一世的優越感：她覺得優秀的人都是孤獨的，她將自己比喻為孤獨的藝術家，懸崖上的夢裡花。

只不過許蓁並不是一個享受孤獨的人，她很可愛，也喜歡交可愛朋友。所以中午真正可以吃午餐的時候，她聚集了別班的網美們來教室裡面開派對，一起慶祝她數學考一百分，而且她還規定別班的網美們一起穿著動物布偶裝來慶祝。

許蓁穿好布偶裝之後，她準備要拿出自己的數學考卷了。她用嬌滴滴的聲音，對著數學小老師的座位說：「欸欸欸～小老師～可以借我大家的數學考卷嗎！」

數學小老師去上廁所了，所以不在。許蓁自顧自地說「呀！好呀！拿囉！」就開始狂翻猛翻狂翻猛翻數學小老師的抽屜，抽出一疊數學考卷。

接著，她努力地找出自己滿分的那張，然後滿意地核對了上面的分數。

47。

她很滿意，因為她覺得自己簽的名字很漂亮，英文草寫的 Lucy Barbie，後面還畫了一隻有著閃亮眼睛的貓貓。

接著，她用立可帶將「47」塗改成「100」，然後噗嚕嚕噗嚕嚕地、蹦蹦跳跳地把她的一百分貼在後面的布告欄上。接著，她抽出其他同學的考卷，發現都考七十分以上，便乾脆把同學們分數的十位數字都改成4和5。

同學們都覺得許蓁越來越誇張，但考量許蓁已經是非人類的動物，然後換上了自己的貓貓布偶裝，在教室中央開啟直播，用超可愛的娃娃音對著鏡頭歡呼：

「嗨咪嗨咪！Lucy 來哩！各位 C 米 Lu，妳們好！」

說時遲那時快，門外穿著動物布偶裝的網美們發出「呀！」的聲音全部竄了進來。

接著，其他一位網美拿起了木吉他開始大彈特彈，另一位網美打開了一盒甜甜圈，然後所有穿著動物裝的網美們，像一群畜生一樣，爭先恐後地抓起甜甜圈，在直播裡面搔首弄姿。而其他同學們有的習以為常，有的害怕身分暴露，避之唯恐不及，便任由網妹們在小巧的螢幕前，營造一個盛大而滑稽的場面。

許蓁像大部分的韓國女團成員一樣，可奶可狼可鹽可甜。她自詡為擁有反轉魅力的小公主。她可以同時很甜，又同時充滿權宜和算計。她決定在這個時候展現自己的親和力，並順便抓個長得比較抱歉的女生襯托自己的美，所以她立刻拿起她的數學考卷，跑去找低頭吃便當的班長自拍。

許蓁在直播中露出甜甜的笑、發出小小的驚叫，說：「我跟我們班的班長很好唷～」

班長抬起頭，下意識地想要遮臉，沒想到遮不住了，因為她整張臉都在直播裡面，一覽無遺。班長是個臨危不亂的人，平時的她對許蓁冷眼旁觀，但事以至此，班長推推眼鏡，用手扶著許蓁的手機，將直播鏡頭完全對準自己，冷冷地對著鏡頭說道：「許蓁並不是我的朋友，她這樣讓我很不舒服。」

接著，班長按下結束直播的按鈕。

許蓁嚇壞了，但她也沒有生氣地叫罵班長，因為她這麼愛自己的人，永遠都會在覺得別人可恨之前，先覺得自己可憐。所以她開始趴在位置上哭，其他網美一陣驚慌，開始圍在許蓁旁邊給她愛的抱抱、痛的呼呼。抱著抱著，許蓁竟然開始含淚自拍。

而段考前夕這一連串使人煩躁的行為，讓班長終於決定做些什麼。隨著午休的鐘聲響起，班長踏上講臺，用力拍了一下黑板，大聲請所有網美離開二年愛班。

至於下午的課程，正能量女孩許蓁早早就平復了心情。她並不覺得自己錯了，也不覺得粉絲會因此而憤怒討伐，所以也不害怕。今天許蓁會哭最大的原因是：她沒有讓粉絲看到她千辛萬苦「努力得到」的一百分。

而且像她這樣的正能量堅強女孩，是不允許自己軟弱的。她知道自己還要再更紅，因為她這麼棒的人，不被世界看見並擁戴，就會是她虧待了世界，因為她真的太優秀了。她還打算在班上拍一部自己的「作詞作曲女高中生一日Vlog」，營造氣質才女人設呢。

於是，詞曲創作小才女許蓁，就在這個沒人說可以自由，卻自由到不行的下午，盡情地像搶留言的AV女優頭像假帳號一樣，拚命刷自己的存在感。

下午第一節課，她戴耳機寫詞，還要隨著音樂抖動，讓自己看起來尊爵不凡；下午第二節，上公民課的時候在教室後方拉小提琴，讓公民老師氣哭；第三節體育課，她裝病，拖著自己的閨密在後面自拍；而打掃時間她假裝生病，跟別校男生視訊聊天。班長問她能不能試著掃地看看，教室地板還有一些網美的垃圾留下，教室的抽屜還放著她自己沒吃完的三明治，放一個月了。

她從二年級剛開學一個禮拜後，就沒再做過打掃工作了。

許蓁優雅自信而從容地說「蛤！可是我要去找數學老師一下，數學老師找我耶！我要趕快走了！」說完她就匆忙地踏出教室。但這時候其他兩位一直幫許蓁掃地的同學將教室後門堵住。接著，班長當著全班的面，打教室裡的分機電話給數學老師，詢問數學老師是否真的有找許蓁。而另一名辯論社的同學，一邊錄影，一邊不疾不徐的對著鏡頭介紹現在的情況。

當班長一字一句地告訴許蓁：「數學老師根本沒說要找過妳」時，許蓁哭了。

許蓁哭得非常淒厲，縱使沒人打她，但她覺得自己真的過於辛苦，她覺得這個社會對漂亮女生的嫉妒心吞噬了她。她開始恨自己這麼有才華，也痛恨老天不公平，給她美麗的容貌，卻沒有像專櫃化妝品會附試用包一樣，將該有的幸運附贈給她。

上課鐘響了，許蓁還留在原地，而辯論社同學仍然持續錄影。班長自己看了忽然於心不忍，因為許蓁是真的哭得很傷心。這一節是班會課，被許蓁坑過的同學們冷眼旁觀，只剩下班長和許蓁在講臺上對峙。

雖然班長是個淡定沉著的人，但她還是非常希望照顧到同學們。她無奈地嘆了一口氣，問許蓁：「妳還好嗎？」

許蓁把手埋在臉中，不停地啜泣。她一想到這樣優秀的自己還是要跟別人一樣，像個僕人一樣打掃，她就覺得自己不再是那個公主。可是，這個不溫柔的世界憑什麼阻止她當公主？憑什麼？

許蓁仙女落淚的當下，班長無奈地望向窗外，想著班導為什麼每次班會都不來，倒是音樂老師先站在外面不發一語地看著她們，而且眼神中透露著「妳在搞霸凌」的冰冷訊息。更糟的是，許蓁從指縫間瞄到教音樂的紀恩潔老師在外面，她就像改管車發動引擎一樣，哭得更加悽慘，整個人哭到站不起來，口中喃喃自語。

那位吃著沒有蝦仁的蝦仁炒飯的同學好奇地蹲下，想聽聽許蓁說什麼，卻聽到許蓁抽抽噎噎地哭著：「媽的靠杯死醜女，幹！機掰，幹……」

她還沒來得及詫異，恩潔老師就破門而入。許蓁就像古裝劇女主一樣柔弱地昏倒了。恩潔老師見狀二話不說，背著許蓁就立刻往保健室跑去。二年愛班的女生默契極佳，恩潔老師背著許蓁衝出去的時候，班長很熟練地翻了一個大白眼，許蓁的閨密也動作流暢地拿起了許蓁的手機追上音樂老師，而昏倒的許蓁也很靈敏地伸出手，拿過自己的手機，再繼續趴在音樂老師身上重新昏過去。

許蓁的幸福上學日，在下午三點結束。不過對於許蓁來說，沒有粉絲追捧的生活就像蝦仁炒飯沒有了蝦仁，別人的蝦仁可以被奪走，許蓁的蝦仁不可以。上學可以不去，但直播不能少。

所以今天晚上十點三十分，許蓁穿著米白色的韓系針織毛衣，露出甜美的微笑，在IG上準時開直播，對著鏡頭甜笑。

紀恩潔看著這樣的笑容便感到心疼。明明在學校受盡欺侮，還要強裝笑顏討粉絲歡心。

許蓁看著鏡頭，緩緩開口：「哈囉哈囉，阿妞阿妞阿妞！阿妞阿妞！阿妞！哈囉哈囉～早安早安早安，哈哈是我啦哈哈！」

接著，她驚慌失措地說：「呀！我忘記餵我的貓咪了！」然後衝到後面，抓著一隻摺耳貓的脖子，把她放到桌子上，要小貓咪喝牛奶。

小貓咪此時用盡力氣掙扎，翻倒了牛奶，牛奶撒在許蓁的身上。她先是露出一抹放心的笑容，接著又很驚慌地說：「呀！怎麼辦辣！牛奶打翻了蠟！貓咪壞壞！貓貓奧嘟嘟！」

她把貓咪拎了下去，直接脫掉身上的毛衣，聊天室的人數瞬間大漲，讓紀恩潔的手機也狠狠當機了一陣。

接著許蓁一邊往鏡頭前壓低身子往前傾，一邊繼續看粉絲留言：「哈哈哈哈！哈囉哈囉哈哈！阿妞阿妞哈哈！哈哈！Lucy 今天一樣很漂亮嗎？呀！哪有～Lucy 最近長肉肉了！哈哈！哈囉哈囉！阿妞！」

紀恩潔看到發愣，她突然意識到自己正做著跟二年愛班班長一樣的表情，趕緊拍拍自己，繼續看許蓁直播。

「這麼晚開直播，不用上課嗎？哈哈哈哈哈人家明天蹺課哈哈哈！我就很不想去上課啊！學校的東西都不好吃，所以我都自己帶便當！對啊對啊哈哈哈～許蓁喜歡吃什麼？我很喜歡吃馬卡龍，任何的馬卡龍～～哈哈哈哈～哈囉哈囉～阿妞～」許蓁甜笑地扭了扭身子：「耶咿！你們看到我的捏捏了 XD 森戚戚！LucyLucy 森戚戚！」

紀恩潔幾乎不敢相信這是許蓁，她比較相信，真正的許蓁被禁錮在這樣低俗的網紅 Lucy 身下。她想把她救出來。

所以為了不被許蓁認出來，紀恩潔換掉自己的大頭照再進入直播間，打下了問題：「Lucy 妳的學校生活快樂嗎？」

許蓁突然看見一堆愛貓人士湧入直播間，說她的貓有異狀。她嘟著嘴說了一句「酸民酸民不要來！」後，為了轉移話題，立刻回覆紀恩潔的留言：「有啊！我的學校生活很快樂唷！」

許蓁在鏡頭前露出無辜甜笑：「我在學校啊就很ㄎ一ㄤ，大家都說我有點呆呆餒！Lucy 哪有呆呆啦！厚！」

「然後我就很不喜歡老師同學啊，就有一個原住民都髒髒的哈哈，還有一個低收入戶被選班長啊，可是沒關係我們就很ㄎ一ㄤ～哈哈傻眼，我就看了很傻眼哈哈～然後我不常去學校啊，我可能會跳級吧，因為一直考一百分，所以同學就會有點嫉妒我哈哈，不過沒關係啦哈哈，我們班數學課都很嗨！可是因為我對當醫生有興趣，我媽都會很擔心我能不能好好維持啊，她就很煩哈哈哈～還有學務主任很煩哈哈，但我偷抽菸他都不會抓，因為他也很ㄎ一ㄤ，會跟我一起抽，哈哈哈哈～正義魔人不要來喔，很哀的直播不要來掃興哈哈～不可以當告狀精哈哈！」

「嗯？妳們問我最喜歡哪堂課喔哈哈？」螢幕中的許蓁看起來十分甜美。她伸出舌頭舔牙齒，然後俏皮地眨了一下眼睛，把手指輕放在下巴，做出思考狀：「老師都很怕我啊哈哈，因為我很嗨又很常把他們問倒哈哈！但老師人都很好笑哈哈！我們數學老師很好欺負，然後我都會嗆公民老師哈哈！上次體育老師被我逼著請喝飲料，超ㄎ一ㄤ哈哈！很嗨！我們班很嗨……」

紀恩潔聚精會神地聽著許蓁說的訊息。

「然後我們班音樂老師長超醜，我覺得她很可憐哈哈！可是她超喜歡我耶哈哈，之前她還硬要背我，哈哈，我就一直不敢呼吸，因為我怕變醜哈哈，對啊，哈哈。」

06

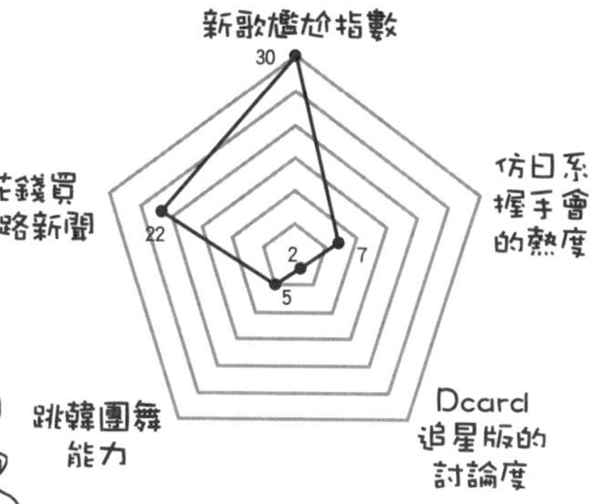

會呈現最好的舞臺的

06　會呈現最好的舞臺的

個人姓名：藍瓊安、陳蓓恩、吳珈芮……等

別名：一群不知所措的臺灣新生代偶像

原產地：某個很讓人尷尬的臺灣選秀節目

特徵：用韓國當紅女團還有日本熱度偶像的零星元素混合而成卻不紅也不熱

被孤立的原因：有時候，她們不太喜歡扮演大家喜歡的她們

【第十名：三色豆呆呆萌主——甜蓓】
【第九名：妳的仙人掌帥姊——阿純】
【第八名：甜蹺千本櫻——咘咘】
【第七名：厭世樹莓御姊——郭柔穎】
【第六名：活力法國滿天星——Lucy 許蓁】

連子雯提著大包小包的化妝品，準備開工。她已經懶得再看這坨排名了，真的有夠討厭。這些名字聽起來做作，而且得票數也差不多是用做的。總之，她對整個比賽感到厭煩——參賽者明明是正港臺灣人，還要模仿韓國練習生說聲阿妞再來九十度鞠躬，說什麼「會帶給大家更好的舞臺的」。幹！私下還不是對工作人員和前輩不禮貌，幹麼這麼給掰，好噁。

在她看來，臺灣推出的少女選秀節目——「種子少女」，就是一群東亞雜某和東亞雜某背後的股東們在拚命模仿南韓演藝圈的歐膩，還不覺得膩。但連子雯早就膩了，只是不太敢表現出來，只能在心裡想著：「這場仿韓節目什麼時候才要結束？」

謝天謝地，在初舞臺考核、三場公演、粉絲互動大挑戰以及藝人合作賽後，種子少女們將迎來決賽前夕的髮型大改造，這檔節目終於要告一段落。

「唉，這麼血汗的節目還這麼紅，來幕後就知道，這裡有多可怕。」連子雯一邊收拾化妝包，一邊嘀咕。

她在大改造的空間裡匆忙穿梭，卻因為看到一大盆三色豆而停下腳步。仔細一看，幹！居然是黃色、橘色和綠色染劑。

【1】

走甜傻風格的陳蓓恩，藝名甜蓓，獲得了「三色豆雙馬尾」的髮型。

「噗咪噗咪，三色豆女生啾咪啾咪！」陳蓓恩睜著圓圓大大的眼睛，歪著頭問連子雯：「甜蓓這樣有漂漂嗎？顆顆。」

「妳好認真喔，攝影機沒拍，還在喊自己的拉票口號。」連子雯努力不把甜蓓當成笨蛋：「甜蓓好漂漂耶，可是妳漂好多顏色喔，這樣頭皮不會痛嗎？」

「甜蓓不會痛！甜蓓想要給大家呈現最好的舞臺！」可是，甜蓓就是個完全符合節目調性的無腦笨蛋。她是真的以為自己是顆正在發芽的小種子。

「嗯嗯嗯，我幫妳補一下妝。」連子雯瞪了旁邊的化妝師一眼，幹！她居然還在滑自己的手機。不過這也給了連子雯大展身手的機會，因為她真的好喜歡幫人化妝。

其實當偶像最累的事情之一，就是要演出自己的「人物設定」。

在以貌取人的演藝圈中，妳若天生臭臉，就該當高冷美人。就算妳跟摩托車的排氣管一樣熱情，妳仍然得把自己裝得像北極的棒棒冰。

所以，英臺混血的「冰山鳶尾花」藍瓊安，正用她那張冷豔的臉，結結巴巴地問經紀人：「那個，Ruby姊，有一個叫做咘咘的女生被分配到粉色波浪妹妹頭，還有那個甜蓓綁雙馬尾耶，她們換的髮型都好可愛哦！穿節目組給的粉橘色制服也好可愛。」

「嗯啊，她們走可愛風嘛！」

「所以啊，那個，我在想，因為我也一樣穿粉紅色制服，我是不是也可以換——」

「唉唷，小安，妳再這樣我就生氣囉！」Ruby姊用溫暖的語氣威脅：「妳在節目上的高冷美女形象就很好啊，不是還有新聞專門採訪妳嗎？而且如果妳長到一百七還裝可愛，觀眾會不喜歡妳耶！」Ruby姊向髮型師揮了揮手：「到時候大家覺得妳這麼大一隻還裝可愛，不投票給妳。妳失敗就會被妳媽送回英國喔。」

藍瓊安一聽，立刻閉嘴。她好不容易可以待在臺灣，好不容易說服經紀人讓她染亮一點的髮色，又燙了還算可愛的羊毛捲髮，看起來不那麼難相處了，可是現在一切又要回到原點。她失落地把玩著自己的角落生物化妝包，眼淚都快要掉下來了。

「欸，小安，不要用這麼可愛的東西啦。」Ruby 姊一把拿走藍瓊安心裡唯一的慰藉：「這樣是裝可愛喔。」藍瓊安正要阻止 Ruby 姊，但髮型師已經開始幫她染髮了，她實在不好意思亂動，只能委屈巴巴地看著 Ruby 姊翻自己的包包。藍瓊安難過得嘟起嘴來，但雙手提滿化妝品的連子雯走向她、對她使了一個眼色，她才瞄到了正在開直播的許蓁，立刻恢復面無表情的冷豔模樣。

【3】

「子雯姊，我好累喔。」等著染劑滲透的時候，藍瓊安拉著子雯去沒有攝影鏡頭的道具間說悄悄話：「到底還要戴面具假裝到什麼時候啊，人設好煩喔，她們還叫我說英國腔的中文耶！」

「唉唷，妳做的是對的啊，只不過妳真的很辛苦，我懂。」連子雯輕輕地幫許蓁塗指甲油。

「我好想跟許蓁還有郭柔穎一樣，愛做什麼就做什麼。」藍瓊安嘆了一口氣。

「那是因為許蓁家裡有錢，郭柔穎和製作人有一腿，所以才能當自由族群，過這麼爽啊！」連子雯本來想這樣講，但話到嘴邊又改了版本：「唉，只能說她們比較幸運，被分配到比較輕鬆的人設吧！」

常被帶去給演藝圈上層提供「特殊服務」的郭柔穎，獲得了「慵懶厭世美人」人設。所以，在節目裡面她不認真練歌、不幫忙隊友，大眾都視為理所當然，還覺得這樣病懨懨的感覺很可愛。不過她也不算完全稱心如意，因為她的大改造還是要燙製作人最愛的「酒紅色老氣大波浪長捲髮」。

「要厭世也不容易，柔穎姊可能是真的滿厭世的吧。」連子雯安慰著許瓊安。當然，她沒告訴藍瓊安，郭柔穎的厭世其實是來自於那些有變態性癖的演藝圈大老所留下來的心理陰影。

「可是，可是……」藍瓊安開始疑惑：「許蓁的人設是什麼啊？真的有『惹人厭』的人設嗎？」

「蛤？妳說惹人厭？」看著藍瓊安認真發問的樣子，心情有點低落的連子雯被逗樂：「不是啦！怎麼可能？那是她本來就很惹人厭，哈哈哈哈哈！」

許蓁屬於「家裡有錢」的自由族群。她的爸爸是「種子少女」的超大牌贊助商，而許蓁自己又是網紅，所以不用通過海選，就排了進來。

「唉唷，小安，許蓁的人設是『傻傻努力的活力充沛法國混血少女』啦！」

「蛤，為什麼？」

「因為許蓁是真的傻，而且歌舞技巧超爛所以只能歸類為很努力。啊法國混血的話，她只有十六分之一的法國血統，還硬要說自己混血。她每次不是都說自己活力充沛，然後在那邊耍白目嗎？」

「喔，難怪她常常被網友罵給掰，卻沒有被淘汰掉。」藍瓊安忍不住爆出清脆的笑聲。

「對啊，混血兒裡面沒有人比我們小安安漂亮！」連子雯露出姨母笑，幫藍瓊安把指甲油塗完：「只是小安安要笑小聲一點，不然等一下 Ruby 魔王來抓妳唷。」

【4】

Ruby 氣呼呼地找著藍瓊安，她本來想要聽聲辨位，看看哪裡有藍瓊安的笑聲。只不過許蓁正在化妝間大哭大叫，完全蓋過了藍瓊安的動靜。

「欸，Kevin，有沒有看到我家瓊安啊？」Ruby 問一旁的經紀人同行。

穿著超貼身緊身褲的 Kevin 無奈地嘆了一口氣：「沒有欸姊，我家那兩隻也不在啊，一定去偷抽菸了啦。」

「唉！」Ruby 和 Kevin 同時嘆了一口氣。Ruby 苦笑道：「現在藝人越來越難帶，我家那隻動不動就哭，我才比較想抽咧。」她瞥見頂著狗屎色頭髮、大吵大鬧的許蓁：「啊那個家裡有礦的，在該什麼？」

「喔喔，那個瞎妹啊！」Kevin 扭著腰，翻了個白眼冷笑：「就她吵著要染的白金色中分長髮失敗了啊，跟她原本的亞麻色卡色，現在變屎色啊，活該。」

Ruby 冷哼：「唉，她又有什麼差，我最近聽說製作人覺得不要一次有兩個混血兒，要在總決賽淘汰我家那隻。反正這種家裡有礦的到最後還不是會被捧，努力有什麼用。」

「蛤，可是姊，那個瞎妹在網路上一直被網友臭欸。」Kevin 唸起爆料版的內容：「網友說她連自彈自唱都對嘴，看不出來她有多努力，只看得出來被力捧。還有啊，很多人說她在網路上刻意營造形象很噁，每次表演得那麼糟投票排名還那麼高，想裝活潑結果變成愛裝熟，很白目。」他越唸越樂：「她在學校也超級不尊重人耶，連她的音樂老師都爆她侮辱師長的料了，是真的要涼了吧？」

「啊，你新人，看得不夠多啦。錢最重要，那些網友能讓她沒錢嗎？有錢人帶一下風向又人人愛了啦。」Ruby 不耐煩地四處張望：「欸，我們家那隻真的是有夠——」

【5】

道具間裡，連子雯和藍瓊安聊得正開心，郭柔穎忽然跌跌撞撞地走了過來。她那張慘白的臉從新燙好的酒紅色大捲髮中冒出，像是一條瀕死的美人魚。

「欸，小連，幫我遮一下我的黑眼圈。」滿臉倦容的郭柔穎坐了下來。

「好，等我一下喔。」連子雯翻找自己的化妝工具箱。

「……那個混血兒不會知道我的事吧？」郭柔穎小聲地用氣音詢問。

「沒有啦，她以為妳真的很厭世。」連子雯雖然覺得郭柔穎這樣不好，卻也有點可憐她。

「妳真的好會照顧人喔，可是還要這樣裝迷糊，辛苦妳了。」郭柔穎擠出一絲微笑。

「唉，沒事啦。我之前也跟吳珈芮聊過這個。穎姊，妳真的還要過這種日子嗎？」連子雯假裝看她的膚況，湊在郭柔穎耳邊說道：「那個，墮胎很傷欸。」

「沒辦法，我也不知道該怎麼辦了。」郭柔穎輕輕地把連子雯推離耳際：「都走到這一步，再回頭，就真的什麼都沒了」

「是哦，可是像吳珈芮想要退賽欸，妳要不要——」

「咳咳咳咳！」一陣菸味飄來，藍瓊安、連子雯和郭柔穎同時爆出劇烈的咳嗽，對話就此中斷。

「唉，妳不也一樣嗎，就這樣吧……」郭柔穎果斷結束話題：「反正再麻煩妳囉，小連。」

連子雯正想和她分享吳珈芮退賽的計畫，道具間傳來的煩躁娃娃音再度打斷她們：「借過！」

郭柔穎抬頭，是兩個穿著粉橘色制服的人。剛剛喊借過的+9蹦蹦跳跳地走向她們，大喊：「我跟阿純要抽菸。」而後方一臉老態的短髮女阿純，只是冷冷地在後面滑手機，然後漫不經心地抬起頭：「欸，咘咘，借火。」

還來不及應聲，咘咘就自顧自地幫自己和阿純點菸，抽了起來。連子雯知道，演藝圈最自由的人，不是傻妹甜蓓、天生麗質的藍瓊安，更不是許蓁、郭柔穎這種有特殊優勢的人，而是「本身人格和經歷都爛到無法偽裝、卻又幸運混入演藝圈，只好把缺點當成人設的廢物」。例如：Kevin 負責的種子少女參賽者——咘咘和阿純。

咘咘是個徹徹底底的+9妹，是從抖音爆紅後被找過來的，她那社會底層的流氓個性已經根深柢固，經紀公司只好把她包裝成「不良腹黑病嬌小蘿莉」，專門騙肥宅市場。她原本的髒金色臺妹布丁頭已經被染成粉紅色，還剪了姬髮切，看起來非常適合住在二次元（因為在三次元會被唾棄）。咘咘的人氣很高，她會嗲聲嗲氣地露出漂白好幾次的微黃小虎牙，說最愛的活動就是和熊熊喝下午茶還有懲罰蝴蝶，完全爆擊宅男的心。但咘咘真正的愛好，是一邊羞辱宅男或內向女、一邊吞雲吐霧，然後錄影傳給自己的+9男友。

而阿純則是唱跳俱佳、卻愛抽菸和拉K的老藝人，現在年輕世代的偶像已經沒什麼實力，她雖然爭議多卻還有點底子，所以經紀公司決定讓她以「颯爽帥女」的身分亮相，當個照顧後輩、乘風破浪的姊姊。

阿純剪去了咖啡色中分長髮，換了個帥氣的男生頭，還有幾綹灰色的挑染，看起來十分俊美。不過、私下的她在其他參賽者面前常耍大牌，成天只會巴結製作人，或是挑她看上的年輕帥伴舞打砲。此刻她正一邊抽著菸，一邊對著話筒抱怨：「吼唷，盛哲葛格，讓我接那部偶像劇嘛！唉唷，我現在被剪得跟臭拉子一樣，心疼我一下——」阿純抱怨得正痛快，就被一陣劇烈的咳嗽聲打斷。

「到底是怎樣啦？」阿純瞪著藍瓊安。

「咳咳咳咳！」有氣喘的藍瓊安隱隱約約要發作了，而郭柔穎早已習慣菸味和鬧劇，逕自坐在原地打瞌睡。連子雯見狀，趕忙扶起藍瓊安，準備要帶她離開。好死不死，藍瓊安被咘咘偷偷伸出來的鳥仔腳絆住，踉蹌了一下。

咘咘見獵心喜，立刻準備發洩那群宅男帶給她的負能量。身高一五四的她站了起來，用力推了一下身高一七〇的藍瓊安：「幹你娘，踩到人不會說對不起是不是啦！」

「咳咳咳咳……對不起……」藍瓊安唯唯諾諾地說：「可是，這裡也不能抽菸啊。」

「啊我抽干妳屁事啊！妳是在唉三小啊？幹！」咘咘像一隻發春流浪母吉娃一樣大爆炸，她用力推連子雯和藍瓊安：「啊妳不是很邱嗎？回英國啊，幹！跟妳媽一樣給英國人幹啊，白痴，幹。」

面對這種白痴又危險的鬧劇，連子雯四處張望，希望找救兵。郭柔穎不知不覺睡著了，阿純正跟砲友視訊，怎麼辦？

「靠杯喔，我在講話不會好好看我喔？我直接打爛妳們的臉要不要？幹你娘！」咘咘開始稱職地扮演社會底層躁鬱女：「敢不敢啦！輸贏啦！」藍瓊安怕得哭了，而咘咘終於收穫了今天的暢快。只不過，她的暢快，走得非常快。

因為母吉娃再瘋，也鬥不過藏獒。

「喔抽菸喔，還打人，酷唷。」一個冷冷的聲音傳來，一位綠髮妹在大家的注視下推開到道具間門。那名綠髮妹也穿著粉橘色制服，是一個有著細長眼睛、挺直鼻梁和薄嘴脣的高瘦美女。「來，抽菸仔看鏡頭！讓妳紅！」

【6】

「機掰吳珈芮衝三小啦煩欸！」咘咘開始大聲吠叫。

「欸，我拍下來囉。」綠髮妹斜眼看著可悲二人組：「妳們抽菸唷，我來去打卡一下，給星夢園丁知道他們的小種子也在抽七星，當七星夢園丁喔。」

咘咘和阿純立刻沒了剛剛囂張的氣焰，踩熄了菸。阿純懶得吵，踩熄菸後直接離開，而咘咘的菸熄了，怒火卻熊熊燃燒。

「幹！拍三小，死吳珈芮低能退團女，那妳怎麼不發妳自己要退團？」咘咘開始她唯一的專長：叫囂。

「因為我想先發妳這支煙囪啊，我團裡面的煙囪沒妳那麼大支那麼黑啊。」

「關妳屌事喔？幹！走開啦！」咘咘的理智線斷裂：「聽到沒啦！走開啦！」
「不關我的屌事啊，我又沒有屌。妳一直講屌，是屌長在臉上？幫男友素一素忘記要吐出來？」吳珈芮輕蔑地看著咘咘冷笑。
「幹！恭三小？恭三小！」咘咘完全暴露+9妹腦殘又詞窮的精髓。
「恭妳啊，妳就是三小啊。可悲抖音+9妹，黃牙母狗。」吳珈芮挑眉，這個舉動立刻激怒了咘咘。
「靠杯喔，我直接打爛妳的臉要不要？幹你娘！」咘咘用同樣的方式恐嚇吳珈芮：「敢不敢啦！輸贏啦！」
咘咘逞凶鬥狠的模樣沒有嚇到吳珈芮，因為吳珈芮立刻對她發飆：「啊妳是在崩潰三小？幹？幹！幹妳媽！拎周罵沒在跟妳怕，拎周罵要退賽啦幹！臉沒差啊幹！打架啊！互相把臉抓爛啊！我沒差啊！」吳珈芮脫下自己的高跟鞋砸向咘咘，齜牙咧嘴地對她狂吼：「幹你娘打架啊！臉過來啊！幹！」
沒想到，剛剛還像一隻母吉娃娃狂吠的咘咘，看到像一隻發狂藏獒般的吳珈芮，立刻落荒而逃。

【7】

小小的道具間又恢復安靜。

郭柔穎被吵醒，然後又睡著了。連子雯一邊輕拍藍瓊安的肩，一邊向吳珈芮道謝：「謝啦芮，剛很帥喔。」

「沒事啦，反正我是真的要退賽啊。妳覺得咧？妳怎麼看？」吳珈芮得意洋洋地看著逃跑的咘咘，又看見梨花帶淚的藍瓊安：「啊那個混血兒，妳不想退嗎？」

「很想啊，每次都要假裝假裝的，很煩！」藍瓊安垂下頭來。「可是芮姊姊，妳真的要退賽哦？怎麼退？」藍瓊安好奇地問吳珈芮。

「喔，我前幾天不是被爆料自己原本在重金屬樂團，還在臉書發文對外來音樂宣戰嗎？」吳珈芮翻了一個白眼：「我們樂團的人叫我否認，繼續當節目說的美國搖滾甜心，等之後我決賽紅了，就沒人管怎麼說了。現在就配合他們一下，繼續比賽就好。」

「唉，真的很煩。經紀公司都跟大家說：『妳沒維持好讓妳爆紅的人設，就是徹底浪費練習唱歌跳舞的時光』」連子雯附和。

「對啊，媽咧，老娘才不想要跳什麼屁舞，穿什麼粉紅色噁制服，每次都要裝可愛，操，又不是我想練的。」吳珈芮擠了一堆卸妝油往自己身上抹，比中指的骷髏頭在她的手臂上緩緩現形：「我們團也叫我繼續撐啊，但我他媽快煩死了，染妳媽橘色頭髮，綁妳媽辮子頭，唱你媽英文歌，幹！我才不要。我要直接用我拉票的粉專去爆料文留言『對，這是真的，反正我要退賽了』，然後現在我也不想遮我的刺青了，我要退賽。」輸出一大串抱怨，吳珈芮滿足地吐了一口氣：「退賽就可以做自己喜歡的造型跟自己喜歡的事，還可以展現最真實的一面給粉絲看，多好。」

「蛤，好好喔。」藍瓊安一臉嚮往：「我如果退賽了，就可以大方跟粉絲承認我喜歡角落生物了。」

「對啊，不能做自己，被粉絲支持有什麼用？」吳珈芮一派輕鬆地說著。

連子雯看著吳珈芮，投以敬佩的目光：「小安安妳傻呀，妳退賽說不定就不能留在臺灣了，妳得像芮一樣勇敢才能退賽，對吧？芮很早就跟我說她想退了。」

藍瓊安一聽，急忙表示先不退了，而吳珈芮的笑容好像凝結了一秒。

「對了，退賽之後，被演藝圈封殺還有違約金怎麼辦？」連子雯隨口再問吳珈芮。

本以為吳珈芮會講出什麼長篇大論，可是吳珈芮的臉卻唰地變得慘白。她沉默了一下，脫下自己的粉橘色外套，不耐煩地回答：「管他的，被封殺或賠錢我沒差啊，我現在只想趕快退出。反正之後的事我自己會克服啊。」

說著，吳珈芮有點惱羞成怒：「好煩喔，妳們一直問，到底要不要退賽？沒要退的話，就閉嘴繼續裝可愛啦。我連演藝圈都要退啦！我玩我自己的音樂。」

「所以妳其實沒想好之後要怎麼辦？」連子雯突然收起笑容，步步進逼：「如果妳連演藝圈都退出了，妳玩的音樂還會有人聽嗎？妳甘願一直沒有觀眾嗎？」

吳珈芮聽完一愣，這時，咘咘剛好抓著Kevin和阿純過來，指著吳珈芮：「幹！Kevin哥，她剛打我啦幹！去幫我揍她啦！」

經咘咘這麼一鬧，原本平息下來的空間又開始亂了。連子雯在吵雜聲中對著咘咘大吼：「閉嘴一下好不好！不要吵！」突然被嗆的咘咘氣急敗壞，本來想上去和連子雯爭個輸贏，但Kevin和阿純一直攔著咘咘，深怕被她拖累，而且他們也不知道突然暴走的連子雯發生什麼事，她以前從沒這樣過。

連子雯顯然非常在意吳珈芮的回答。她提高音量，繼續追問：「妳不怕沒有觀眾，大家就忘記妳，沒有人聽妳的音樂了嗎？」

「欸不是，妳幹麼突然這樣啊？」吳珈芮嚇了一跳。

「妳真的甘願被大家忘記嗎？還是妳甘願讓大家記得妳退團？」連子雯用力握住吳珈芮的手，瞪大眼睛看著她：「妳真的覺得退團會比較快樂嗎？」她的鼻尖已經快要戳到吳珈芮：「會嗎？」

「告訴我好不好。」連子雯看了眼飽受驚嚇的藍瓊安，神情變得非常淒涼：「拜託，告訴大家。因為大家都會怕啊。」

「幹！妳在發什麼瘋啊？妳有病喔？」吳珈芮用力推開連子雯：「我不知道啊，管他的。他媽的。」吳珈芮背起吉他，臉色慘白地說：「反正我要退了，就這樣。」

吳珈芮沒再搭理任何人，她快速地按了按手機，承認爆料的內容，接著把粉橘色的制服用力丟在地上，然後頭也不回地走出攝影棚。

所有人都停止動作，默默地看著吳珈芮的身影消失在攝影棚外。

她們確實是一群超級合不來的參賽者，但連子雯知道，剛剛所有人，都非常有默契地等著吳珈芮向大家保證「退賽之後就能痛痛快快、無憂無慮地做自己」。哪怕吳珈芮回一聲「嗯」，都會有人脫下粉橘色的制服，陪她一起退賽，快樂地追隨吳珈芮。

可是，沒有。吳珈芮就這樣走了。

什麼話都沒有說，走了。

連子雯以為大家會說些什麼，可是，連她自己也不知道該說什麼。直到阿純默默吐出一句「欸，補妝吧。」所有人才走到她旁邊的鏡子前補妝，好像什麼事都沒發生過一樣。那一刻，大聲吵鬧的人、要死不活的人、哭哭啼啼的人、想要退賽的人，都在鏡子前盡力地把自己裝扮成別人。

「退賽後，吳珈芮就能做自己了嗎？」藍瓊安盯著自己的新髮型。

「她不是不想被大家遺忘嗎？」郭柔穎咕嘟嘟嘟地狂灌提神飲料。

「所以，做自己的吳珈芮，也在扮演一個『甘願被遺忘』的自己，對嗎？」

Kevin 拿著香水狂噴咘咘和阿純：「妳們身上有菸味，不想活了是不是？」

「靠杯，那這樣根本不是做自己吧。」咘咘冷冷地說。

「既然無論如何都要扮演別人，那我當然要在被很多人喜歡的地方演，畢竟我從三歲就演到現在了。」甜蓓一臉陰暗地出現在大家身後：「不然這樣太不划算了，對不對？子雯？」

大家都被甜蓓突如其來的發言嚇壞了，而連子雯終於回過神，看了甜蓓一眼：「對啊。」

本來連子雯已經下定決心，要趁今天跟著吳珈芮一起走的，為了這個決定她苦惱了好久，但她一直堅信吳珈芮知道之後該怎麼辦，所以決定追隨她。只是風波過後，她還是走向了等候已久的經紀人。

「欸，子雯啊，妳怎麼不見這麼久！」經紀人趕緊喚來髮型師幫連子雯化妝。「好不容易上週排名第三了，不要一直忘記自己要走什麼風格。妳要當明星，還一直走來走去幫別人化妝幹麼？妳以後紅了單飛想怎麼做自己都可以，現在重要的就是讓觀眾更喜歡妳，知道嗎？」

「我知道啊，我是迷糊雛菊少女連子雯。」連子雯冷冷地看著鏡中的自己。仍然穿著粉橘色制服，還有一雙水汪汪的無辜大眼睛。

「喔，妳學乖了耶，怎麼？」經紀人幫她把紫灰色的接髮梳成公主頭：「之前不是還跟我說，不喜歡當傻妹，比較喜歡當照顧人的姊姊嗎？」

連子雯擺著可愛的姿勢，彷彿在對鏡子裡的那位迷糊雛菊少女坦白：「因為經紀公司突然毀約，逼我參加比賽累積人氣，才願意幫我開美妝節目啊。」連子瑜說著，笑了起來：「迷糊雛菊少女能賺到你們要的錢，我得靠她吃飯啊。」

「我沒有很喜歡這個回答喔。」

「這樣喔，好喔，嗯……那要說……喔啦喔啦！子雯也不記得了耶！」她擺出觀眾最愛的迷糊臉：「這樣可以嗎？」

「可以，可以，good job, good girl！」經紀人滿意地大笑，連子雯則堆起假笑，跟著導演的指令、走進種子少女的錄影棚。

【尾聲】

吳珈芮去追尋自己了。但連子雯沒有。

咘咘假裝緊張，迷糊少女也跟著皺眉頭。

阿純假意不捨身旁的隊友，迷糊少女也跟著抹掉眼角旁不存在的淚。

甜蓓、郭柔穎和所有的參賽者看起來都是美麗的種子少女，迷糊少女也是。

藍瓊安維持著自己被規定的樣子，迷糊少女也是。而連子雯，更是。

「種子少女」的決賽排名儀式正式開始，前三名終於揭曉。

第一名【高冷英國鳶尾花——藍瓊安】

第二名【迷糊雛菊少女——連子雯】

主持人堆起笑容訪問連子雯：「迷糊少女，上週妳第三名，這次向上爬升到第二，請問妳的心情有什麼變化呢？來跟電視機前的『星夢園丁』們說一下吧！」

連子雯綁著可愛的紫灰色公主頭，嘟著嘴說出口頭禪：「蛤辣～子雯不記得了耶！」

她講完這一句話後其實很想死，但也只有一下下，因為所有現場的觀眾聽到她的口頭禪，全都慷慨激昂地大聲歡呼。連子雯忽然覺得這群人正在扼殺真實的她，但她決定徹底忘記這件事，她甚至忘記自己在大改造之前是頂著一顆俐落的鮑伯頭了。

接著，她神采奕奕地喊道：「可是啊，子雯記得，要帶給各位『星夢園丁』們最好的舞臺！」

07

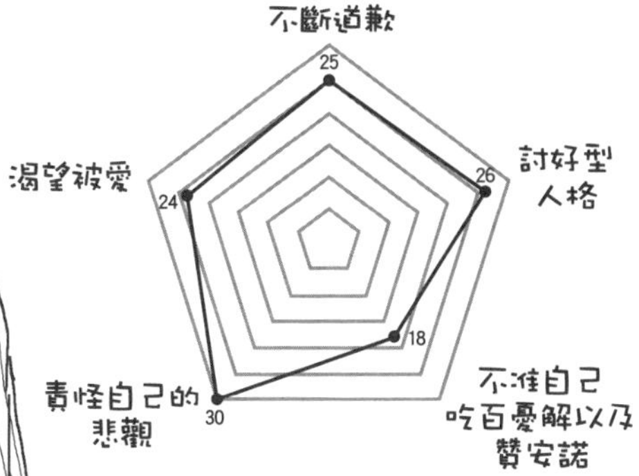

一個憂鬱症患者的故事

07　一個憂鬱症患者的故事

個人姓名：陳宇欣

別名：認為有憂鬱症是自己的錯並長期遭受情緒勒索的人

原產地：身旁親友的道德綁架訊息

特徵：一直覺得自己的憂鬱症會好起來，只要自己再努力一點就好

被孤立的原因：在乎著不在乎她的人

王賢忠並沒有求神讓那個不知好歹的女人好起來。

雖然他有信仰，但他就是自己的信仰，因為普信男信的總是自己。

此刻，他正漫不經心地走向3BI病房，路上有個穿著熱褲的微胖女生走向他，身高一五六公分的王賢忠惡狠狠地、以批判之心瞄向她的奶子，覺得奶子還行。但這女的太高大了，配不上他。王賢忠推了推眼鏡想著，那個熱褲胖妹便臭臉向他走來，喊了一聲：「喂。」

媽的，臺女，給人看一下會怎樣？妳又不正，怕屁怕。王賢忠以為要被出征了，但胖妹直截了當地問：「欸你是陳宇欣她男友喔？我是她高中朋友，許群莉啦。我今天也來看她。」

「喔喔，哈囉。」王賢忠鬆了一口氣、卻又提高警惕——既然這女人不覺得自己是痴漢，那就要展現菁英人設了。他故作紳士地伸出手：「幸會，幸會。不好意思我今天沒有帶名片。」其實沒帶的原因是他沒工作。

「噢，嗯。」自信爆棚的許群莉訝異了一會兒，高高在上地伸出手輕握了他一下，然後扭著屁股向病房走去。王賢忠跟著她進了病房，他先看著許群莉一搖一擺的臀部，才看向病床上自己三天前突然失聯的女友。

「唉，怎麼會發生這種事呢。」許群莉看著病床上虛弱的陳宇欣眼眶泛淚：「妳幹麼割腕自殺啊，有憂鬱症也不跟我們說。」

「對啊，唉！瞞著我們幹麼。」王賢忠挑眉嘆了口氣。其實他本來打算來病房晃一下，就趕快回家打ＬＯＬ的。ＰＴＴ上說憂鬱症都是臭臺女，難怪陳宇欣不敢跟他承認。不知道她出院會不會拖累自己。

「唉，啊她有跟你講嗎？你有沒有帶她去看醫生啊？」許群莉突然問。

「有啊。」王賢忠下意識地回道。女人問問題，一定要先說有，才不會漏氣。要讓人看出他有肩膀。王賢忠說完，挺直自己瘦削的肩。他覺得自己重訓有成。

「欸不是啊？啊你不是說不知道她有憂鬱症。欸，你很誇張耶，你不是她男友嗎？」許群莉話鋒一轉，盛氣凌人。許群莉允許自己觸犯任何禁忌，因為她是超奔放女嬉皮，但許群莉不允許任何人對她說謊，因為只有許群莉才能當超奔放女嬉皮。

「其實看得出來啊，我算是對心理學有研究吧。我有叫她看醫生，她就不看啊。」王賢忠又是一連串反駁。

「喔。」許群莉漫不經心地回應。其實她只是想要找個人質問罷了，別人回答什麼她沒差。她瞥見陳宇欣的病床邊放著一個不鏽鋼鋼碗，她剛好有點餓了，就把碗裡的雞湯倒出來喝。

王賢忠想，許群莉剛剛講到了「男友」，會不會是對他丟球的意思？許群莉奶很大，他可以勉勉強強幹一下。他嘴角翹起，自信許群莉已經是囊中之物了，但不能當女友，因為她太胖了，但再重申一次：許群莉奶很大，勉勉強強能幹一下。

王賢忠盯著狂喝病人雞湯的許群莉，胯下搔癢難耐了起來。他決定對仍在昏迷的陳宇欣信心喊話，展現自己的暖男魅力，讓許群莉趕快上鉤，讓他勉勉強強幹一下。

「宇欣，妳聽得到嗎？」王賢忠雙手交疊，做出知性男人沉痛的模樣：「妳怎麼把整個世界拒絕在外呢？我對心理學略有研究啊，你們文組就是太感情用事，不像我們用邏輯解決問題。」他餘光瞄到許群莉正狂啃雞腿，好像沒有很在乎他，只好繼續說。

「我都有幫妳用妳的錢投資買股票、規劃理財，為了不讓妳太有愧疚感，還常常讓妳來我家洗碗跟打掃。我知道妳其實不太擅長，所以不是很樂意，這我都看得出來。但我不希望妳跟傳統女人一樣，只會讓男性頂住妳的一片天，而妳永遠無法試著去探索外面的世界。我這都是想讓妳成長，所以妳要趕快好起來，我們一起變成更好的人，我會耐心帶妳的，知道嗎？」

王群忠講到「頂住」的時候，特別把聲音放低，讓自己的聲音聽起來渾厚而有磁性，他相信自己這樣就能牽動許群莉的雌激素。而許群莉果然把頭轉過來看他，讓王賢忠越說越得意：「宇欣，等妳醒來，就多跟我學投資跟成功理論，就不會憂鬱症啦，我陪妳，乖喔。」他扭動自己的朝天鼻和厚脣，露出一個古龍水般挑逗又帶點滄桑的微笑。他相信許群莉已經對他暈船了。

只不過，事與願違。

「欸不是啊？你會不會太爛啊？」忽然，在一旁啃得忘我的許群莉放下雞腿，抹抹油膩膩的嘴，煩躁地質問：「啊你他媽整段話都在靠杯我們，然後說要幫她投資，讓她學著理財，啊請問一下，你投資有讓她賺大錢嗎？你一直叫她洗碗幫你做家事，你覺得這樣是對她好？你有沒有搞錯啊？」

面對許群莉的質問，王賢忠只覺得她是在欲擒故縱而已，他繼續裝出磁性的聲音說：「許小姐，請妳理性一點，我知道妳很激動，我學過一點心理——」

「心理什麼啊？讓人家得心理疾病是不是？」許群莉越來越不耐煩，從自己的位置上站了起來，瞪著王忠賢：「欸，回答啊，侏儒。」

「侏儒」兩字直戳王賢忠的痛處。他「颼」一聲站了起來，瞪著眼，用力敲了一下旁邊的牆壁示威：「欸，妳不要不理智喔，妳說誰是侏——」

「對，就是侏儒。回答我啊侏儒。」沒想到一七九公分高的許群莉完全沒跟他客氣，她直挺挺地站起身，把王忠賢逼到牆角：「回答啊。」

「我、我平常還有幫她吃掉她吃不完的便當啊？睡前也有跟她說晚安啊？」此刻的王忠賢就像隻遇到瘋狗的醜青蛙，鼓漲著蛙囊般的醜臉示威：「啊我都有盡到我該做的責任啊，不然妳想怎樣？」

「笑死，你完全沒辦法溝通欸，我不會侏儒語，抱歉侏儒。」許群莉翻了個白眼，轉頭走向病床，對陳宇欣罵道：「我就叫妳跟男友分手了齁。」

王群莉沒有料到，病床上的陳宇欣不知道什麼時候醒了，她看見陳宇欣緩緩張開雙眼，呆滯地流著眼淚。

「欸，醒了喔？啊妳還好嗎？」許群莉嘴上關心，表情卻非常不耐煩。虛弱的陳宇欣想開口，卻被許群莉打斷：「啊妳要照我說的做啊！奇怪耶！」

陳宇欣虛弱的模樣讓許群莉怒火中燒：「妳真的很負面耶，整天給我一堆負面情緒，我不是有賣生命靈珠給妳嗎？買了那個妳就會好啊，還問我為什麼自己不戴，我戴不戴是我的自由啊，妳控制我幹麼？」許群莉瞪著陳宇欣沒割腕的手上戴著的醜串珠手環，越說越氣：「欸不是啊，妳覺得妳大學畢業很厲害？啊大學畢業又怎樣？還不是工作愛情兩頭空，不像我，我都活得很獨立啊，我們女人就是不能一直想著要靠男人，男人都不能靠啊！妳幹麼跟這個侏儒搞在一起啊，妳戀童癖喔？很噁欸！」

「誰是侏儒，妳說清楚！」王賢忠咬著牙卻又小心翼翼地罵著。

許群莉顯然不在乎，因為她是女嬉皮：「欸不是啊，妳可不可以像我一樣活得瀟灑一點？妳大學畢業去找工作然後說上班很累，我就一直叫妳辭職，然後妳說不要因為妳很喜歡這個工作。欸不是啊！奇怪耶！我幫妳把要給客戶的資料丟掉，是要幫妳抽離工作耶，妳就在那邊哭，有什麼好哭的啊？」

隔壁床的病人是個年輕男子，他聞聲後拉開門簾想一探究竟。但許群莉憤怒地瞪了年輕男人一眼，又把目光聚焦在陳宇欣身上：「我叫妳事業跟心情選一個啊，妳工作的時候很痛苦，我看不下去就幫妳了嘛！啊妳封鎖我，我去找妳問理由，妳就哭說妳被我害到不想活了，幹！欸，不是啊！很不爽欸！妳很負面欸！妳就一直怪我就好啦，奇怪，又不是我叫妳拿什麼客戶的資料的，妳看妳現在工作也丟了，妳之前說要借我錢是要去哪裡生？妳把自己搞成這樣又要怎麼工作啊？奇怪耶，妳很負面欸，妳學我就好了啊！整天哭哭啼啼無病呻吟，現在還不是要我來照顧！真的搞不懂妳欸！」許群莉終於罵夠了，她滿意地為最棒的自己下了一個結論：「妳就不要醒來好了啦！」

王賢忠對這個女人感到詫異，他其實沒有很認真在聽許群莉罵了些什麼，他反而有點慶幸，因為陳宇欣也被罵了，這個病房最慘的不是他。

「啊還好妳跟我說妳男友會跟我買生命靈數。我們的生命靈數手環喔，很靈——」這時候，許群莉反而願意正眼看王賢忠了。

「什麼？妳不要亂——」王賢忠嚇了一跳。

「欸，我沒有亂說啊。」許群莉掏出紙巾，擦拭自己臉頰旁的汗，理直氣壯地瞪著王賢忠：「她自殺前跟我說，你會還她錢欸。」

「我沒跟她借啊，我是投資欸。」

「你知道我可以叫警察嗎？」許群莉像炫耀自己待在教室超過一分鐘的+9妹。

「笑死，警察？她又沒寫借據，妳拿什麼壓我？哭啊。」王賢忠不著急了，甚至得意地挑眉。

「我不管！你要負責！你是她男友！」

「喔，哭啊。」王賢忠冷笑：「我現在不是了，別來找我拿。」

「你什麼意思？你——」

「我要跟陳宇欣分手，投資成敗有賺有賠，她要我幫忙投資，而我沒有義務幫她承擔風險，就這樣。」王賢忠以一個高傲商業人的姿態睥睨著許群莉和陳宇欣：「女人要找的話很多會來貼我，我不想跟妳們在這邊瞎攪和啦，誰要跟一個憂鬱症臺女和肥龍蝦攪和。總之不要找我，掰啦！」王賢忠沒帶東西來慰問，所以他一站起來就能瀟灑地離開；而原本血口噴人的許群莉則是慌張地從椅子上彈起，想繼續追問王賢忠。只不過王賢忠做了一個自以為是的響指手勢，帶著微笑關上病房的門：「後會有期喔！」說完，他顧不上紳士人設，立刻衝向樓梯逃跑。

陳宇欣就這樣被分手了。

病房裡，只剩下陳宇欣、年輕男病患、氣到五官都皺在一起的許群莉，以及超級恐怖的氣氛。許群莉一看目標走了，自知追不上他，便立刻往陳宇欣的病床走去：「欸，他走了。你看，就這樣拋下你走了。我就說要聽我的吧！」

病床上的陳宇欣看起來非常的無助，而另一床的年輕男生忽然坐起身來，表情複雜地看著這一切。當許群莉離陳宇欣越來越近，年輕男生的臉色便越來越凝重；當許群莉要碰到陳宇欣時，男大生終於忍不住開口：「群莉姊……」

許群莉聞聲，猛然回頭。這一舉動，讓整間病房的氣氛徹底變樣。

只見許群莉收起怒容，華麗地轉了一圈。接著，故作嬌羞地問：「怎麼啦恩謙寶貝？我今天漂亮嗎？演得很好吧！」
恩謙笑著說：「群莉姊當然演得很好啊！只不過太大聲了啦，我被嚇到了。」
「齁，啊你就一直在床上打傳說，我演連續劇給你看耶？」許群莉從袋子拿出一罐雞精給他，「你們男生要學著有肩膀，不要像今天那隻侏儒啦！出來害人！」
「謝謝每天都演喜劇給我看的群莉姊。」恩謙接過雞精。
「嗚嗚嗚嗚嗚……」陳宇欣淒涼的哭聲打斷了他們的談話。
「幹麼哭啦！分手快樂，祝妳快樂。」許群莉一邊哼歌，一邊從包包裡面拿出一罐鱸魚湯，擺在陳宇欣的床頭櫃：「等妳可以坐起來的時候要吃喔。我送妳的雞湯妳都沒喝，皮在癢欸。」
「我就不想跟他分……」陳宇欣淚眼汪汪地說。
「欸他都不知道妳發生什麼事欸？我剛都故意掰出那堆智障話，看一下王賢忠會不會叫我閉嘴，如果他有出聲，我一定收手。欸，結果他都沒要罵我，只是一直盯著我胸部欸，還不分嗎？妳不跟他分，換我跟他分喔。」許群莉一邊說，一邊拿毛巾輕輕擦拭陳宇欣的臉。
「妳是要分什麼啦？」陳宇欣的鼻涕哭成泡泡。
「分屍啊。」許群莉冷冷地說。但她說到一半就噗哧一聲笑了出來。
「妳不要噴口水啦，很靠杯欸……」陳宇欣不知道要哭還是要笑了。

「不是啊，他逼得妳跟我借錢然後他還不出來，結果是妳自殺喔？不要鬧耶。我又沒叫妳還我！在那邊自作主張……這幾天幫妳代班，我跟妳們公司的帥哥聊很嗨喔，就不要帥哥被我搶走。」

「妳喜歡就送妳啦！然後……真的，我、我很謝謝妳——」陳宇欣泣不成聲。

「反正他也把錢給我啦。前幾天我假冒股票專家，去他創的粉專密他，我先捧了他好幾句再問他要不要投資NFT，還說利息翻倍漲，結果他直接把跟妳借的三十萬匯給我了。」許群莉冷笑：「我只是隨便用一堆網路查到的術語就騙倒他了，妳到底是怎樣看上這隻小矮人？妳是白雪公主？」

「……」陳宇欣哭到肩膀不停顫抖。

「欸，妳不覺得我很厲害嗎？還是我們一起去當討債集團呀？妳的江湖名字就叫特務P，我叫特務3P，怎樣？」許群莉雖然講著玩笑話，卻溫柔地握住陳宇欣那隻沒割腕的手。

「謝謝你，然後，那個錢，我會、我會——」陳宇欣也緊緊握住許群莉的手。

許群莉的眼淚滑落，但她趕忙拭去：「錢什麼錢，對啊妳要存錢啊，妳給我好好的活下來，存錢陪我去日本玩。別再割腕了啦。」忽然，許群莉的臉色又變了，她抓著陳宇欣的手湊近自己：「如果手太癢的話，幫我挖鼻孔怎麼樣？」

「喔唷……妳很煩啦……不要一直逗我笑……吼唷！許群莉……」

「幹！妳還真的挖喔，吼唷！很噁欸！陳宇欣！手走開！」

08

夢想最大

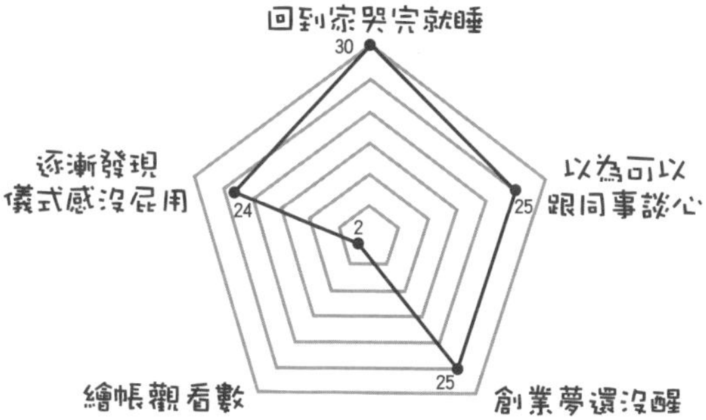

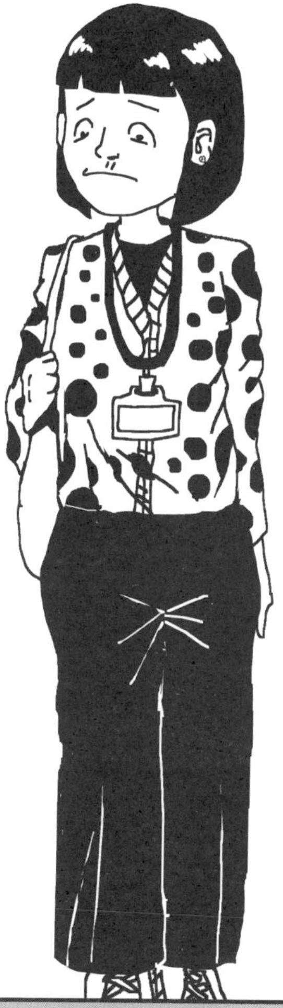

08 夢想最大

個人姓名：小君

別名：還沒被社會修理過但正在被修理的社會新鮮人

原產地：崇尚夢想、期盼創業的白痴大學生活

特徵：常常覺得自己好像應該為了現實生活而道歉，但又覺得自己的現實生活該向自己的夢想道歉。上班會故意穿得很文創但只會被當成奇裝異服的年輕白目

被孤立的原因：以為自己是人生的主角，還沒認清自己只是一個廉價的勞工，也還沒認清自己吃的飯只是有錢人拉出來的屎

【1】

阿寶組長要我關心一下小ㄐㄩㄣ。

我問她是哪個小ㄐㄩㄣ？因為我們公司有很多小ㄐㄩㄣ，我不知道她說的是小君、小均、曉君還是筱均。她說是最近過得不太好的那個。

其實我很想提醒阿寶：嘿，組長，我們公司的小ㄐㄩㄣ都過得不太好耶，所以是哪個小ㄐㄩㄣ？上次那個離職的男生叫小鈞，上禮拜公司又辭掉了一個染金髮的小均，而最近剛分手的筱均好像心力交瘁。但我想想這樣好像有點靠北，所以就只是對她點點頭，告訴她我會去，雖然我不知道是哪個小ㄐㄩㄣ就是了。

阿寶不愧是臺大外文的，她輕輕在我耳邊提醒：「彥亭，妳是不是不知道是誰？是那個坐在 Amy 姊附近的那個小君啦。」

我望向 Amy 姊的位置，原來是那個去廁所很久的小君。以普通同事的角度來看是這樣講沒錯，但以一個「即將要去關心她的同事」的角度來看，她是「被狗仗人勢的 Amy 姊糟蹋一頓後，在廁所偷偷哭了很久，但因為不想承認自己在哭，而別人也不想惹事所以沒關心她，於是就瞪著哭到腫起來的眼睛在自艾自憐地打字」的小君。她的皮膚很黑，但配上她單薄的肩膀和燙得筆直的深藍襯衫，卻給了我一種蒼白的印象。

【2】

「那個，Tina姊，來這裡當會計，一直都是妳想要做的嗎？」

現在是週五下班時間。小君很放心地在我車上痛哭一陣後，情緒平靜下來，略帶哭腔地問我。

「唉唷，不用叫姊啦，這裡叫我彥亭就好了。來，垃圾丟這裡面，衛生紙妳自己抽喔。」我把車上的塑膠袋遞給她，接著回答：「對啊，也不能說是想要啦，我就是會計系畢業的啊，所以一畢業就來了。做得還習慣嗎？」

「目前還可以。」小君勉勉強強地吐出這句話。她大概以為我會回答「喔我當初也沒有很想來啊！」的答案，但很顯然沒有，所以她又展現出被Amy踐踏出來的新鮮防備心。

「……我其實沒有很想來這邊。我不想會計系畢業就當會計。我其實想要……」

「想要什麼？」我微微把身體側向她，做出準備傾聽的樣子。

「我想要當插畫家。」她露出非常複雜的表情。看起來有點自卑，卻又一副很欣慰的樣子。她拿出手機，急急忙忙地解鎖，然後點開一個ＩＧ頁面給我看。

那是一個上傳了幾十張插畫的ＩＧ粉絲專頁，插畫裡畫著幾隻混合角落生物和拉拉熊特色的尷尬小綿羊。我瞥了一眼粉絲，三十六人。

這到底是三小？

「哇，很可愛耶！」我露出微笑，點開幾張醜綿羊插畫，認真看了看，然後還給筱君：「妳滿會畫圖的喔！」如果我講出我的真實想法，她大概會上吊吧。

「所以我其實很想當繪師。」小君沒有謙虛地說「唉呀沒有啦，彥亭姊謝謝妳！」她只是理所當然地接受我的讚美，看來她真的對自己的畫技很有自信。

「那為什麼要來這邊當會計呢？太對不起妳的才華了。」聽到這句話，小君緊皺的眉頭緩緩鬆了開來，隨即又繼續深鎖。

「因為我沒有被插畫公司錄取，也沒有人找我業配。但我有學貸，而且我要付房租，所以才想說先來工作。」

「哇，妳很辛苦喔。」我輕聲說道：「其實我也有過這段經歷啊，我剛來的時候，也被Amy姊這樣弄過。」

「真的哦！」小君一下子放下戒心。

「我跟妳分享一下，我還是新人的時候，在這邊最慘的一天好了。」

【3】

「我最慘的一天，是我來到公司的第一個月的第四天吧，好像是。為什麼我會記得這麼清楚呢？因為我那時候買了一本很漂亮的手帳，想要記錄我的上班生活。當然那一天確實也很特殊啦，那天是我的生日。

我記得我化了一個很精緻的妝，尤其是我的眉毛，描得超級仔細，而且還穿了我最喜歡的淡粉色絲質襯衫，和平常穿黑白色系的襯衫不一樣，畢竟那是第一次在上班日過生日，下班還要跟男友慶祝。

結果我一走進辦公室，最愛巴結 Amy 姊的小王——妳應該不認識，因為去年他對我們辦公室的人性騷擾，害她鬧自殺，結果小王就被辭退了——總之小王就誇我今天穿得很騷哦！然後 Amy 姊就很大聲地問我：『啊妳穿裙子喔！是要來約會嗎？哈哈哈唉唷，這個新來的……』

我還以為 Amy 姊是開玩笑，所以就討好地對著 Amy 姊笑了一笑，然後 Amy 姊皺著眉頭，狠狠地嘖了一聲。不是說伸手不打笑臉人嗎？後來我才知道，問題是出在上司決定打你或不打你，而不是你有笑或沒有笑。

結果早上在開例會的時候，Amy 姊突然 cue 我報告一個我根本還沒拿到的資料，我一時啞口無言，然後 Amy 姊就豪爽地對主持會議的經理大笑：『唉唷，新人啦，整天穿漂漂亮亮來就好啦！我再帶她磨練一下啦！』

唉，對，那時候帶我的，就是 Amy 姊。

我一出糗，經理就皺起了眉頭，例會上大家發出零零落落的笑聲。那時候我丟臉到耳朵都紅了，早上出門前我覺得穿粉色系很好看，結果在例會上，Amy 姊讓我覺得自己像個粉紅色小丑。

例會解散後我忍住淚水繼續弄帳務，Amy 姊直接衝來我的位置上大吼大叫，用力拍我的桌子，大聲責罵我『不知羞恥，被罵也沒差，不會檢討自己是不是？』

我常常在想自己一定是做得不夠好惹到 Amy 姊，不然為什麼 Amy 姊總是一直找我麻煩？第一天主管叫她帶我的時候，她跟我說不懂的就要問，結果每次我問她，她就嘖我，說問這麼多一定是不懂，不懂就是不認真，工作要自己解決，不要在她忙的時候找她。

我也嘗試著不問她，自己摸索，結果她大罵我為什麼不問她？是瞧不起辦公室的人是不是？我甚至還想過要問小王，但我問小王後，他立刻帶著我去跟 Amy 姊告狀：『欸，Amy 姊姊，人家新人都不敢問你啦！』Amy 姊聽到又是一陣破口大罵。

Amy 姊近乎崩潰地罵了我好久，看到我終於委屈又羞愧地淚流滿面後，她才冷冷地說我只會哭，這麼討厭工作為什麼不乾脆去給人包養、腿開開地賺錢就好，接著就叫我滾回辦公桌收拾我的爛攤子。

我回到辦公桌繼續對帳，小王就笑咪咪地走向我。他站在我座位彎下腰來一言不發地盯著我做事，接著再皺著眉頭，發出很大聲的『嘖嘖嘖嘖嘖嘖唉唉唉唉唉唉唉唉』的聲音，然後把手按在我用滑鼠的那隻手上胡亂點了一番，說『我教妳，我教妳。』我嚇到了，覺得很不舒服，想要把手抽走，他就用力地按著我的手，疾言厲色地說：『Tina，妳這樣真的很不行，妳懂我的意思嗎？妳這樣真的很不行。』

我忍不住又開始哭，Amy 姊就開始在一旁說我是草莓族沒救了。小王大聲嘆了一口氣，看著我搖了搖頭，走回他的位置，把一大堆文件放在我桌上，一臉嚴肅地告訴我，為了讓我做中學，這些都要交給我完成，我要學會處理。然後他把兩隻手放到我的肩膀，柔聲地在我的耳朵旁邊說『唉呀我也是為妳好嘛，不要這麼難過嘛，我們都在同一條船上嘛！』天啊！他的嘴巴超臭。接著他說要幫我『馬殺雞』一下，就一邊揉我的肩膀，一邊用手勾我的內衣肩帶。

我當下知道自己遇到性騷擾了，可是很奇怪，我完全知道該怎麼做，我該大喊、該申訴、該求救，但我也完全知道就算做了也沒有用，沒人會來救我。我的腦中一片空白，我就是一邊被他猥褻，一邊處理文件。

幸好 Wendy 這時候蹦蹦跳跳地來問小王怎麼處理帳務。Wendy 偷偷對我使了一個眼色，我又忍不住想哭了，因為她在救我。

Wendy，是跟我一起進來的新員工，也是 Amy 姊帶的新人。Wendy 也常常被 Amy 姊罵，但她被 Amy 姊大罵完後，會非常激動地流淚感謝 Amy 姊，然後反過來瘋狂盛讚 Amy 姊的教誨，還搶著要幫 Amy 姊買早餐，所以 Amy 姊開始不那麼愛盯 Wendy。

我還記得我有帶自己做的早餐來公司吃，但我完全不敢拿起來咬任何一口，我深怕Amy姊看到會直接叫我跪在地上吃，也怕小王再過來摸我。我就這樣餓著肚子、處理小王的那堆爛帳直到中午，等到Amy姊出了辦公室，我才鬆了一口氣。

哇，終於到午休時間了。Wendy趕忙跑了過來，握著我的手，問我還好嗎？我一聽到她這樣問就哭了。我以為Wendy會多說些什麼，但Wendy拍拍我的肩說『沒事啦Tina，沒事啦！』，接著她匆匆忙忙地說她要去跟同事吃飯。

我都不知道同事什麼時候約她一起吃飯了，更不知道為什麼同事們不邀我。總之我就自己坐在辦公桌前默默整理心情，把沒時間吃的早餐當成午餐吃完。很好笑，那時候我超級難過的，明明是我的生日。

午休快要結束的時候，Wendy突然傳訊息過來，跟我道歉，說下次和同事吃飯會帶上我。接著她叫我要幫Amy姊買兩杯咖啡，因為剛剛在飯局上，Amy姊說想喝無糖拿鐵，她想讓我藉這個機會，緩和和Amy姊的關係。

結果我買回來的時候，午休已經結束一分鐘了。Amy姊看著我手上的咖啡破口大罵，說我剛上班不到兩個月就以為辦公室是自家廚房是不是？我顫抖著聲音說這杯無糖拿鐵是要買給她的，沒想到她更生氣，跟我說她喝什麼不用我管，而且她從來不喝拿鐵。

我詫異地望向Wendy，而她只是一臉嚴肅地處理自己的報表。我到了很久之後才從其他同事口中聽到，原來Wendy一直私下和Amy姊說我的壞話，轉移砲火。

總之，當天下午，我也是躲在廁所哭，但被 Amy 姊用力敲門，叫我出來。我已經控制不了自己，就在位置上一直掉眼淚，但我不敢停下動作，只是用衛生紙盡量小聲地把鼻涕和眼淚擦掉，因為我怕弄溼記帳的單子。沒有人敢安慰我，我就這樣沒效率地對帳，對到下班時間。

結果下班時間 Amy 姊催促大家回家了，卻叫我留下來。她拿出公司規定給的生日禮金丟在地上，要我撿起來。她笑咪咪地告訴我，不要以為自己是壽星，就想來辦公室耍公主病，這裡不是給我當遊樂園的地方。

然後她拿出超厚一疊會議紀錄要我打成電子檔才能下班，明天她會檢查，如果她檢查沒過，就把我辭掉。如果我找其他工作，她就在那個公司打來的時候，說我有多下賤。

我嚇壞了，又不知道怎麼辦，只好拚命把這些東西趕完。我接起男友的電話，邊哭邊跟他說我下班沒辦法跟他吃生日餐了，結果我男友心情很差，他大罵說他都約我朋友來了，叫我一定得去。我哭著說我的上司欺負我，我男友痛罵我是草莓族，然後就掛斷我電話。

我一直忙到十點多才結束。做完這一切後，我看著漆黑的辦公室走廊，發誓一定要辭職，我甚至想要自殺。

只不過，很奇妙的，從隔天起，我就決定咬牙在這裡待下去了，而且我再也不害怕我工作遇到的任何挑戰。

後來我男友跟我提分手，再後來 Wendy 升上組長了。直到臺大外文的阿寶組長一來面試，學歷平平的她就被換掉了，她只能憤恨地離職。她離職前跟我們坦白，Amy 姊喜歡欺負新來的員工，因為她老公是隔壁部門的高層，常常跟新人搞在一起玩，但 Amy 姊怕離婚後就失去工作地位和財產，只好默許她老公的行為，然後把氣發洩在我們身上。所以她也挺可憐的。

總之，我來這邊也五年了，妳看我不是活得好好的嗎？所以啊，小君，一切都會變好的，嗯？」

【4】

「哇，喔……Tina 姊，不是，是彥亭，妳真的好厲害哦。」小君聽著我的故事，流下眼淚。接著，她非常好奇地問我：「那隔天妳是怎麼做到的？我是說，妳為什麼隔天就好了？」

我看著小君的雙眼。我知道，她非常急迫地需要一碗心靈雞湯，填補她悲痛的心。

「因為那天深夜我回到家，發現我爸媽都不在家。可是我不以為意，我好累好想死，我不想慶祝我的生日了。我只買了一罐啤酒，想要趕快喝完，再好好睡個覺，隔天辭職。我哥本來在打電動，看到我準備洗澡，就漫不經心地對我說，欸，爸比今天晚上突然被推去開刀喔。

對了，我哥是個啃老族，當兵被退訓之後就一直待在家裡。然後我匆匆忙忙地跑去醫院，一下子認不出我媽來，我想說，欸，她怎麼突然變得這麼老。後來我又提回家幫爸媽拿東西，我看著那瓶我本來要喝的啤酒，拿起來，又放了下去。」

我避開小君的視線，看向車窗外：「我好累好累，幾乎無法思考。我下樓想買提神飲料，發現身上沒錢了，我點開提款機想領三千元，系統顯示餘額不足，我只好領一千元。我下意識想著月初發薪水我就有錢了，又想到我的辭職信、想到我媽我哥，又想起那罐啤酒。很突然的，我就不想辭職了，我要繼續給 Amy 踐踏。因為我需要錢，我來工作根本不是為了什麼夢想或理想什麼的，我只是需要錢，我要活下去，我哥沒屁用，我爸媽老得快死了，再不工作我們就要死了，我要錢，所以隔天我又回去上班了。我需要錢。」

小君聽起來很錯愕。可是小君，我真的很抱歉，我能告訴妳的，就是這些了。妳知道社畜為什麼不會瘋掉嗎？因為他們從不把自己當人。不早點適應痛苦，妳就會越痛苦。

我故意不看小君的表情。其實我也不敢看。

「像妳這種私立科大的人靠興趣是養不起自己的，更何況妳還有學貸，而且妳的插畫粉專又不紅，妳其實是沒資格選擇的喔。總之，妳不爽做就不要做，要做就要認清現實，我只有這點建議。」我拉開車門：「下車吧，回家早點休息喔。」

09 Super idol的笑容

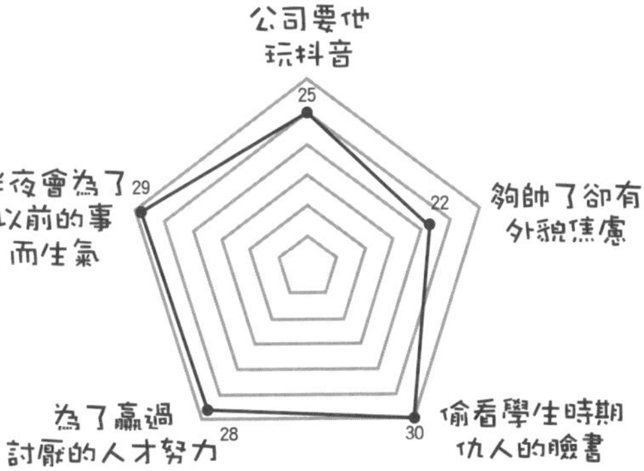

09 Super idol的笑容

個人姓名：周云禾

別名：唱片銷量不錯但大家更在乎他演的BL劇的臺灣男藝人

原產地：逐漸走下坡的老牌實力派唱片公司

特徵：每天都會搜索自己的名字看有沒有酸民罵他。想留絡腮鬍並且做非主流音樂但被公司逼著和譁眾取寵的YouTuber合作開箱倉鼠祈福潤滑液之類的東西

被孤立的原因：因為討厭的對象過得比自己差卻比自己快樂而感到嚴重的相對剝奪感。

【1】

知名創作歌手周云禾首次轉戰電影界，就憑藉著精湛的演技，把「功成名就卻鬱鬱寡歡」的畫家演得活靈活現。電影首映會後，記者問，為什麼像他這樣的陽光暖男可以成功演出抑鬱男，周云禾淡淡地笑答，這部電影的男主角讓他想起了自己高中時遇到的人。

「是覺得那個人很像這部電影的抑鬱男主角嗎？」記者問。

「算是吧。」

其實周云禾想說的，是高中時期遇到的「那個人」，把他變成了「抑鬱男主角」。只不過這個故事他故意說了很多次，再細講就無趣了。

那個人叫做臭剛。

【2】

高中時期，周云禾讀音樂班，也參加熱音社，當時臭剛是熱音社的社長。

臭剛這個名字是他自己取的。因為臭剛說臭屁還不夠，他要當放臭屁的肛門，比臭屁還要臭屁。總之，臭剛就是這麼囂張的人。

那一年在學生會的極力爭取之下，音樂班的學生終於可以參加校內社團。

新生訓練那天，臭剛在臺上唱完一首跑調的英文歌後，大喊著「用音樂征服這裡吧！」

就是這句話，就讓周云禾對熱音社有了無限嚮往。出生於音樂世家的他，因為家人的光環，一直顯得有點畏畏縮縮，對音樂更是戰戰兢兢。周云禾覺得自己可以在熱音社中找到自信，也想嘗試隨興一點的演奏方式，就報名了熱音社甄選。

甄選那天，充當主考官的學長聽著周云禾彈唱自創曲，無不讚嘆他高超的技巧，只有社長臭剛毫無反應，一直轉頭和旁邊的人聊天。一開始周云禾覺得很酷，直到臭剛挑起眉毛，問他「真的知道什麼是音樂嗎？」的時候，他才開始感到不舒服。

臭剛一問完，一旁的阿澤學長立刻巴了他的頭：「幹！你自己他媽封閉和弦都彈不好，還在那邊嘴砲？」而其他幹部也開始幫腔：「幹！音樂班欸，新的周董欸，讓他加啦！」還有一個大眼睛的學姊問他：「周董，我可以當你的昆凌嗎？」

幹部們你一言我一語，周云禾就這樣變成熱音社學長姊眼中的新星。臭剛聽著他們擁戴周云禾，卻毫不惱怒，只是有點無奈地笑著說：「好啊沒差啊，讓他進來啊。」好像給了周云禾多大恩惠似的。

臭剛的無奈微笑化成了一種無形的優越感，而周云禾無法認同，因為臭剛的音樂能力實際上趨近於0。然而每次練團時，周云禾深思熟慮提出來的任何意見，都被臭剛草草忽略，但臭剛反而會認真聽唱走音的主唱和抓不到節奏的鼓手所說出的歪理。周云禾發誓要讓臭剛對自己心服口服，但在他寫了許多自創曲、教會當鍵盤手的學長如何彈出完美的滑音、為社團帶來音樂班多出來的音響後，在眾人的歡呼中，最刺眼的，永遠是臭剛那抹無奈的、狗眼看人低的微笑。

在熱音社的大型成果發表會前夕，周云禾終於決定要撕毀這不屑的微笑。但最後一堂社課，社團幹部宣布了演奏曲目，周云禾滿心期待地接過曲目表，發現所有同屆社員都分配到了歌，偏偏自己只負責某幾首歌的前奏部分。

社團學長姊們不是非常推崇自己的自創曲嗎？周云禾提出質疑，而一直忽略他的臭剛主動回答，說是自己分配的。周云禾問為什麼，臭剛又露出了那抹不屑的微笑：「學弟，你還要再努力去懂音樂是什麼啊，你就多看多學啊，Chill一點，好嗎？」

而這一次跟甄選當天不一樣，沒有人為周云禾說話。因為熱音社的大型成發曲目由社長來定是學長姊留下來的傳統。而且在其他人眼中，臭剛算是個好社長。

雖然在周云禾眼中他是能力遠比自己低下，還一直不斷貶低自己的白痴。所以周云禾撲了上去，要讓這個白痴再也笑不出來。

臭剛的眼睛留下了一個大大的瘀青，嘴角也被周云禾掐到破皮，所以唱歌的時候有點漏風。不過因為本來唱歌就一直走音了，漏風反而聽不太出來，而且臺下的所有人都被他的自信感染，瘋狂地搖旗吶喊。

周云禾在後臺安安靜靜地幫忙整理器材。宣布曲目那天他就像一隻發了狂的野獸，讓許多社員不敢再接近他，屬於他的社團幹部職位也直接宣告從缺。其實沒有人叫他退社，甚至臭剛也沒責怪他，只是說著「沒差啊，我還好啦，沒有很痛啊。」並露出那抹不屑的笑容。

也就是那股笑容，讓周云禾徹底放棄留在這個社團。

熱音社的成發圓滿結束，周云禾主動提議和廠商一起留下來撤場，慶功宴他就不去了。

那一天，所有人都走了，甚至連廠商都走了，周云禾才搬出自己藏在布幕附近的鍵盤，一個人流著眼淚，在空無一人的舞臺上彈唱起了自己的自創曲。

不該是這樣的，怎麼可以這樣？周云禾知道家人的鋼琴演奏能力都比他強，讓他不想待在古典樂的世界被比自己強的人不屑，所以他找到熱音社，想去一個不被任何人鄙視的音樂世界。可是熱音社裡面不屑他的臭剛連演奏能力都沒有，那他到底算什麼？到底該怎麼做？為什麼到哪裡都有人可以理直氣壯地不屑他？

一曲奏完，周云禾發誓，自己每天都要寫一首新歌，寫到有經紀公司簽下他，寫到臺下所有人都捧著鈔票求他表演，寫到臭剛看著自己在舞臺上發光，永遠笑不出來為止。

【4】

爆紅後，周云禾曾經在許多訪談靠北臭剛，也曾經寫歌暗諷臭剛，但臭剛仍然不為所動。他私下找到了臭剛創的樂團，臭剛唱歌一樣難聽，但他好像完全沒提過「周云禾」這個人。每次想到這件事，周云禾都覺得自己又變回了無名小卒。

周云禾曾經趁臭剛在ＩＧ直播時，用自己三十幾萬粉絲的帳號進去看看他到底在搞什麼鬼。臭剛在直播裡介紹他的老舊伴唱帶，觀看人數只有十五個人，而直播中的留言區則是臭剛的小眾粉絲或親友團在閒聊。

幹！才十五個人在看，媽的臭剛門，你不是要做稱霸臺灣的音樂嗎？不是覺得自己比我強嗎？結果你看看自己現在糊成什麼樣子，真可悲——周云禾感到非常得意，所以在直播下留言：「吳勝剛學長，我是你在熱音社的學弟，周云禾，你還記得我嗎？我最近得到金曲獎最佳新人獎了。」

「哇，有人來留言了喔，chill～」臭剛本來埋頭炫耀自己的老舊伴唱帶，一瞥到新留言，就把注意力轉移到周云禾的訊息上：「喔，我知道啊！云禾喔，嗨囉，你有上電視喔，很chill喔。」說完又露出那敷衍的微笑，繼續介紹起自己的伴唱帶。然後，沒了。

沒了？

怎麼可以沒了？為什麼沒了，到底憑什麼就只有這樣？周云禾非常震驚，臭剛明明記得自己，明明知道自己已經變成大明星了，但臭剛沒有羨慕也沒有多表示些什麼，依然只是露出那副白痴表情，然後沒了，就這樣他媽的沒了。

周云禾原想高姿態睥睨臭剛，卻換來這樣的反應。他氣炸了，他很想在留言區輸入真實的想法——為什麼你不說羨慕我？為什麼你混得這麼爛、做出的音樂也這麼爛，還這麼努力發文刷存在感蹭其他藝人，就是不理飛黃騰達的我？我得到你最想得的獎欸？你應該要受傷啊，你要受傷吧？還有應該要向我道歉吧，你不怕我讓你完全做不了音樂嗎？你不會對我愧疚嗎？你明明很爛啊？道歉，給我道歉！

但周云禾連一個字都還沒打，帳號就突然被登出了。因為周云禾的經紀人發現他在無名小卒的直播間留言，這有損公司幫他經營的形象和保密條款。

周云禾無力地放下手機，癱軟在豪華新家的主臥室中。那一刻，他身為大明星的優越感被臭剛吞噬得一乾二淨。周云禾一直都非常努力，他以為當上明星一切都會好了，但當上明星後，他仍然得戰戰兢兢地維護著自己的地位，更糟糕的是，混得超爛的臭剛還是看不起自己。他不懂，這麼爛的人，憑什麼活得這麼有自信？

周云禾很想大醉一場，但隔天就要去電影試鏡了，他連晚餐都不能吃，免得水腫。而該死的臭剛如此自由，他越來越胖了，鬍子都不刮，穿起古著配上那顆油頭真的是很醜，但他現在一定在某個地方喝得酩酊大醉，沾沾自喜。

周云禾越想越氣，他一不做二不休，終於忍不住翻出臭剛的號碼，直接打電話過去。臭剛接起來的時候，語調輕鬆地問道：「是誰？」

「學長，我是周云禾。」周云禾握著手機的手因為用力而發白。

「喔，嗨？」臭剛的語氣明顯變得非常慵懶到不屑的程度。

「為什麼你不跟我道歉？」

「道什麼歉？」臭剛打了個呵欠。

「學長，你知道我的鋼琴的能力很強吧，是當初社團公認最強的。」周云禾越說越氣：「那你為什麼不讓我上臺表演？明明大家都很喜歡我寫的曲子，你還是不把它放進節目表裡？」

沉默良久，臭剛意興闌珊地回了一句：「可能覺得你還需要再練習吧，哈。」

「練習？你說練習？」周云禾終於按捺不住，開始大吼：「我現在得了什麼獎你應該知道吧？我是大明星了，超多人聽我的曲子，我要怎麼在音樂圈搞你都沒差，現在我比你厲害多了，我一直都比你厲害多了，你知道嗎？幹！」

「喔，這樣喔，學弟恭喜啦，chill一下啊，太激動了。」臭剛要死不活的應答：「啊以前的事情，我早忘了啦，哈哈。」

「對！可是我還記得，你知道那時候我有多痛苦嗎？我就是一直記得你給我的痛苦，才做出這個成績，可是媽的，我到現在還是好痛苦，為什麼，到底為什麼？痛苦的應該是你才對，為什麼我拚命追求變得更好，你這麼爛，卻能永遠用一副『你不夠好』的眼神看我嘲笑我？為什麼？到底為什麼？」周云禾越講越歇斯底里，他再也不管臭剛回什麼、說什麼，就這樣嘶吼著「為什麼為什麼為什麼」，直到他聲音嘶啞，並意識到自己失態為止。

電話那頭的臭剛完全沒有任何驚訝的反應，他甚至對著電話外的人說「欸欸欸，等一下幫我買一份紅油抄手。」接著，臭剛終於隨隨便便地說了一句：「對不起。」

周云禾沒想到自己渴望已久的道歉，居然是這種型式得來，一時之間不知道該如何應答。沒等周云禾反應，臭剛繼續說：「可能我自己是搞藝術的，從小就比較孤傲跟特立獨行吧，我也知道自己有這個缺點。」

藝術家？孤傲？憑什麼？就憑你？所以這些年來的憤恨和奮鬥都變成了一句「想太多」，而臭剛的惡劣、自私、傷害，全部都變成了「藝術家的孤傲」。周云禾氣到全身顫抖，他想對著話筒大罵，卻吐不出半個字。他知道臭剛永遠都如此有自信，永遠都覺得自己比人強一大截。周云禾不懂為什麼，但這種事就是發生了。

「抱歉啦！你也別想太多啊。我先忙啊，你要 chill 啊。」周云禾沒有任何反應，臭剛丟下這句話，就把電話掛斷了。

周云禾想砸爛家裡的東西，想大吼大叫，甚至想拿刀捅死該死的臭剛再自殺。但最後他什麼都沒有做，因為他知道無論做了什麼，臭剛永遠都不會承認自己輸了——也永遠不會承認他。

【5】

電影首映會的隔天，新聞上滿滿都是周云禾展現精湛演技的報導。

周云禾一邊吃早餐，一邊心不在焉地看著。他知道自己這次表現得不錯，他也很清楚，下一次得表現得更加優秀，不然大眾就會說他退步了。

這讓他焦慮到想把電視關掉，但一則新聞吸引了他的注意力。

「知名女團『種子少女』人氣團員連子雯、藍瓊安臨時缺席表演，小眾樂團闖上舞臺頂替演出，激起群眾抗議。」新聞畫面中，一個身材肥胖的油頭男沒經過同意，就醉醺醺地上臺演唱，隨後被衝上臺的音樂祭聽眾攻擊。其他人一邊大喊「還我種子少女連子雯！還我種子少女藍瓊安！」一邊毆打肥胖油頭男。油頭男慘嚎一聲，墜落舞臺。

「幹！吳勝剛已經瘋掉了啦，他說這次衝上去就會爆紅，然後得到金曲獎。」事後記者訪問油頭男的同行友人，友人無奈地說道。

周云禾心中一驚，油頭男正是臭剛。

周云禾放聲大笑，他立刻在網路上找到臭剛從舞臺上墜落的影片，興匆匆地下載重複播放，狂笑不已。光這樣還不夠，他想看清楚臭剛的表情，所以他努力把影片放大，想直勾勾地盯著臭剛哭喪的肥臉。

但放大的影片顯現的是醉醺醺的臭剛在落下舞臺後，臉上那抹得意的笑容——更精確的說，是一抹「不屑又得意的，讓周云禾從高中時期痛恨不已卻又無可奈何的笑容」。

周云禾再也笑不出來了。

從早上十點到晚上七點，周云禾都沒有笑出來。他一次又一次地重播臭剛墜落舞臺的畫面，然後一次又一次地發現臭剛爬起來仍然充滿自信。為什麼他可以這麼自信，為什麼，憑什麼？周云禾甚至開始覺得墜落的人是自己。

天色暗了，周云禾沒有開燈，黑暗之中、臭剛露出笑容的影片成為房間裡的唯一光源。在這樣的光源之裡，周云禾感覺到自己正在下墜，不停的下墜、下墜、再下墜，然後墜落在當初熱音社成發場地上，四周一片黑暗，他拿起了鍵盤，卻再也無法唱歌、無法逃出那片黑暗。臺下沒有觀眾，所有人都走了，只剩下周云禾一個人留在那裡。

只剩下他沒有逃出來。

10

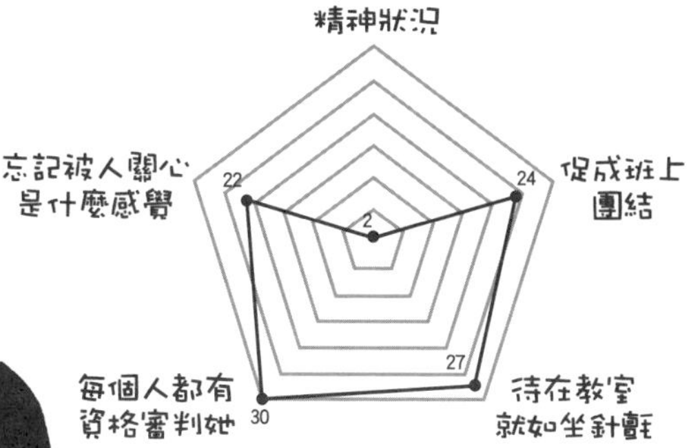

被公幹生存守則

⑩ 被公幹生存守則

個人姓名：莊于瑄

別名：被班上共同排擠、維繫班上「同仇敵愾團結情緒」的非自願救世主

原產地：開學時猴子們的Line聊天講壞話群組

特徵：每天早上先被家人狠狠批鬥完接著再到班上被狠狠批鬥。想要跟班上人氣王打成一片的年輕老師喜歡跟著欺負她

被孤立的原因：努力讓自己變好，但努力的效果還是跟不上大家對她宣洩惡意的速度

【1】

被公幹守則一：你不用堅強地活下去，但你不可以被那群白痴逼死。

這個世界分成兩個區域：有我們班同學的爛地方，以及沒有我們班同學的不那麼爛的地方。

以往躲到地下室停車場廁所的時候，剛好都沒有人，眼淚也剛好可以掉下來。你可能會覺得一個女孩子在午餐時間躲在地下室廁所不是很安全，可是你想看看，待在一個男生會掀翻妳便當、女生會偷偷伸出腳絆倒妳、班導假裝沒看到妳的教室裡，又有多安全？

總之，我每天過得還算快樂的時光，就是中午一個人躲在這裡吃午餐的時刻。我不敢說我很喜歡，頂多說「沒有這麼爛」，因為一個人在廁所吃飯，真的有點孤單。

可是，這幾天不一樣。我發現這裡不只有我一個人。

我仔仔細細地盯著廁所新出現的那行字。

被公幹守則三，不要把希望寄託在別人身上。因為他們都會離開你。

我反覆讀著那行字。

對。這是真的。

今天我本來很開心，因為童軍課分組的時候24和29號主動找我一組，沒想到她們只是不想綁童軍繩，所以我一個人綁完全組的二十條童軍繩後，她們就搶走所有童軍繩，跟老師交差了。

【2】

我還記得那是一個下雨天，我拿著便當和傘溜到地下停車場的廁所，抽出用塑膠袋包好的毛巾，擦乾被鄭云安弄溼的頭髮，再把雨傘藏起來，放學再來拿。

一切都很完美，我很慶幸在鞋子被澆溼之前，我就逃下來了。我小心翼翼地把便當放在不會掉進馬桶的位置，蹲下去綁鞋帶的時候，就看到了「被公幹守則」。

看到那行字的時候，我嚇到快要吐出來，我以為這裡有針孔攝影機，廁所天花板會忽然出現殺人魔或安娜貝爾，再不然就是那群智障會忽然冒出來，拿該死的橡皮筋彈我。

所以我用最快的速度抓起了便當，揮別了這不再安全的淨土。

我躲進游泳池的廁所，但那邊的消毒水味臭到我無法在那邊吃飯。還有這幾天的雨真的太大了，我的傘還藏在原本的廁所，不能不拿，因為我媽根本不會再幫我買傘，就算我前幾把雨傘都被那群白痴拿去剪窗花也一樣，我媽說那是我的藉口。總之，我心一橫又回到了熟悉的地下室廁所，就算裡面有殺人魔跟貞子又怎樣，不會比我在班上被公幹還慘吧？

被公幹守則仍然在那裡，沒有被擦掉，還多了守則一和守則二。

被公幹守則二：把所有事情都往最壞的地方想，這樣就不會這麼失望。

我驚呆了。我情不自禁地重複看著守則一和守則二。忍不住笑了出來，幹！這我，這他媽真的是我。不管是誰留下的守則，他真懂我。

但我笑著笑著，卻覺得眼眶溼溼的。

我決定要每天來這裡看守則。

【3】

被公幹守則四：不要去猜想別人為什麼討厭你，討厭就是討厭，而且就算你知道原因，也不一定能阻止。

幹！真是太棒了。我反覆讀著這段話。

今天又是個悶熱的一天，但我覺得好多了，本來不該期望有人跟我當朋友，但寫這些守則的人，也許能跟我當朋友也說不定。

只不過，每次我想看看被公幹守則到底是誰寫的，守則就不會出現。守則沒有出現的時候，我會非常失望；而當我快要失望到極點的時候，廁所的牆壁上又會出現新的字跡。

被公幹守則五：你可以想想自己為什麼被公幹。但你會被公幹通常就是因為你不想改變，或是你改變不了。

親愛的被公幹守則的作者，我就叫你「阿守」好了，是漫畫《守護甜心》裡的角色。這是我第一次在廁所牆壁上回話，希望能得到你的回覆。我是205班的莊于瑄。

被公幹守則六：當別人突然對你示好的時候，請快點逃。

被公幹守則七：如果你真的寂寞到忍不住接受別人的示好，就要有會被用完即丟的心理準備。

被公幹守則八：你的朋友隨時會離你而去。請先預習如何自己一個人慶生。

親愛的阿守，因為妳上次不回我，所以我把那段話擦掉了。今天是我的生日，我很聽妳的話，自己帶了蛋糕來廁所慶祝，不然一個人在教室慶生感覺好淒涼喔。

我的第一個願望：班上的人死掉。第二個願望：班上的人死掉，只有我活著。第三個願望：你可以出現，跟我當朋友。

Happy birthday to me^^

被公幹守則九：班上最八卦的人或是最會聊天的人跟你講話時，可以利用他們來傳播謠言，但不要跟他們談心，這樣很笨。

被公幹守則十：默默忍受的都是白痴。

被公幹守則十一：被霸凌一定要拉大人下水，一定要。把這件事當成大人的責任，逼那些大人負責。

被公幹守則十二：不要太怕那些人緣好的人。

被公幹守則十三：人緣很好的人也有人際問題，而且他們更怕搞砸關係。你算很厲害的了，你完全不用怕這件事，因為它已經發生了，而你還活著。

被公幹守則十四：把那些一直盯著你不放的小團體當成後援會，會變成一種心理安慰。

被公幹守則十五：團體猴單獨面對敵人的時候都是沒用的畜生。

被公幹守則十六：沒事的，他們不會跟你待在一起一輩子。

親愛的阿守，我終於見到妳了，謝謝妳今天突然出現保護我，嗚嗚嗚嗚，我真的在狂哭，來不及問妳是哪班的。

今天中午，鄭云安叫那群智障弄我、大家要拿營養午餐的湯潑我的時候，妳就衝進教室掐住鄭云安的脖子，哇，妳真的是我的神。

妳一掐我才知道，罵人罵最凶的鄭云安只是個廢物。也對啦，每次他們欺負我的時候，鄭云安都在旁邊錄抖音，所以她的力氣應該會很小才對，她就只是個長得漂亮的廢物。我跟妳說，後來我又去掐她，我力氣超小喔，但我的手碰到她的脖子，她就哭了，而且沒人敢救她，大家都怕被我掐脖子。

現在我看到鄭云安就打，所以大家都不敢打我了。阿守，謝謝妳。

P.S. 我喜歡妳的紅色 converse 高筒鞋，還有妳寫的新守則。

被公幹守則十九：要讓你決定你是誰，不要讓他們規定你要當誰。

【4】

「慶琳老師齁，辛苦妳了，謝謝妳臨時來代課。」主任拿著特殊學生名單，堆出看起來很有誠意的假笑：「齁，這個班真的很吵齁，又愛打架，弄到老師直接請長假齁，妳們班有一個鄭云安真的是狀況很多……」

「她怎麼樣？」張慶琳挑了挑眉，打斷主任。

「齁，她很喜歡欺負同學，然後錄影放到網路上，妨礙校風齁。而且她爸媽基本上都不管，我們真的拿她沒辦法齁。」

「哦，沒關係，小屁孩一個，我還能治。」

「不過這個班還是有很多好學生啦，像是徐葳儒，品學兼優，很不錯齁。只是……」主任越說越小聲。

「只是什麼？」

「只是還有一個齁，叫莊于瑄，問題不大，還算乖，中午會躲起來吃飯，人緣有一點點不好，然後齁，精神有一點點狀況，但現在很積極在治療啦！」主任的笑容十分心虛，在電腦上點開莊于瑄的照片。

「主任，你當時沒跟我說這件事啊！這樣對嗎？」張慶琳準備開罵，不過她知道，開噴也來不及了，班都接了，頭都洗下去了。

「這個……依照法規齁——」

「唉，算了，她精神到底有什麼狀況？」張慶琳看著照片中穿著紅色高筒帆布鞋的陰沉女孩。

「嗯，就是有一點精神分裂啦，醫生說還有一點點思覺失調而已齁。」主任搓著手掌陪笑：「慶琳老師，我們比較要注意一點的就是說齁，她的另一個人格齁，有強烈的攻擊性。老師妳看她怪怪的時候齁，可以問她『妳是誰』，如果她回答莊于瑄就沒事。如果她叫自己另一個人格的名字，一定要打分機219給輔導室，讓我們提供支援。」

「她的另一個人格叫什麼名字？」張慶琳盯著螢幕。

「叫做阿守。」

11 一個很無聊的故事

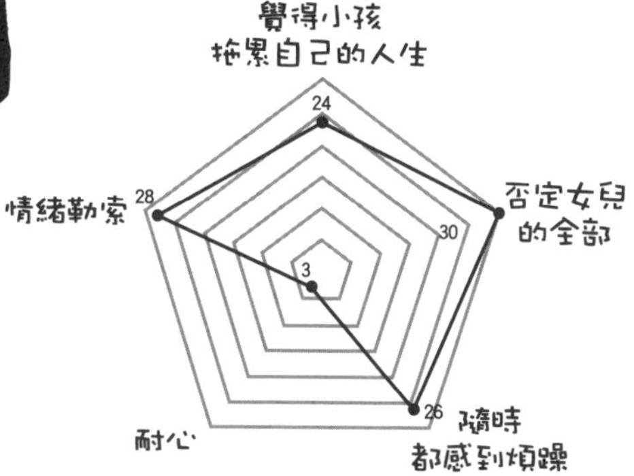

⑪ 一個很無聊的故事

個人姓名：莊于瑄的媽媽
別名：被現實壓垮，所以沒有力氣支撐自己的孩子卻又不承認
原產地：「養兒防老」、「望女成鳳」、「青必須出於藍」的亞洲父母觀念
特徵：覺得自己養小孩已經很偉大了，小孩不能再向她多索取生存需求之外的東西（例如心理上的支持），因為她已經付出太多了，她好累
被孤立的原因：認為自己也是隨便長大的，所以女兒隨便長大也必須要長得很好。女兒被整個社會徹底毀掉後會跟女兒迅速劃清界線但會哭著怪政府要國賠

【1】

「沒有啦，他們不會這麼無聊啦，妳以為大家跟妳一樣無聊喔？莊于瑄，我跟妳講，大家都忙著讀書，哪有人會沒事藏妳便當盒啊？明明就是自己粗心，還愛找藉口，不孝女。我跟妳講，沒有人會這麼無聊啦！奇怪，妳整天只會想這些有的沒的無聊的，妳為什麼不把注意力放在自己的功課上？莫名其妙！有夠無聊。莊于瑄！妳怎麼還在看手機啊？妳知道現在幾點了嗎？又在看誰在罵妳了對不對？妳可不可以不要一直理別人啊，妳跟我說，誰會罵妳？沒有嘛！誰跟妳一樣無聊？沒有嘛！唉，我怎麼會生到妳這種女兒，整天不讀書，都在管這種無聊的東西。莊于瑄，手機拿過來，不要再看了。沒有人會跟妳一樣這麼無聊。手機拿來，我數到三。一！二！」

【2】

「欸，好無聊喔。」

「那我們去藏莊于瑄的便當盒啊。」

「白痴喔～妳很無聊欸～啊這次要藏哪裡？」

「男廁啊她又不能進男廁。」

【3】

「這節課是自習，有夠無聊。」他想著。

然後他點開學校臉書匿名靠北版的欄位，開始靠杯莊于瑄。

12

寂寞之人

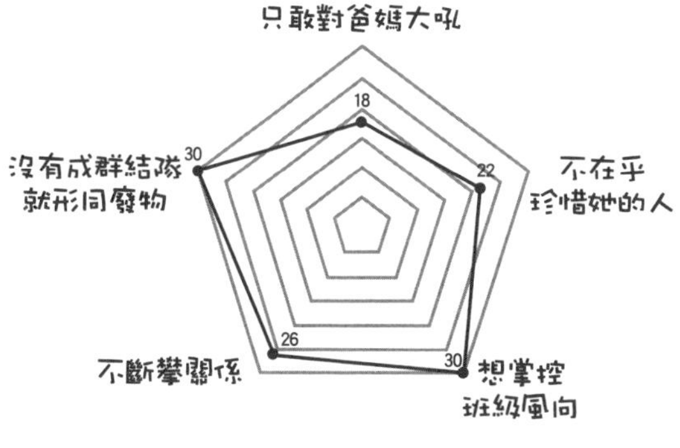

⑫ 寂寞之人

個人姓名：葉利雯

別名：總是靠著當小團體核心來掩飾自卑的一事無成愛交際女

原產地：某個即將鬧不合的閨密團

特徵：只要不操弄關係、帶頭搞排擠就會被發現是一個沒才華的普妹

被孤立的原因：永遠都在羨慕別人並渴望自己也被人羨慕

寂寞像是學測的數學考古題，不是每個人都會解，但沒有人不用寫。

葉利雯躺在床上，擱在桌上的數學科考古題半題都沒做，卻完整地獨享了歷屆高中生都有的寂寞。

葉利雯的寂寞事出有因：她最好的朋友不理她，暈船的對象不回她卻一直在臉書發文，模擬考的成績差到不行，而且身邊完全沒有人能理解她的感受。她轉學過來後結交的那群閨密們都非常沒用，都當閨密一年了還是如此。

她平常都是團體裡面最賣力搞笑的那個、對方emo的時候她也是立刻接起她們的電話，她還幫那群普妹閨密搞了好幾場聯誼，連下個月的畢旅她都想盡辦法讓男生願意和她們逛墾丁大街，其中還有她閨密的暈船對象。她都這麼賣力了，結果呢？完全沒有人同理她的感受。

23、24、25、26、27，這是23號的葉利雯和閨密們的座號，座號相連，心卻像是分了開來。因為葉利雯今天打去給四位閨密抱怨的時候，根本沒有得到四種安慰，只有得到三種敷衍和一種尷尬。

「沒關係啦雯寶，妳是不是很難過啊？拍拍～可是有時候我們也會想要po文然後不回別人訊息啊！像上次我們去逛寶雅，我有發我們的自拍，可是我就沒有接我男友的電話啊。」24號張文儀，她雖然有接電話，卻也同時優越自己有男友再順便敷衍她。差評。

「利雯，我在補習不能講電話，晚點打給妳喔。妳跟那個體育班的邦查還有機會啦！不要一直猜人家是gay！他一定是妳未來的男友！」26號江宥，只在乎自己的成績，電話沒接，有傳語音訊息，不過仍然稍感敷衍。差評。

「唉唷，利雯寶貝，沒關係啦，那個小明星小網美連子雯今天發限動沒有標記妳又不會怎麼樣。而且連子雯哪是妳最好的朋友啊~妳們根本沒講過什麼話啊！我們才是妳最好的朋友，妳還有我們啊！不要暈連子雯啦，我們暈妳，妳也暈我們啊！」27號傻妹謝欣鎂甚至陪她視訊，但她太樂觀有點煩。

「嗨嗨利雯，妳還好嗎？今天看妳怪怪的哈哈，不要難過啦，我也會這樣啊！有事情也可以跟我說沒關係，雖然我覺得我們還不夠熟，但我都願意聽妳說話~我有時候也會因為別人沒有標記我或是沒有回我而難過，但我知道對方可能也在忙，就像有時候妳們沒回我那樣~可是我覺得妳很開朗又很好笑，不像我一樣呆呆的，所以要加油嘿！我永遠都在。」這是25號張書婷打的字，因為葉利雯沒有接她的電話。張書婷一直很努力想接近她，但葉利雯認為她有點奇怪，而且她覺得自己跟張書婷怎麼聊都聊不來。

她沒有和閨密們鬧翻，但她的心裡對閨密們感到失望。

寂寞感持續吞食著葉利雯。她本來想要打給她高一時還沒搬家、在上一間學校結交的「舊閨密」，但當她看到舊閨密傳給她的十多通未讀訊息，想到還要一則一則跟改作文一樣逐一回覆，她真的有點懶得點開。而且最後一則訊息，是半年前舊閨密說要北上來找她，想約她一起吃飯。

唉，這種時刻，連曾經這麼好的舊閨密，也沒辦法陪她。友情何用？

葉利雯煩悶地啜飲著社團直屬學妹請她喝的百香果椰果綠茶，她拆開上面寫著「學測加油」的紙條，覺得自己以前在社團的付出都是枉然，學妹們怎麼可能懂她的煩悶，她忙著寂寞，怎麼有空考學測？她寂寞到一題考古題都沒寫，她真的太寂寞了。

「沒有陪在身邊的感覺，真的很喪。#fyp #wtf #bad」

葉利雯看著今天發的黑底白字ＩＧ負面限動，心情又更糟了一點，她點選著ＩＧ私訊欄，有二十幾個不同的人傳訊息安慰她，但就是沒有看到她在乎的人的蹤影，她心心念念的理想閨密連子雯和暈船對象邦查．閣那崴學長都完全沒回覆她的限動。

葉利雯猛然想起連子雯根本沒有追蹤自己的ＩＧ，她的心情立刻盪到谷底。而她帶著「不可能這麼糟吧？」的心情點開邦查學長的ＩＧ追蹤時，發現學長已經退追自己了。

葉利雯就這樣被無端出現、無血無淚的殘忍現實擊垮。她把臉埋進枕頭裡哭，她覺得自己就要被寂寞侵蝕，而沒有任何人願意出來拯救她。

「葉利雯！出來吃鮭魚蛋炒飯！葉利雯！」忽然，廚房的香味和大嬸的喊聲一同傳進葉利雯的耳裡，令她無比煩躁。

她現在正在寂寞耶！

「等一下啦！」

但廚房裡面的人沒有打算放過她，那個聲音毫不減弱：「葉鑫志你去叫一下你女兒啦！」

接著，一個猥瑣中年男的聲音傳來：「葉利雯～吃飯～小公主～吃飯～」

「不要煩啦！」葉利雯只求門外的爸媽放過自己。

中年男聲頓了頓，彷彿在注意廚房內的怒火，但顯然這怒火猛烈，葉爸爸只好小心翼翼地敲門：「我們家小公主吃飯囉！」

「等一下不要一直叫啦！」葉利雯很不爽地大吼，並用力踹了一下門。

「葉鑫志，就是你太寵你女兒，把她寵得無法無天！」廚房裡的人「砰」一聲將炒飯放上桌：「啊妳說想吃鮭魚炒飯，我下班後就買鮭魚回來挑刺，然後現在窩在房裡要我們不要一直叫！」

枕頭被葉利雯的淚水浸溼，她現在不是葉利雯，她是被羅密歐留下的茱麗葉。她把枕頭翻面繼續哭，她不懂為什麼所有人都要背棄自己。

這就是葉利雯的寂寞，00後的寂寞。

「00後的他們才十幾歲，就懂得了人情冷暖；他們才十幾歲，就每天帶著面具生活。00後喜歡把耳機戴到耳朵後，聽著傷感的音樂。」她打開抖音，悲傷地打上文案：「沒人在乎你怎樣在深夜痛哭，也沒人在乎你輾轉反側地要熬幾個秋，外人只看結果，自己獨撐過程。」

獨撐過程的葉利雯房間門外，葉爸爸再度小心翼翼地問：「那等一下幫妳端進去喔！」

而試圖想和葉利雯拉近關係的25號張書婷，又打了一次電話給她。

「走開啦！」獨撐過程的葉利雯就這樣掛掉張書婷的電話，然後接過晚餐，把她爸關在門外。

13 黃珮芸練習一個人睡覺

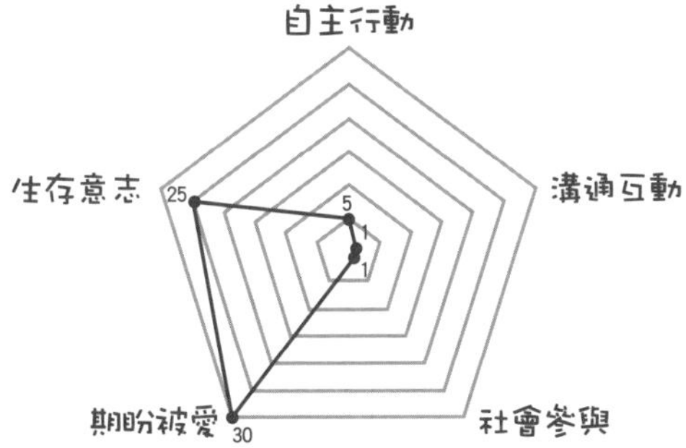

13 黃珮芸練習一個人睡覺

個人姓名：黃珮芸

別名：投胎遊戲抽到超爛卡的小一女生

原產地：兩個被趕出校園還覺得自己很酷的未婚無套性行為小情侶

特徵：沒做什麼卻陪著爛父母一起被社會唾棄

被孤立的原因：原生爛家庭的連帶罪孽

【1】

一年五班的黃珮芸想練習一個人睡覺。

她之前常常跟同學吹噓說：「我晚上都可以一個人睡」，可是其實燈一關，她就會爬上床，鑽進爸比的懷抱裡。

周老師說什麼事情都可以練習，包括刷牙，漱含氟漱口水，學注音，所以練習一個人睡，也是可以的。

周老師常常要大家練習，像是：「我說小眼睛，你們就要看老師。」或是：「上課了，要回位置坐好。」

社工阿姨也常常跟黃珮芸的媽咪說要「練習」。「練習」接她上學、放學，還有牽她的手過馬路。黃珮芸覺得很奇怪，她問過社工阿姨，媽媽在練習什麼？社工阿姨的回答，黃珮芸不是很明白，因為她在想，練習完不是要很厲害嗎，可是為什麼媽咪練習了這麼久，黃珮芸還是感覺不到媽咪愛她。

【2】

黃珮芸有想練習一個人睡，但是都失敗了。她很喜歡被別人抱著睡的感覺。住在奶奶家的時候，奶奶會抱著她睡。她記得奶奶長得很像一隻大熊，奶奶家的冷氣到半夜會忽然停掉，然後黃珮芸會在奶奶的懷抱裡被熱醒，但她不覺得難過，因為她會突然作噩夢，被熱醒的時候剛好。後來奶奶就不見了，媽咪就這樣突然冒了出來。

她問媽咪問題的時候，媽咪都不會回答，一直呆呆地玩自己的手機。但她做錯事、哭、吵著說肚子很餓的時候，媽咪就會打她。她很痛，卻有點安心，因為她覺得這樣媽咪比較像人，不然好多時候她都覺得媽咪是一臺機器，穿著拖鞋，牽著她走來走去，每天重複。

【3】

然後有一天，媽媽把她牽到一個叔叔面前。

那個叔叔有時候會給她買玩具，有時候會在她面前抽菸，笑的時候眼睛會瞇起來，黃黃的牙齒也會從嘴巴裡面爆出來。最重要的是：她可以叫叔叔「爸爸」了，而且爸爸每天都會抱著她一起睡覺，她以為不見好久的爸比回來了。

後來爸爸開始在她們家生活。漸漸的，買玩具的時候變少了，抽菸的時候變多了，但爸爸總是會抱著她一起睡覺。爸爸會在媽媽發出呼嚕聲之後悄悄爬上她睡的地墊，還會比一個「噓」的手勢。

黃珮芸突然想起隔壁的劉妍安說：「我爸爸會扮成聖誕老人，然後把禮物放進我的被子唷，我都知道，他就是聖誕老人。黃珮芸妳爸爸一定沒有。黃珮芸妳好臭喔。」

黃珮芸沒有回答劉妍安。劉妍安平常都不太跟黃珮芸講話，只有黃珮芸太臭或是上課沒打開課本，或是沒人想聽她炫耀的時候，會忍不住對她頤指氣使地說上幾句。

但其實黃珮芸也不喜歡和劉妍安講話。黃珮芸跟媽媽一樣，遇到不喜歡的事情就不講話，反正講了也沒用，而且會被爸爸拿菸灰缸砸背。開心的時候可以笑一下，像是爸爸講什麼，媽媽就會一直笑。媽媽沒有對她這樣笑過。她在想，爸爸是不是聖誕老人？聖誕老人會鑽進被窩，帶來快樂。

她終於覺得自己有資格和劉妍安講聖誕老人的祕密。

「聖誕老人會不會碰妳尿尿的地方，然後妳會不會痛痛？」

劉妍安好像有點嫉妒她也有聖誕老人。她翻了個白眼，然後舉起手告狀：「老師，黃珮芸說『尿尿』！」

【4】

黃珮芸想練習自己一個人睡的原因，是她的鮪魚三明治。

「黃珮芸，吃不完的早餐，不可以一直放抽屜！」星期一放學前夕，一年五班的小朋友在整理書包，而周老師捏著鼻子，把發霉的鮪魚三明治從黃珮芸的書包裡拿了出來。

「那是媽媽給我的。」黃珮芸只回得出這句話。她沒有說出這是社工阿姨闖到家裡，教媽媽準備早餐後做的鮪魚三明治。這是她媽媽第一次幫她準備早餐，社工阿姨說要珍惜吃。

「妳要在時間內吃完啊！」周老師的眉頭深鎖。

「我每天都有吃一點點。」黃珮芸盯著地板，自顧自的解釋。

「妳從禮拜幾吃到今天？」

「不知道。」

「黃珮芸，生活課有教過，食物一定要當、天、吃、完。」周老師簡直快昏倒，一字一句加重語氣對黃珮芸說。

「沒吃完會怎麼樣？」黃珮芸想起媽媽說星期一的米粉，星期五也可以吃。

「會慢慢壞掉。」

「什麼是慢慢壞掉？」

「就是一點一點地變得不好。」

「那我也快要慢慢壞掉了嗎？」

「妳如果一直吃不健康的食物，妳的身體就會壞掉。」

「身體壞掉會怎樣？」

「會很痛。」

「會很痛。」黃珮芸重複這句話。接著，她追問周老師：「那身體壞掉怎麼辦？」

「跟媽媽講，還有跟老師講。」周老師耐住性子回答，畢竟黃珮芸在學校從來不主動發問，難得開口，都是天大的奇蹟。

「那要怎麼樣身體才不會壞掉？」黃珮芸看起來很茫然。

「就不要一直做很壞的事啊，妳的身體就會好了。」下課鈴聲竄入教室，其他小朋友已經開始躁動不安，周老師匆匆回頭喊了聲「去外面排隊」，又把目光轉向黃珮芸。

功課沒寫，聯絡簿沒簽，衣服沒洗，黃珮芸她媽媽真的有在照顧她嗎？這幾天要不要再打電話給黃珮芸的媽媽一次呢——看著黃珮芸，周老師忍不住思索——可是她媽媽好像聽不懂別人講話，打給她有用嗎，要不要再通報社工一次？可是學校主任又會說這樣很難看，叫我不要多管閒事。

「老師，我今天要練習自己一個人睡。」本來盯著地板的黃珮芸猛然抬頭，她的眼神突然對上周老師的目光，導護老師的廣播同時響起，讓周老師嚇了一跳。

「那很好啊，從小事做起，之後也要開始一個人整理書包喔。」周老師心裡還有一點疑惑，但她看到窗外其他班都開始帶隊走出校門了，只得催她趕快進入放學隊伍：「一個人睡，要加油！我們去排隊吧。」

【5】

凌晨三點，黃珮芸終於等到爸爸睡著了。她跟爸爸躺在一起的時候，她再三確定自己正在慢慢的壞掉，因為她很痛，而且她一直想到三明治上的黑斑。明天爸爸又會要跟她睡了，然後三明治又會出現更多黑斑。

可是如果爸爸不跟她睡，那該怎麼辦？自己就要一個人睡了嗎？爸爸說小孩子一個人睡，會被虎姑婆抓走。還有，如果跟別人說自己很痛，虎姑婆也會來抓她。

黃珮芸輕輕推開爸爸抱著她的手。還好，爸爸在打呼。她忽然想起爸爸的手曾經牽她去兒童新樂園玩過，她在想哪一天爸爸會不會再牽她去兒童新樂園，但她又想到了三明治上面的黑斑。三明治慢慢壞掉了，她也是。

房間外是沒開燈的客廳，她覺得虎姑婆在黑暗裡面等著抓她，所以她迅速溜到桌子下。她相信待在這裡虎姑婆抓不到她。可是虎姑婆會怎樣？她又沒看過虎姑婆。虎姑婆會吃掉她嗎？那是不是會很痛？但她現在也很痛啊，虎姑婆是不是早就來了，可是她明明沒有講出去，那為什麼現在會痛？她好痛。

搖搖欲墜的餐桌下躲著瑟瑟發抖的黃珮芸。她不知道今晚有寒流，她只知道要抱緊自己的膝蓋。她好累好累。她覺得自己要去看一下她的三明治，可是她真的好累、好累。

黃珮芸慢慢睡著了。今晚她練習一個人睡覺。

彷彿有聖誕老人獎勵她的勇氣一樣，當她流著淚睡去時，做了一個沒有黑斑的夢。

【6】

早上的晨光時間，大家都在看故事書，黃珮芸走到周老師前面，說「老師我慢慢壞掉了。」說完，就準備脫下了褲子。

她脫到一半，周老師立刻大聲喝止她，然後抓住她的手，快步走向廁所。

「黃珮芸，想上廁所，要去廁所——」黃珮芸覺得周老師抓她手腕的力道越來越大。

「老師我的身體壞掉了。」黃珮芸又重複說了一次。

「什麼？」周老師皺著眉頭，看了黃珮芸一眼。「妳是不是沒有帶衛生紙——」

黃珮芸以為周老師也要大聲罵她了，她覺得這樣的話自己會哭，因為她的心情真的很不好。

只不過周老師看著她「壞掉」的地方，並沒有把她罵哭。

周老師自己先哭了。

【7】

後來冬天走了。

再後來爸爸媽媽都不見了。鮪魚三明治也不見了，當然，黑斑也是。黃珮芸覺得自己應該會很難過，但她其實只有一點點難過。

她在想自己是不是真的壞掉了才會沒那麼傷心，可是洗完澡還有擦完藥的感覺，讓她覺得自己正在慢慢的「壞掉的相反」。

她離開之前一直在找媽媽給的鮪魚三明治，但她沒有跟社工阿姨說，因為她怕社工阿姨也會跟周老師一樣為了三明治罵她。到最後，黃珮芸也沒有找到鮪魚三明治。

黃珮芸搭上社工阿姨的車。她好久沒有坐汽車了，她甚至忘記自己是不是有坐過汽車。社工阿姨的車有淡淡的香氣，她發現剛洗完澡後的自己也香香的，手上的三明治也香香的，這種感覺好陌生。她不禁擔心起來，接下來會去哪裡？

「佩芸，這是肉鬆三明治，趕快吃！妳會不會插米漿的吸管？」

「會。」

「好，那趕快吃。吃完可以睡一下，阿姨到時候再叫妳喔。」

黃珮芸咬了一口肉鬆三明治，忽然想起來了。

第一次練習一個人睡的晚上，她從爸爸的懷裡鑽了出來，離開被窩，穿上褲子，躲進桌子底下。

在闔上眼睛前，她一跛一跛地從桌下爬出來，走到書包前。

接著，她把手翻進書包的最底層，拿出鮪魚三明治，丟進垃圾桶。

14 女孩好人緣補習班模擬試題

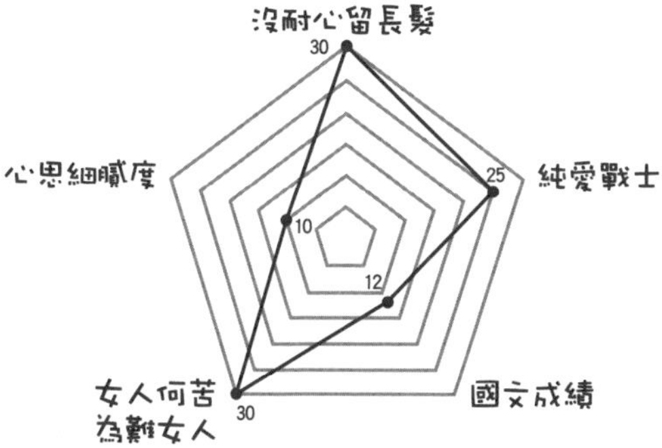

04 我要讓妳感受我的痛苦

個人姓名：薛寧

別名：想成為弱女子的真正女漢子

原產地：某個讓人衝動剪成男生頭的夏天

特徵：散發少女心的時候看起來像是男生打籃球要報隊，所以感到很困擾。永遠搞不懂女生為什麼要一起去廁所，但很想試看看這種感覺

被孤立的原因：一開始會因為酷帥高挑的外貌在女校間受歡迎，但畢竟行為舉止像男生卻沒想過要跟同性交往，所以不被當成女生看也不被當成男生看，只被當成不熟的同學看

【1】

開在臺北車站旁邊的「女孩好人緣補習班」正奮力招生。

二〇二四年，臺灣政府為因應「素養導向」與「多元智慧」政策，開始把學生的人緣納入成績評量之中。

此舉動引發了抗議及熱議，無可避免的是，北車的補教業者像是預知大雨即將襲來的螞蟻一般，紛紛搶著開設「讓人緣變好」的補習班。因為素養導向的出題模式不固定，所以人緣補習班的開課項目非常多元，像是「女性化的男生如何跟其他男生講直男幹話」、「如何討好社團裡的學長姊」、「如何帶風向讓大家跟你用同一個自拍濾鏡」……甚至有補習班為了符合近年興起的「終身教育」，開設了「全年齡增進人緣」課程，主打七至六十五歲各年齡層的改善人緣法。

在媒體大肆報導和某些人緣真的有改善的學生出來推薦下，「人緣補習班」的商機越來越有挖掘的價值。因此主打「專門服務女性」的「女孩好人緣補習班」出現了，女孩好人緣補習班專門為各年齡層女性開設「人緣改善課程」，從幼幼班到退休樂活班都有專業師資為女性學員們授課。

每個月女孩好人緣補習班都會進行「人緣模擬考」，測驗學員們如何處理棘手的人際議題方式，再依照測驗結果來表揚或是加強。許多上完課程的女孩，都覺得自己的人際關係變好了。

【2】

薛寧站在「女孩好人緣補習班」前面徘徊，等等就要進去試聽了，她雖然期待已久，卻沒來由得感到緊張。

薛寧的人緣也不是不好，只不過內向的她在今年成為某女中的高一新鮮人，原本以為讀了女校後會交到很多好閨密，但國中讀體育班、習慣和男生相處的她，面對這麼多心思細膩的女孩，反而不知道該如何是好。

雖然她的外表有一點陽剛，但她的內心也崇尚著少女漫畫中閨密一起上廁所、去咖啡廳喝下午茶的生活啊！

薛寧算算時間，離上課還有二十分鐘，她覺得第一次早一點到比較好，就懷著忐忑的心情走入補習班。

補習班的室內裝潢嶄新又典雅，空氣中有一股淡淡的芬芳氣味，沖淡了薛寧的不安。更棒的是，接待她的助教是個眉清目秀、笑容可掬的大姊姊。大姊姊笑吟吟地遞給她一張女孩好人緣補習班的人際模擬考試題和優秀作答範例，還給了她一杯飄著藍莓果香的水果茶，要她在這邊休息一下，二十分鐘後再帶她進教室試聽課程。

薛寧懸著的一顆心總算放了下來。她打開人際模擬考考題，仔細讀了起來。

女孩好人緣補習班

111 學年度　高中職女生組人際智慧分級考試

人際關係處理能力科　試卷

—作答注意事項—

考試時間：90 分鐘，請妥善分配作答時間。
題型題數：申論題共一大題。

—作答方式—

1. 請依據第二頁之人際情境，寫出相對應的處理方式。
2. 限用中文書寫，違者該作答不予評閱計分，專有名詞或試題特殊要求不在此限。
3. 限在作答區範圍內作答，第一題須作答於答案卷「正面」，第二題須作答於答案卷「背面」。違者將酌予扣分。
4. 使用黑色墨水的筆（建議使用筆尖較粗約 0.5mm～0.7mm 之原子筆）書寫，不得使用鉛筆，並力求字跡清晰及字體大小適中，否則致評閱人員無法辨認，則不予計分。
5. 更正時，可以使用修正液或修正帶。
6. 答案卷每人一張，不得要求增補。

第一大題　申論題（100%）

請依照下列情境，寫出相對應的處理方式或是推測。

小美、小君、小雅三個高中女生是非常要好的同班閨密，她們三個人的友情之中，完全沒有誰冷落誰的問題。

請分析這三個女生沒有發生典型的「三人友情中，總有兩個人冷落另一個人」的問題之原因。

【有待加強作答範例】××女子高級中學／二年級／女子人緣高中C班（已徵得本人同意刊出）

答：

（1）我認為世界上沒有絕對的事情，女生易碎的友情也會有堅固的特例，很可能是她們在臺灣這塊土地上、找到了和自己最契合的兩個對象，才組成這樣的三人組。

（2）很多電視劇以及文學作品都有「三人組」的存在，例如卡通「真珠美人魚」的「露雅、波音、莉娜」，YouTuber頻道「狠愛演」的「蛇丸、牛排、胡椒」，天龍八部的「段譽、虛竹、喬峰」，以及臺灣樂團「S.H.E」也是三人組，兒童可能在潛移默化的影響之中，嚮往三個人的友情。

閱卷教師評語：過於理想化，不符合現實情況，分析缺少實際論證。

【優秀作答範例01】××大學附屬高級中學／三年級／女子人緣高中A班
（已徵得本人同意刊出）

答：

個人認為，三個女生的友情之間不是沒有冷落與爭吵，而是懂得如何巧妙營救那些偶然發生的冷落與爭吵。

（1）對三人團體的看重

三人團體要長久，就不能抱持著「其實我們兩個人會比較好」的心態，不然久而久之就會變成兩人友情。

（2）任何一個人覺得被冷落

另外兩位要如實並仔細地回覆對方的疑慮，絕對不能說出「妳想太多了」，這樣對方會想更多。此外，要向被冷落的一方說明自己當時為何會做出那些「讓對方覺得被冷落」的感覺。

（3）任何一次吵架

如果是其中一個人生悶氣的話，那另外兩個人就要認真地探討對方生氣的原因，挽回時一定要兩人都出現；如果是兩個人互相吵架的話，那剩下來的那個人一定要保持中立，或是暫時跟她們保持距離。

（4）平時預防要點

以下為女生三人閨密團的不鬧翻要點，小君、小美、小雅應該有做到。

一、不要找玻璃心的人當三人組的成員。

二、有話不要用傳的，用當面說的或是講電話的。

三、如果是後來才加入的第三位朋友，要做好「其他兩個人比較熟」的心理準備。

四、平常不要隨便猜忌或是懷疑另外兩人，如果覺得被冷落，要提出來，不要一直鑽牛角尖。

五、任何可能誤會的事情都要三個人當面說清楚。

六、三個人都在的時候不要聊只有其中兩個人懂的話題。

七、不要對其中一個人有占有慾。

八、可以用「一起從事同個娛樂活動」或是「三個人一起講別人壞話來維繫感情」。

九、可以找一個GAY密加入，變成四人組。

十、面對不得不拆散的情況（例如：坐公車只有雙人座和單人座、上課倆倆一組討論、過走廊時只能兩個人並肩走），事前要討論，事後安撫那名暫時被拋下的人，才不會讓人心有芥蒂。

十一、不要想太多，但如果不小心想太多了，要勇敢對另外兩人說出來。

閱卷教師評語：條列清楚，態度正面。

【優秀作答範例02】××高級工業職業學校／三年級／女子人緣高中B班（已徵得本人同意刊出）

答：

【條件1】

女生三人組交友關係公式如下：

已得知三個女生是保持著長久友誼的好閨密，設三個女生分別為「A、B、C」，而且具備以下條件：

（1）A和B和C都討厭絕交，因為很麻煩。

（2）A和B都分別做了對不起C的事，而且彼此都知道，所以拿來互相牽制。

（3）A和B都有共同討厭C的地方。

（4）A和B有著共同的某項興趣，而這項興趣剛好是C的地雷，但A和B分別又和C有著另外一個人不喜歡的共同興趣。

（5）A、B、C都各自有非得和其他二人當朋友的原因。

（6）A和C面對B、B和C面對A時也有（1）至（4）的情況。

最後得證：三個人之間的任意兩人對其中一人都有不可分離的因素，且任意兩人能用「互相用不可以讓另外一個人知道的祕密」牽制彼此，故不可能會有鬧翻的狀況，因為鬧翻的話自己也會受到一定程度的傷害，於是三個女生能夠成為保持著長久友誼的好閨密。

【條件2】

根據臺灣高中職的人緣佳閨密三人組組成之樣本數，在最常見的情況下，「小君、小雅、小美」的人格特質，可以作下列假設：

一、小君：擁有五萬多粉絲的網美，長相普通，會搞笑，但也會耍心機，在人際關係中有著嚴重的勢利眼，是班上人緣極佳的女生，參加學校的班聯會。罹患手機成癮症，很喜歡排擠別人的感覺。對自己有一定的外貌焦慮。容易暈船。

#代入A。

二、小雅：很有錢的富二代，多才多藝，非常懂得察言觀色和處理人際關係。平日行事作風刻意低調，但不喜歡別人比她出鋒頭。常常在內心嫌惡別人，但希望自己看起來像好人。喜歡釣男生但常抱怨男生騷擾她。對好友的控制欲重，小心眼。

#代入B。

三、小美：父母都是正常人，但喜歡營造自己在原生家庭受虐的家境小康叛逆女。為反對而反對，喜歡嗆老師以及攻擊同學，性格極為衝動，雙標，常常仗著「我說話比較直」來耍白目以及「我比較擅長跟男生相處」來亂碰別人男友。喜歡假裝有在聽團。為了營造自己很會玩的感覺而常常約砲。貪小便宜。

#代入C。

【代入公式】

（一）AB對C：小君、小雅對小美。

（1）小君和小雅都覺得和小美這種班上最酷的人待在一起很酷，而且跟著逞凶鬥狠的小美天天都有好戲可以看，還可以藉她的手欺負自己想弄的人，所以沒有打算和小美絕交。

（2）小君曾經把小美的清涼照傳給社團的學姊，用八卦來換八卦，而小雅知道這件事情。小雅曾經跟班導告狀，說小美考試會偷看她的答案，而小君知道這件事情。

（3）小君和小雅都覺得小美嚴以律人，寬以待己，而且很愛貪小便宜，跟她們借錢都不還，還會擅自拿別人的化妝品來用，又很喜歡不經過別人同意就翻人手機、亂貼醜照。除此之外，她們覺得小美很愛抱怨，很煩。

（4）小君和小雅假日會約去圖書館讀書，但小美討厭讀書。

（5）除了小君和小雅會讓她占一點小便宜外，小美很懶得自己去交新朋友，而且主動親近人會讓她覺得自己掉價，所以她必須和其他兩人當朋友。

（二）ＡＣ對Ｂ：小君、小美對小雅

（1）小美和小君常常享受小雅帶來的好處，一堆男生要追小雅都從巴結她們開始，而且小雅家裡很有錢，去她家玩時都能夠跟著吃好的用好的。而且跟這麼優秀的女生當閨密，別人對自己也會多敬重三分。

（2）三個人一起去唱ＫＴＶ、小雅去上廁所的時候，小美曾經偷拿過小雅的錢，被小君看到。小美亂翻小君的聊天紀錄的時候，看到小君在另一個小群組抱怨小雅有公主病。

（3）小美和小君覺得小雅言語之間有一種無形的優越感，或是凡爾賽式的抱怨「為什麼大家都喜歡她，為什麼她這麼優秀」，而且小雅真的有公主病，什麼事情都要別人幫她服務。除此之外，小雅也很開不起玩笑。

（4）小君和小美會去聽團和溜滑板，但小雅覺得聽團很吵溜滑板很熱，每次都沒有去。

（5）小雅其實被很多女生討厭，她必須要讓自己有閨密才不會被說是綠茶婊，所以她必須和其他兩人當朋友。

（三）BC對A：小雅、小美對小君

（1）小雅和小美都覺得小君非常容易使喚，而且拚命維持自己人際關係的小君能夠把她們拉近班核心的大圈圈裡面。此外，小君的社群平臺粉絲人數眾多，跟她交朋友、被她錄進限時動態很有面子，常常會被陌生網友讚美，甚至能跟自己想認識的網美裝熟。

（2）小美偶爾會在把自己穿過的內褲高價賣給小君的粉絲，說這是小君地，小雅知道這件事情。小雅曾經為了證明自己比較有魅力，一直去有意無意的撩和小君曖昧中的社團學長，讓學長到最後跟小雅告白，然後被小雅拒絕。這些都是小雅和小美兩個人一起去逛街的時候聊到的。

（3）小雅和小美覺得小君總是在跑社團、家裡又管很嚴，很難約。每次都會自卑然後鑽牛角尖，為一點小事走心，問她怎麼了，又硬要說沒事，因為她總想討好每個人。

（4）小雅常常住小美家，而且還會跟小美一起熱烈討論化妝、一起逛街。但小君久久才能住別人家裡一次，而且她對化妝沒自信，也駕馭不來小美和小雅會買的衣服。

（5）有時候小君要靠著小雅的面子來讓大家覺得她很酷，或是靠小美的面子約到班上的男生、一起組成一個人緣好的大團體出遊。這兩個人都讓小君的人緣看起來很好，所以小君必須和其他兩人當朋友。

【結論】

因此，小君、小雅、小美三個女生是一起去唱KTV、一起跳抖音、一起去看告五人演唱會、一起搭捷運、一起去路易莎咖啡店，還參加彼此婚禮的好閨密。

閱卷教師評語：論點、論據、論證完整，運用人際關係公式支持自身論點，並模擬出實作經驗，實屬難能可貴，期盼能夠繼續保持。

【3】

看完優秀答案後，曾經盼望結交一票閨密的薛寧忽然覺得友情這件事真的太麻煩了，三個人的友情超可怕，兩個人的友情嫌太多，一個人偷偷來無影去無蹤，才是最棒的事情。

於是薛寧趁助教走出來之前，溜出了人緣補習班，再也沒回去過。

15

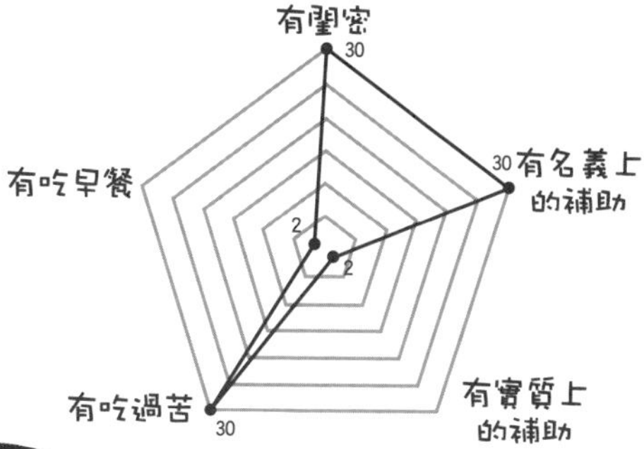

塑料花姊妹

15 塑料花姊妹

個人姓名：翁語雯和華沁琪

別名：政治正確但周遭沒人正視她們的弱勢族群小孩

原產地：命運的爛玩笑

特徵：分別是家裡有錢的身心障礙女和家裡沒人的家庭失能女

被孤立的原因：因為目前沒機會被大善人拿來當成作秀工具，所以還沒有遇到大善人

【1】

仁華國小四年三班23號翁語雯確診了，而四年三班32號華沁琪的臉，終於不用再被捏到發疼。

只不過，華沁琪摸著毫無痛覺的臉頰，孤孤單單地看著窗外，忽然覺得好像少了什麼東西。

她很孤單，只不過她不知道「孤單」是什麼意思，當然也不會講。她只是沒來由地看著窗外，吞吞吐吐地說：「綁頭髮。」

旁邊的男生用力扯了一下她的頭髮，華沁琪的雙馬尾就這樣散了一邊。她驚慌失措地環顧四周，可是周遭的人都動得好快，用好快好快的速度向她擠了過來，快到她忘記要闔上嘴巴，然後她的口水就這樣滴了下去，接著全部的人又用更快的速度飛奔過她身旁，好像還有人用力打了一下她的頭，於是她的眼淚也跟著口水一起流了下來。

【2】

翁語雯有時候會偷偷捏華沁琪的臉一下。偶爾是兩下，再不然是三下。一下是她覺得華沁琪很煩，總是把口水滴在她的手上。第二下是因為華沁琪的阿嬤每天都會記得來接華沁琪，讓翁語雯很不爽，因為她自己的阿嬤不是在弄要給老闆的塑膠假花就是在打麻將，每天都忘記要簽聯絡簿、也忘記幫她洗衣服、洗便當盒，害她被蘇老師用力捏著臉怒斥：「妳這種社會敗類，長大以後可以做什麼？」

捏第三下的原因是「社會敗類」。華沁琪跟她一樣是社會敗類，上課不會回答蘇老師的問題，也沒辦法把學習單畫到最漂亮、讓蘇老師放到自己的粉絲團上，所以她決定要狠狠懲罰一下華沁琪。但因為翁語雯長大也想當老師，而且當老師要公平，所以她捏完華沁琪後，也會再用力捏一下自己，然後她會奉蘇老師的命令，拖著華沁琪往特教生要待的潛能班走去。

【3】

翁語雯是華沁琪的小天使，她負責帶華沁琪去潛能班上課，還有在放學的時候等華沁琪的阿嬤來接她。

翁語雯之所以成為華沁琪的小天使，並不是因為她有愛心，而是因為蘇老師真的好漂亮。翁語雯每次盯著老師的臉，都會忘記自己正在做的事，然後就會被蘇老師狠狠痛罵。

「妳怎麼問題這麼多，我跟妳說，今天開始妳就當華沁琪的小天使，一打鐘妳就帶她去潛能班，不要留在班上，知道嗎？」

一開始翁語雯很排斥只會流口水的華沁琪，因為她覺得蘇老師也很討厭華沁琪，身為老師的小粉絲，跟著討厭老師討厭的人是當然的。可是她發現華沁琪不會在意自己身上臭臭的味道，而且還很聽話。她常常和華沁琪在潛能班偷偷玩「老師與學生」的遊戲，她當美麗動人、高高在上的蘇老師，而華沁琪則被翁語雯指定扮演「翁語雯」，接著翁語雯就會趾高氣昂地把這一位「翁語雯」數落一遍，像平常蘇老師對待她那樣——雖然另一個版本的「翁語雯」常常流口水就對了。

當華沁琪小天使的另一個好處，就是放學陪華沁琪坐在校門口的時候，華沁琪會聽翁語雯講話。幾乎沒有一個人會願意和邋遢跮課又常常搞砸事情的翁語雯交談，除了華沁琪之外。

有時候翁語雯會學蘇老師跟華沁琪講故事，或是跟華沁琪講阿嬤的朋友有多「ㄍㄢ四聲」，再不然就是偷偷說她喜歡哪個男生。無論翁語雯和她說什麼，華沁琪一概笑咪咪地全盤接受，或是在翁語雯傾訴完自己整天幹的爛事之後，笑咪咪地指著校門口的鴿子說「天鵝！」，然後翁語雯就會不以為意地說「吼唷，那是比較大隻的麻雀。」

有時候，翁語雯差點要對著華沁琪說出「我們是閨密囉！」，但看到流著口水的華沁琪，就會想起老師和同學都不喜歡她，自己也該討厭華沁琪一下，這樣翁語雯就不會是最慘的、最被全班討厭的那個了。

所以翁語雯沒辦法讓華沁琪當她的閨密，只能很有默契地在等華沁琪阿嬤的時候展現自己的猜日落絕活給華沁琪看。這是她從有意識以來被忙著做塑膠假花阿嬤放在窗戶外面發呆練成的，她能精準地預測什麼時候天色會全黑。她常常指著帶有一點殘餘夕陽的天空，對著華沁琪大喊「十、九、八、七、六、五、四、三、二、一，哇！日落了！」然後華沁琪就會開心地拍手大笑，翁語雯也能悄悄地把自己對華沁琪的友情與愧疚埋沒在夜色裡，這就是翁語雯的小天使日常，只不過翁語雯長得實在不太像天使，比較像是被丟棄的髒臭吉娃娃就是了。

但，就算是像翁語雯這種被迫當天使的髒臭吉娃娃，也有自己的天使。

她的天使，就是華沁琪的阿嬤。

【4】

華沁琪的阿嬤是翁語雯最喜歡的阿嬤。

華阿嬤不會一邊摺一堆塑膠花一邊怨天怨地，也不會整晚抽菸打麻將，她會買點心或是髮夾給翁語雯，還會回答翁語雯的白痴問題。

華阿嬤變成翁語雯的最愛時正值梅雨季，連續幾天的天空一片灰暗，翁語雯沒有日落遊戲可以玩，只好開始幫華沁琪綁頭髮。

翁語雯其實知道華沁琪會把自己的兩顆包包頭抓掉，她沒抓其他男生也會抓，所以華沁琪常常在回家的時候披頭散髮，雖然翁語雯覺得沒差，因為她自己也蓬頭垢面。

只不過那幾天無聊到不行的翁語雯，都會幫華沁琪把一頭亂髮綁兩個可愛的小馬尾，不知道是不是常幫奶奶弄塑膠花的關係，翁語雯綁得還真是不錯，華沁琪也開開心心地甩著兩個馬尾笑著。雖然她不是很在意華沁琪開不開心，但看著自己的美妙成品，翁語雯越綁越起勁，變成每節下課都會幫華沁琪綁頭髮，有男生想扯，還會被翁語雯尖叫著趕跑。

有一次放學，翁語雯正要幫華沁琪綁個蘇老師的公主頭，華沁琪的阿嬤剛好撐著傘走來，立刻又驚又喜地讚美翁語雯：「妹妹妳好棒喔！奶奶都不知道，就是妳幫我們家琪琪綁頭髮唷！」

華阿嬤看到孫女每天回家都披頭散髮，總以為孫女被那群小朋友欺負了，尤其是那個又髒又臭的翁語雯。還好，這個小女生還算善良。

「妹妹妳好乖喔，唉唷……」第一次看到孫女被同年齡的小孩友善對待，華阿嬤的眼眶有點熱熱的，她立刻從包包裡拿出一個麵包給翁語雯：「來，這個給妳吃。」

「麵包！沒有麵包！」華沁琪生氣地叫著。

「琪琪，這先給妳朋友吃，奶奶等一下再帶妳買一個喔。」華奶奶牽起華沁琪的手，笑著問翁語雯：「哎喔，妳怎麼對我們家琪琪這麼好啦！」

「謝謝華沁琪奶奶。」翁語雯盯著香噴噴的菠蘿麵包，忍不住不經大腦地問了華阿嬤：「那為什麼妳要對華沁琪這麼好？」

「因為琪琪生病了呀！我們要一直照顧她呀！」華阿嬤覺得這個問題很可愛。

「那我生病了我阿嬤會來照顧我嗎？」翁語雯突然發現自己沒生病過，所以也沒被阿嬤照顧過。

「唉唷，怎麼問這麼古錐的問題啦！」華阿嬤笑了：「如果妳生病了，妳的阿嬤當然會來照顧妳呀！」

翁語雯雙眼放光，而華阿嬤又補了一句：「每個人都是自己阿嬤的寶貝！」

於是，記不住要交聯絡簿、下課要靠椅子的翁語雯，記住了華阿嬤的麵包，記住要幫華沁琪綁頭髮才有麵包吃，還記住了如果自己生病了，自己的阿嬤也會買麵包給她吃。

說不定，蘇老師還會配給她一個小天使呢！

拜託，她的小天使，一定要是最帥的5號陸程佑。

【5】

所以翁語雯確診後的第一天，她內心充滿期待，但也僅限一天而已。

她狂咳之後阿嬤確實摸了她的額頭，接著阿嬤沒有買麵包，反而暴跳如雷地打給好久沒見的爸爸。翁語雯本來喜出望外，以為可以看到爸爸了，但她聽到「養她已經夠苦了」和「要是確診把我害死我做鬼也不會放過你」，便拖著滾燙的身體把自己埋進單薄的棉被中。

後來學校的輔導老師全副武裝地來家裡架好線上上課設備，再來是醫療人員扶她起來喝水吃藥。輔導老師和醫療人員好像都有跟阿嬤吵架，但翁語雯連阿嬤的聲音都聽不太到了，只剩下劇烈如刀割的頭痛與喉嚨痛。確診的第三天，翁語雯用爬的去廁所尿尿，洗手洗到一半她覺得好燙，就躺在廁所裡面的破瓷磚上，想讓自己涼一點。

隔天醒來，翁語雯發現自己還躺在廁所裡，她自己爬回了房間。接下來的日子，只有家裡電話一直響個沒完的時候，滿身菸味的阿嬤才會「砰」一聲用力開門，用力把她拖起來塞藥塞食物，再用力把她甩回床上，放任瘦弱的翁語雯在無助的疼痛和暈眩中沉沉睡去。

翁語雯知道電話是誰打的，確診的這幾天她有力氣的時候會接。電話那端是叫做「社工」的阿姨，還有學校的輔導老師。翁語雯剛好接到輔導老師的電話的時候都會說想找蘇老師，輔導老師轉接之後蘇老師回了一聲「喂」、翁語雯興奮地打招呼時，電話就會立刻被掛斷。

翁語雯在確診的第五天猛然想起來要上線上課程，她在想蘇老師是不是生氣她沒有線上上課，可是她戰戰兢兢地登入蘇老師扯著她的耳朵要她學會登入的線上上課帳號，卻是空空如也。

於是，確診的日子裡，華沁琪再度躺回床上，一遍又一遍和自己玩著日落倒數遊戲。

【6】

身為教甄應屆考上的優秀考生——蘇老師，是用倒數第五名溜進教甄榜單的，但她卻幫自己開了臉書、IG、微博、痞客幫、抖音、yam天空部落格、YouTube、優學網、medium粉專，在上面分享她怎麼把班上的特殊生和家庭失能學生培育成素養導向小尖兵，然後在自己十多個粉專發完教甄教學文後，轉過身來把頭髮被男生亂拉的華沁琪鎖在教室後走廊任她哭叫，再用力拿翁語雯的頭敲桌子要她上課不要一直趴著，因為這樣她拍全班上課的照片時，畫面看起來不夠完美。

這幾天是蘇老師的公開教學演示，她邀請的網紅教師和學校教授都會來看，為了這點她做足了萬全準備，假裝有人不會的上課情境準備好了，教室布置弄得比葬禮還隆重，她甚至終於想起那個因為確診所以被她合理遺忘的翁語雯也可以變成確診生線上教學的演示道具。她都掐著華沁琪和她模擬上課情境的臺詞了，這個小乞丐只要有在線上露臉就好了。她的線上課只為了會送禮物的家長才開，翁語雯那個「滿手顏料滿身菸味的塑膠花阿嬤」都懶得理翁語雯了，何況是她這個優秀師鐸獎預備人選，哪還有時間幫這個小乞丐開雲端教室？

可是為了教學演示，她終於打到翁語雯家，要翁語雯明天準時上線。

電話那頭的翁語雯和她對完臺詞後，開始嗚嗚咽咽地說「老師我跟妳說——」，但蘇老師只是把手機塞進沙發旁的枕頭裡，然後繼續更新自己的粉絲專頁，任憑那個喉嚨燒起來的小女生、在電話那頭掉著沒人在乎的眼淚。

【7】

翁語雯滿懷期待地打開視訊鏡頭，哇！大家都在。她好久沒上課了。她從鏡頭看到蘇老師，還有坐在教室後方沒見過的叔叔伯伯。她有很多問題想問蘇老師，但每次她要打開麥克風的時候，蘇老師就會把她的麥克風關掉。

翁語雯有點著急，但蘇老師上課的內容很好玩，她目不轉睛地盯著螢幕的另一端，想像自己坐在教室裡。忽然，蘇老師要全班同學跟大家和翁語雯打招呼，全班同學很整齊，也很冰冷地喊著：「妳好。」

翁語雯本來感動地也想和大家打招呼，結果她的麥克風又被蘇老師關起來了。她有點失望，不知道這幾天到底怎麼了，但這時候，華沁琪忽然從位置上跳了起來，一邊哭一邊叫，直衝向投影螢幕。翁語雯看不清楚後面叔叔伯伯的表情，只不過她很清楚地看見蘇老師衝上前抓住暴走的華沁琪，全班小朋友看到這個失控的景象，一時忘記蘇老師厲聲要他們正襟危坐的命令，亂成一團，還有人叫華沁琪智障。

翁語雯仔細聽著哭鬧著的華沁琪在說什麼，然後她立刻知道了，這是她們的默契。原來，華沁琪看到翁語雯出現在螢幕上，哭著大喊：「綁頭髮！綁頭髮！」

「幹麼啦，叫老師幫妳綁啦，奇怪！」翁語雯覺得有點尷尬。

「翁雯雯快點來！綁頭髮快點來！」華沁琪開始大哭：「綁頭髮！綁頭髮！快點來！翁雯雯！」

翁語雯看著華沁琪鬆了一邊、慘不忍睹的雙馬尾，她突然覺得很訝異，為什麼大家都不幫華沁琪綁頭髮？但讓她更訝異的是，華沁琪一直叫她的名字。她確診到現在，從來沒有人叫她的名字或想辦法找她過。翁語雯無法形容這是什麼感覺，但她發現自己好希望有人可以叫她的名字，不要不理她、打她、罵她、逼她幫忙弄塑膠花，再不然像上次找阿嬤打麻將的叔叔拿菸給她抽讓她嗆到流眼淚都可以，就是不要丟下她。

螢幕另一頭的華沁琪聲嘶力竭地哭了起來，不知道為什麼，翁語雯也跟著哭了，而且也哭得痛苦。她好想跟華沁琪說，她的喉嚨好痛，頭也好痛，不要丟下她，不要不理她。雖然她知道華沁琪聽不懂她在說什麼，可是至少華沁琪在叫她。她沒有被所有人忘掉，因為華沁琪一直喊著她的名字。

討厭喝水的翁語雯抓起旁邊的溫水大口大口灌了下去，她以為自己會忽然好起來，就像故事書裡面那個三色豆少女變身一樣，啦啦啦啦亮晶晶地好起來，可是沒有。她的喉嚨更痛了，而且她好冷。她把能穿的衣服全部裹上，然後按下了麥克風鍵，啞著聲音說：「華沁琪？華沁琪妳有聽到嗎？我的家裡都沒有人，我的喉嚨好痛，我打給蘇老師都被老師掛斷，我不知道要怎麼辦。」翁語雯頭昏腦脹的繼續說：「我跟妳說喔，我好起來後要幫妳綁頭髮，我好起來就會去學校了，我幫妳綁頭髮，我要趕快好起來……」

【8】

翁語雯康復了。這個世界似乎沒變，又好像改變了不少。

改變之一，就是翁語雯再也沒有看過蘇老師了。康復後她被輔導老師帶到學校的一個房間，裡面有一個慈祥的阿姨問她好多蘇老師的問題，她老老實實地回答完她和蘇老師的「社會敗類」分辨方式後，回到教室，蘇老師就這樣不見了。

很快的又過了一個學期。翁語雯已經差不多忘記蘇老師，但她仍然維持那個死樣子。早餐吃一半就放在抽屜，椅子沒靠就急著要牽華沁琪去潛能班。但現在又有一點不一樣了，翁語雯叫華沁琪在門邊等一下，便衝回去把寫好的作業疊到廖老師的辦公桌前，再迅速跟新來的廖老師報告：「廖老師好，我要帶華沁琪去輔導室了，老師拜拜。」然後她熟練地翻華沁琪的書包，挖出角落生物的口水巾，再迅速牽起華沁琪的手：「走吧。」

廖老師想起這班的前任班導蘇小姐在被停職前、曾忿忿地向他抱怨：「你是代理老師你不懂，那個翁語雯愛說謊、愛推卸責任，特教生會受傷都是她害的，你有看我的 YouTube 教甄頻道嗎？教育現場有太多跟我一樣熱情的老師被這種社會敗類抹殺熱情了，你知不知道我已經努力過了，但這個小孩一直都改不了她的壞習慣——」

想到這裡，他忍不住走出教室，看著翁語雯牽著華沁琪離開的背影。原本他認為知名的教甄網紅蘇老師說的話就是聖旨，但看著翁語雯，聖旨在他的心裡開始動搖。翁語雯其實滿乖的啊。

「總之，我會好好教她們的。」廖老師看著翁語雯仍然忘記靠上的椅子，有點哭笑不得：「雖然要全改過來，真的很難啦。」

【9】

這個世界確實很難改變。翁語雯身上仍穿著一件沒洗的衣服，而華沁琪走著走著，還是一樣指著麻雀說：「天鵝。」

「華沁琪，拜託一下，那是比較小的鴿子，好嗎？」

「謝謝，老師。」

「閨密！我們是閨密，華沁琪，妳很笨耶！白痴喔！」

唯一改變的，大概就是華沁琪的那顆頭。

翁語雯每天都幫華沁琪綁不同的髮型。像今天華沁琪就頂著一顆非常浮誇，但看起來還不錯的雙馬尾辮子頭，上面還有兩朵莫名其妙的深粉紅色奇怪塑膠花，在晨光的映照下，從深粉紅色變成暖暖的粉橘色。

在那粉橘色的點綴下，兩個被命運踩扁又站起來的國小女生，就這樣緊緊牽著手，蹦蹦跳跳、歪歪斜斜地越走越遠，消失在走廊盡頭。

16

如果你爸明天就死了

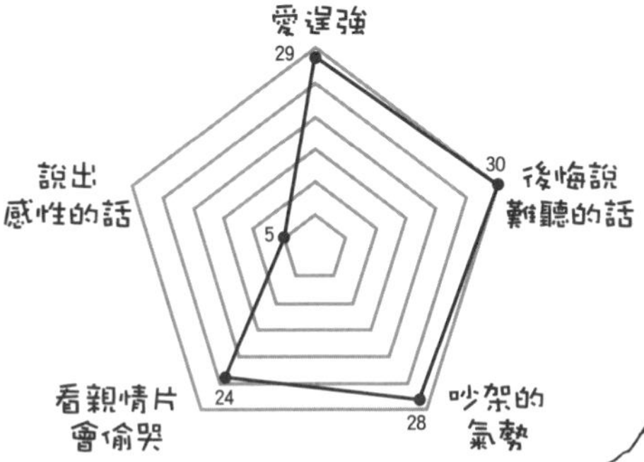

16 如果你爸明天就死了

個人姓名：駱睿駿和駱爸爸

別名：嘴硬兒子和嘴硬的爸爸

原產地：嘴硬的爺爺

特徵：就算努力為對方做了好事，卻還是要在做完好事後狠狠臭對方一句然後再懊悔

被孤立的原因：沒有及時把最該講又最不敢講的話說出來

【1】

「如果你爸明天就死了，後悔就來不及了喔。」

駱睿駿討厭想起這句話，但它就像陽明山的梅雨一樣，連綿不絕地注入他的腦海。

（媽的，陽明山的山路已經很難開了，還下雨。）

新銳設計師駱睿駿煩躁地盯著雨刷開關，心裡面還在氣自己的父親，而駱爸爸正在後座心滿意足地打著盹。

這都要怪他的白痴學弟兼室友——何子佑給他出的餿主意。幾個小時前，久沒聯絡的父親突然出現在他的租屋處，駱睿駿本來想要趕他走，但何子佑一聽到是駱爸爸來了，就搶先一步招呼駱爸爸進來坐。

「欸 Ray 哥，不要趕你爸回去啦。」何子佑推著駱睿駿走到廚房，低聲說道。

「靠杯喔，不要鬧啦。你又不是不知道我——」

「我知道啊！你上次喝醉的時候，不是跟我說，你爸是唯一支持你念設計的人，你很想回去找他，但因為你自己大三的時候離家出走，所以拉不下臉回去嗎？」何子佑看起來很認真：「我爸過世的時候，我超後悔。我說難聽一點，如果你爸明天就死了，後悔就來不及了喔。你都畢業一年了，成熟點，好嗎？」

（幹！何子佑，你他媽還真的有夠會建議人的，我爸剛剛吃飯的時候，突然叫我別當平面設計師了改當室內設計師，而且還他媽的一直提一直提。）

駱睿駿在心裡嘀咕，開著熟悉又陌生的山路。陽明山的半山腰，就是那棟華麗、惹人厭、曾經被他稱之為「家」的大房子。

對於父親總是搞不清楚狀況的樣子，駱睿駿一肚子火，但他更氣自己沒耐心又玻璃心，搞砸了和父親難能可貴的吃飯時光。

本來窗外下著大雨，駱睿駿想留爸爸住一晚，順便解釋自己為什麼不當室內設計師，但爸爸又白目地說要回家餵狗，他一聽火氣又上來了，賭氣似地說：「好啊，你這麼想走想餵狗，那我立刻載你回去，不要留在這邊打擾我工作！」

眼看家就要到了，駱爸爸也醒了，心浮氣躁的駱睿駿正想跟爸爸說些什麼，一輛沒有後照鏡的ＢＷＳ機車突然從旁邊逆向竄來，車上沒戴安全帽的白痴青少年用力按著喇叭，駱睿駿罵了一聲「幹」，趕緊抓住方向盤想要閃避，沒想到此時又有另一輛不長眼的小客車撞向他們。巨大的撞擊之下，駱睿駿想要回頭看看爸爸是否無恙，他轉過身，大喊：「爸——」

【2】

一開始是讓人頭昏眼花的外力包圍著他，然後是雨水，最後是黑暗。

黑暗裡面，駱睿駿瘋狂地喊著父親的名字，但都沒有任何人回應他。四周空無一物。他越喊越累，覺得自己快要沒力氣的時候，他感覺到一股外力往他的頭上掃過，他忍不住大叫——

「先生！先生！請你醒一醒！」

駱睿駿感覺到有人正在拍他的額頭，才從夢中驚醒。他環顧四周，發現自己躺在病房中的家屬休息室，拍他額頭的人，是一名有著三種奇怪顏色頭髮的護理師。

「先生，不好意思，您在睡夢中一直大喊大叫，有其他病人家屬向我通報，所以才來叫醒您。」

他看著自己半乾的衣服，以及脖子上的白色毛巾，又盯著手上的擦傷，想起來自己已經跟著救護車被送來醫院了。好險，駱睿駿的傷勢不重，而爸爸也沒有生命危險，只不過左腿骨折，需要動手術。

駱睿駿揉了揉眼睛，在護理師的帶領下，走進了病房。

【3】

窗外的大雨仍然沒停。昏暗的醫院走道中，只剩下駱睿駿和護理師的腳步聲。

頂著黃、綠、橘髮色的護理師叫做陳蓓恩，她說睿駿可以叫她「甜蓓」，這種做作的綽號讓駱睿駿覺得有點噁，但甜蓓人滿好的，她溫柔地叫駱睿駿不要擔心，好好跟爸爸說說話。有問題的話就按病房裡的鈴。

駱睿駿環顧四周，覺得這間病房有點冷清。以他身為視覺設計系畢業生的眼光來看，這間病房滿適合取景的，穿個黑皮衣或是有點破爛的嬉皮裝來這邊拍照，一定非常有感覺。如果掛上一個「財哥檳榔攤」的吊牌，更是直接能宣傳音樂祭；但如果以病人家屬的角度來看這間病房，這裡簡直就是「鬼屋」——這兩個字，使駱睿駿不禁打了個寒顫。

忽然，他發現闔起來的病床門簾後方有個人影。那人影非常緩慢地從病床上坐起，駱睿駿頓時汗毛直豎。透過門簾，他發現那道人影由單薄的骨架和碩大異常的頭顱組成，更糟糕的是，那顆碩大的頭顱正緩慢地轉向他。

駱睿駿想拔腿就跑，但簾子緩慢地拉開了，尖叫聲剛冒出喉頭，那人影便先開了口：「睿睿，你來啦。」

「喔，對啊。」駱睿駿努力按捺剛剛即將衝出喉嚨的尖叫，故作鎮定地喊了一句：「爸，還好嗎？」

怎麼會把爸爸認成鬼呢？駱睿駿打量著病床上的老人。

搬離家裡之前，爸原本不是滿胖的嗎，怎麼他那張方形臉也快變成錐子臉了。不對，爸有這麼老嗎？啊，我也二十四歲了，爸今年已經六十一歲了，應該是老人了。是六十一歲嗎？我算一下，爸的生日是——

「還好，還好，還能走路，不要擔心。」駱爸爸努力讓自己的聲音聽起來不那麼狼狽，才不會讓兒子太過緊張。

「每次都說不要擔心。」駱睿駿嘀咕著。

【4】

雨聲淅瀝，而駱爸爸和駱睿駿尬聊的程度，像是在沙漠裡面撐雨傘，不能說聊不太起來，只能說徹底接不上話。

駱睿駿出車禍當下時的擔心，已經被駱爸爸的核彈級發言慢慢擊落。

「你剛剛吃飯的時候，跟我說，你在當設計師啊？」駱爸爸又繞回剛剛吃飯時引起爭吵的話題。

「對啊。」駱睿駿心想，該不會又要提室內設計師吧。

「嗯，好，真好。」駱爸爸點點頭。

「那汪汪怎麼樣？」駱睿駿試著轉移話題。

「汪汪，汪汪喔？」駱爸爸很認真地想了想：「汪汪就那樣呀。」

駱睿駿青筋暴起：「那你幹麼急著餵牠？」

「因為牠現在是我兒子啊，你都不回家了，我只好讓牠當我兒子。」駱爸爸說得委屈，而駱睿駿腦中只閃過了「老人的情緒勒索」這句話。駱爸爸看見駱睿駿的臉色不好，想著關心一下兒子，又把話題繞回兒子身上：「那你當設計師是當什麼設計師？我忘了。」

「平面設計師啊。」

「你說今年臺北那個什麼運動會的宣傳海報，是你設計的啊？」

「對啊！臺北世大運有幾個場的主視覺是我設計的。」咦，老頭子講話不白目了，駱睿駿稍稍放鬆下來。

「這麼厲害喔，真的是設計師耶。」駱爸爸滿意地點了點頭。

駱睿駿沒想到爸爸會突然這樣讚美自己，武裝的叛逆被親情核彈突襲，稍稍鬆懈一些。一開始這樣說話就好了嘛，為什麼非要提到室內設計師呢？

「哈哈，下次有設計新的再給你看。」駱睿駿掩不住嘴角的笑意。

「那你有要去當室內設計師嗎？」欸爸，幹！不是吧。

「你要不要去當看看室內設計師？」幹！爸，你可不可以閉嘴。

「你看王阿姨的兒子，那個凱祥啊，現在在做室內設計師耶？」駱爸爸看到駱睿駿嘴角的笑意，以為終於可以放心問出自己最想問的話：「那你要不要改當室內設計師啊？」

「哭啊，我就說過我學的不是室內設計了啊。」駱睿駿開始暴躁：「喔，真的很煩，到底為什麼一直提這個？」

「沒有啊，就是覺得室內設計師不錯啊。」駱爸爸再度感到委屈，看起來更蒼老了。

但性格本來就很火爆的駱睿駿才不管他是變蒼老還是變蒼井優，他萬般不耐地叫道：「我有沒有跟你說過，我他媽不想當室內設計師了，有沒有？」

「喔，對不起。」駱爸爸的頭垂得更低了：「我不知道你現在不想說這個。」

「從來都沒想說過好嗎！」只是駱睿駿看到爸爸腳上的石膏，又不忍心了，他無奈地問：「爸，那我問你，你今天為什麼一直叫我去當室內設計師？」

「因為這樣你媽就會認同你念視覺設計系了，她前幾天跟我說，她覺得王阿姨的小孩會室內設計很厲害，家裡可以免費設計，說不定還能免費裝潢一下。」

「有夠可悲。」駱睿駿煩躁地嘆了一口氣，整個人癱在病房旁的椅子上，拒絕再接續話題。

病房中又恢復了沉悶，只剩下窗外雨聲和室內電燈的細微嗡嗡聲。

不知隔了多久，負傷又生著悶氣，而且還忘記帶手機的駱睿駿無聊至極，他正要開始打盹，駱爸爸又開口了。

「也不一定要讓你媽認同啦，所以算了吧，你喜歡做什麼就做，反正也做得不錯。」

駱睿駿的睡意驟散，他不敢相信自己的耳朵，畢竟駱爸爸是出了名的妻管嚴，這是第一次聽他反對媽媽。

駱爸爸繼續慢慢地說道：「她就那個樣子，只是我們老了，改不了。」

「最好是，你還不是整天只聽媽媽的。」

「我說真的。我覺得你辦展覽的那個鸚鵡，就做得不錯啊。吐泡泡的鸚鵡。」

駱爸爸冷不防地又說了一句。

「什麼展覽？」駱睿駿不敢相信自己的耳朵。

「就是你們學校辦的那個啊。」

「喔，爸，你有來我的畢製喔？」負氣離家的駱睿駿心底還是渴望著家人的認同，他一聽到「畢製」兩個字，便徹底拋下今天的不愉快，喜出望外：「真的有喔？」

「有啊，我有去啊。幫我把手機拿過來。」

「好，在背包嘛，等我一下。」

「你看，我還有跟你那隻鸚鵡合照。」駱爸爸點開手機，裡面是駱睿駿展覽的照片，和他的畢製形象照：「你這張照片真好看，你那時候頭髮染粉色的喔？很『潮』耶，很像那個韓國明星，可是這張跟你本人有點不一樣耶。」

「啊！那是我同學修圖的啦。」駱睿駿喜上眉梢，但又忽然失落了起來：「你怎麼不講你有來看我的畢展啊，我以為我都是一個人。」

「我怕我又說錯話啊。」

「哪有啊，你在家連話都不跟我們講。」駱睿駿有點不服氣：「我們家就你話最少，媽媽才會整天講個不停。」

「之前你要搬出去住的時候，我就講錯話了啊。」駱爸爸自顧自地回憶著。

「蛤？什麼？」

「大一的時候，你媽整天叫你考轉學考，轉去臺大法律，然後你生氣了，說要搬出去住。我其實很怕你一個人搬出去住，我很小的時候就來臺北當學徒了，離開家太辛苦，我不希望你吃這種苦，所以我很急。」駱爸爸看起來心有餘悸：「那時候，我跟你說，一個人住很辛苦，你吃不了這種苦的，你就大發脾氣，隔天就搬走了。」

「喔，對，我記得，那時候我說『我就吃給你們看』，哈哈哈。」駱睿駿尷尬地抓了抓頭：「可是我說真的，爸，搬出去的原因，只是因為媽真的太煩了，一直叫一直叫。我已經忘記你說什麼了。我會搬出去，都是媽媽害的，不是你。」

看著病床上的爸爸不再答話，看起來若有所思。沉默之中，駱睿駿忽然想傾訴心底的委屈：

「你知道為什麼我畢展會設計一隻鸚鵡旁邊有三隻魚嗎？媽媽、姊姊和妹妹就是那幾條魚，媽媽每次都叫我跟她們一樣吐泡泡，但我根本不像她一樣愛計較，也不像妹妹和姊姊一樣會讀書，校排前十。從小到大，媽媽就只會說我在學一些沒用的東西，完全沒有發現我畫圖多厲害，得了多少獎，整天一直敲我的門，或是在我們家的 line 群組標記我，叫我念書，說我再繼續這樣就把我趕出家門。

「以前姊姊妹妹補完習，媽媽都會煮點心；但每次我補完習，媽媽都叫你隨便帶我買，或是問完成績後就走掉。

「爸，你知道嗎，我在家的日子，就像是一隻被逼著學吐泡泡的鸚鵡一樣，飛出去離開這個家，才知道不會吐泡泡不是我的錯。」

「這樣啊。」向來就不善言辭的駱爸爸又拋出了一個問題：「那我是魚的泡泡嗎？怎麼只有三條魚，沒有我。」

「喔，那個喔。」駱睿駿被駱爸爸天兵到不行的回答給逗笑：「爸，你應該是天空吧，雖然你都不跟我講什麼鼓勵的話，而且我每次叫你鼓勵我，你都詞窮，但我知道你都在支持我，所以我就畫了一片天空，當成是你。」

「真的啊！」駱爸爸笑著看著駱睿駿，讓駱睿駿有點尷尬，鼻子也有點酸酸的，差點講不下去：「你之前一直都會載我去上畫畫課，還有幫我買畫具，而且你小學開始就都有來我的畫展，我還有畫邀請卡給你。」

「對啊，邀請卡。」不知道為什麼，在這個感性的時刻，駱爸爸突然笑著說道：「你小的時候參加美展都有畫邀請卡給我，你畢展怎麼沒有給我邀請卡，哈哈！」

「你還記得喔！啊你又沒問我。」駱睿駿臉上已看不出任何負面情緒。

「我不知道你這麼厲害啊，早知道就多問問你的。你不知道你爸很不會聊天嗎？」

「你可以想想你爸怎麼跟你講話的啊。爸，我很好奇，爺爺是怎麼跟你溝通的。」

「你爺爺啊？」駱爸爸想了很久，然後給了一個很廢的答案：「溝通啊？好像沒有溝通耶。」

駱爸爸看著駱睿駿懷疑的眼神，趕忙補充：「小的時候全家人圍在一起吃飯，我都要等你爺爺開始吃，我才敢跟著吃。你爺爺說什麼就是什麼，他叫我來臺北當學徒，我就來臺北當學徒了。」

「那你真的想當學徒嗎？」駱睿駿聽故事聽得出神，彷彿從負氣搬出去住的大男孩，變回了畫美展邀請卡給爸爸的小男生。

「沒有啊，那時候好像覺得自己應該要繼續讀書，但我不敢違抗我爸，而且當學徒出師了也不錯，不用為了生活擔心。」駱爸爸笑了，但他的眼神有點失落：「所以我不知道很會講話的好爸爸是什麼樣子。我常常在想，要怎麼樣跟我的小孩說話，你們才會覺得我是好爸爸，結果我想著想著，就不知道要說什麼了，真對不起。」

「沒關係啦，你小時候都有讓我學畫畫，而且你來看我的畢展，真的太好了。」原來爸爸的爸爸也沒有跟他溝通過嗎？那現在爸爸能這樣，其實算好了。

駱睿駿握著爸爸的手端詳：「爸，其實你已經是個好爸爸了。」

只要親情夠強大，就算待在像是鬼屋的病房聊天，也可以像在家裡客廳談心一樣舒適。

「爸，不然我們來溝通一下好了。」雖然這樣想很糟糕，但駱睿駿很感謝這次的車禍，讓他能跟爸爸說這麼多話。

「什麼溝通？」

「我們來聊天吧！」駱睿駿開啟話題：「你NBA支持哪一隊？」

「湖人打得不錯啊。」

「欸，我也是耶。棒球咧？」

駱爸爸想了一下，回道：「恰恰。」

「哇，太猛啦。」駱睿駿笑了：「我也只挺恰恰。那女明星呢？」

「伊能靜。」

「啊，我不知道她，我滿喜歡吳卓源的。但我覺得我們滿合的。」駱睿駿本來覺得逃離家裡是他做過最正確的選擇之一，但現在他有點後悔：「早知道就多待在家裡好了。」

「我也這麼想，我們都很希望你回來。」駱爸爸語重心長地說。

「我還以為你跟媽媽一樣，覺得我讓你們很丟臉。」

「怎麼可能會覺得你丟臉呢！」駱爸爸像是忽然想起了什麼，開始說了好多話：「不要怪媽媽，你的外婆齁，就是媽媽的媽媽，也對她很嚴格，從小到大一直嫌她，說她功課不好、長得不漂亮，所以她長大一直希望你們可以比得過別人，才不會跟她一樣自卑。可是她最擔心的就是你。每次她都跟我說啊，她怕你瘦成那樣吃不飽、怕你錢不夠花、怕我們走了後，你怎麼辦？結果每次看到你就急著要唸你，你就跟她吵架。」他嘆了一口氣：「但我知道你很厲害，不用人在後面幫你擦屁股。不像你姊姊，我跟媽媽要一直小心她會受不了挫折，可是你不一樣，我知道你很聰明，我很放心你。」

「欸爸，沒事啦，真的……」平常最會跟人鬥嘴的駱睿駿面對爸爸這突如其來的心裡話，忽然跟著變成了不擅言詞的人。他沉默了一陣子，才吞吞吐吐地吐槽：「你們怎麼都不跟我講，我怎麼知道。」

「你也不來找我們講話啊！不過沒關係，你有機會再講。」駱爸爸笑了。

駱睿駿一想到爸爸出院後，還有很多事情可以一起完成，又再度露出笑容：「喔，好啊，早知道就多努力了解爸一點，我們下次一起去看球賽，我還可以帶你去我朋友開的店，裡面的衣服是我設計的。」

說著，駱睿駿突然有點想哭，只好找藉口抽身。

「爸你宵夜喜歡吃什麼？」

「我？我喔，我喜歡吃燒餅夾蛋。」駱爸爸隨口答道。

「那我下去幫你買啊，我請那個什麼蓓的護理師來看你。」駱睿駿站了起來。

只不過聽到「什麼蓓的護理師」，駱爸爸忽然著急了：「你等一下，先不要走，幫我把我背包裡的皮夾拿出來。」

「怎麼啦？」駱睿駿疑惑地看著爸爸：「錢我付就好啦！」

「爸爸以後還想看你的畫展。」向來慢條斯理的駱爸爸忽然一邊急著翻錢包，一邊急著問駱睿駿：「你到時候可以再邀我來一次你的畫展嗎？」

終於，駱爸爸掏出了一張寫著字、皺皺的粉彩紙。

「這是什麼？」

「是你以前畫給我參加畫展的邀請卡，上面還寫『觀』迎光臨。」駱爸爸小心翼翼地把邀請卡秀給駱睿駿看：「我一直留著。」

「這種東西你還留著喔！」駱睿駿覺得眼淚快要掉下來了：「好，我如果辦畫展，一定會親手畫一張給你，上面寫歡迎光臨。」他急著走出病房，不讓爸爸看到自己掉眼淚的樣子。「爸，我下去買啦！你等我一下，我很快就上來了。」

只不過，踏出病房的那瞬間，一道白光往駱睿駿臉上撲了過來，他立刻想起了自己為什麼會出現在這間病房。

那天，載著突然來訪的爸爸回家時，駱睿駿當場傷重不治。而爸爸左腳骨折生還。

他已經死了。

【6】

駱睿駿記得自己在車禍前，還在跟爸爸賭氣，但他其實很想謝謝爸爸來找他，可是他怎麼樣都醒不來，也發不出聲音，更找不到爸爸。

他急了，他的意識變得很輕卻很躁，好像化成了一團黑煙，不斷徘徊在自己的病床前吠叫，直到一名有著三種髮色的少女出現，拍了他的額頭。

明白一切後，大把大把的眼淚從駱睿駿臉上滑落，他轉頭，發現爸爸也同樣淚流滿面。

看見自己的身軀正在一點一點地消散，駱睿駿知道自己沒有時間了。

「對不起，爸，我好像還來不及對你好，還有很多事情沒有一起做。」駱睿駿再也不怕爸爸看見他哭，他轉過身，對駱爸爸說道：「爸，我下輩子還要當你的小孩。」

「沒關係，我們下次再一起做啊。」駱爸爸想不出怎麼安慰兒子，因為他也在掉淚。

「好，一定要喔。下輩子我也要跟你說歡迎光臨。」駱睿駿抹開淚水，擺出明星般瀟灑的姿勢，想安慰駱爸爸：「那這輩子就請爸最後跟我說一句謝謝光臨吧。」

但駱爸爸就沒這麼瀟灑了，他老淚縱橫地看著兒子漸漸消散的身影：「好、好。這輩子……這輩子謝謝光臨。」

【7】

穿著護理師服的甜蓓走進病房中。睿駿在這間病房過世後，一直有民眾說看到這間病房有一團像是人形黑霧的厲鬼、在下雨的夜淒厲地嘶吼。

這樣的都市傳說引來了魔法三色豆少女陳蓓恩的注意，她來到地球的任務，就是淨化靈魂。經過調查之後，她得知這個厲鬼是駱睿駿的靈魂，才找上了駱爸爸，幫父子倆完成最後的告別。

「駱爸爸，駿駿走了。」甜蓓輕拍著駱爸爸的背。「駿駿去當天使了，你也要保重喔。」

「對啊，對啊，一定是……」駱爸爸緩緩說道：「謝謝你啊，漂亮的仙姑小姐。」

「唉唷，不是仙姑小姐，甜蓓是三色豆小仙女啦！但漂亮是真的唷。」甜蓓笑咪咪地說。

駱爸爸沒有被甜蓓的幹話逗笑，只是任由甜蓓輕輕扶著他，從鬧鬼的病房走出去。臨走前，駱爸爸又回頭看了睿駿躺過的病床一眼。

甜蓓跟著駱爸爸一起回頭，睿駿真的走了，而窗外的大雨也慢慢停了。驟雨過後似乎藏著一股哽咽的平靜氣味。雨停後，雲也散了，月光從乾淨的夜空中流瀉而下，輕薄而皎潔，像是要將徘徊在舊地的厲鬼洗滌為安眠的靈魂一般，無聲地浸潤了整座城市。

17

壞人們的太陽

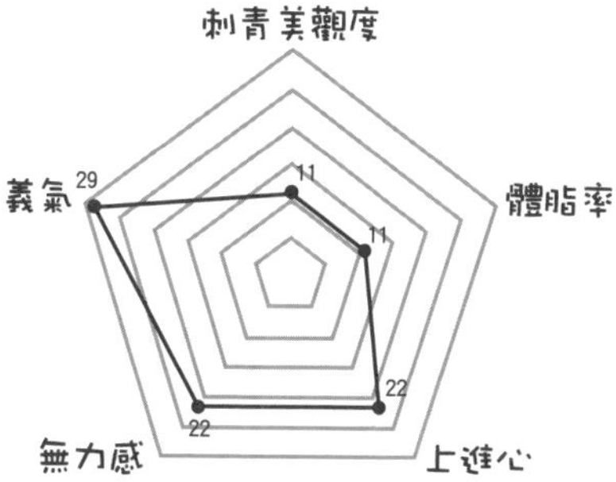

17 壞人們的太陽

個人姓名：許佑凱

別名：試圖改過自新的８＋９

原產地：某間野雞高職的第三支大過

特徵：儘管想要揣摩普通社會人士的樣子，但嘴巴嚼過檳榔的痕跡、講話的江湖味還有手上沒有做好割線和打霧的刺青，還有看人的眼神，都讓他停留在遙遠的地方

被孤立的原因：真的很努力想要當好人，但這個世界連好事都不讓他做

【1】

晚間十點半，理著地痞流氓專屬刷子頭的許佑愷，穿著全套盜版的愛迪達、出現在物流工廠的臨時工行列裡。

一月，物流工廠開始用兩倍的時薪吸引亟需用錢又沒有工作的大夜班打工族來搬貨。

這是許佑愷出獄後的第一次打工，他以為打工就像去ＫＴＶ支援收銀，所以穿著一身顯眼的服飾上工。這身行頭雖然顯眼但還不算高調，因為穿著國中運動服就來大夜班的中輟生阿正比他更高調，所以許佑愷頂多只能算是「低調奢華」。

而許佑愷會來物流工廠打工的原因，是因為這一次他想當個好人，當個好爸爸。

許佑愷這輩子聽過太多壞話，但最讓他走心的大概是「壞人」兩個字。國小的時候爸媽完全放養，沒有買鉛筆盒給他，讓他考試時兩手空空，老師大罵他「壞孩子」；國中的時候他媽把他的註冊費都賭光了，他跟同學借錢，結果還不出來，學務主任說他「欠錢不還壞得無藥可救」。當兵的時候他的牙齒痛到不行，三軍總醫院的醫生看著他的一口爛牙，說他整天抽菸喝酒吃檳榔，遲早會「壞掉」。但唯一願意接納他的大哥要他學喝酒和吃檳榔，還要他頂罪被關，他能怎麼樣？許佑愷討厭這種一切都無法由他控制的感覺。幹！你們都叫我當好人，但他媽的我這麼衰小，能不當壞人嗎？要不要給你們當？

可是現在許佑愷的小女友鄭云安懷孕了，他們討論好，等確認孩子性別後，鄭云安就要休學搬來他家同居，錢他來賺就好，反正他也只有讀到國中，還不是風光到二十幾歲。這是許佑愷第一次覺得自己可以負責甚至是掌控一些什麼，不然平常他唯一能掌控的，就是衝著無辜路人大喊「衝三小」。

他會是個好爸爸的，雖然牙齒隱隱作痛，而且鄭云安他媽的跟他一天到晚吵架，但現在一切不都好起來了嗎？現在他覺得自己也是好人了。

【2】

開始在大夜班打工之後，許佑愷發現如果自己妄想當好人，那麼身旁就絕對會有「壞人」。例如工頭和阿狗。

工頭永遠是不分青紅皂白地罵人，而阿狗則永遠都在討好工頭。許佑愷曾想過要跟工頭輸贏，但之前那個爸爸生病家裡欠債的中輟生阿正才回嘴一句，就直接被工頭掐著衣領海K一頓，還揚言不再幫他排班也不會給他工資，因為他這種偷溜進來的童工本來就不能打工。

聽到「不給工資」，原本劍拔弩張的阿正立刻安靜得像工廠裡的紙箱。

比起爛工頭，更惹人厭的反而是阿狗。阿狗也是臨時工，年紀大約四十幾歲，和他們這群年輕人格格不入，動作慢、雙眼無神、穿著好幾天沒洗的polo衫。

另外一項和許佑愷他們不一樣的點是，阿狗就像學校裡的那些機掰好學生一樣，總跟在工頭旁邊鞠躬哈腰、不斷幫腔，好像自己從沒有被工頭使喚一樣。大夜班難能可貴的休息時間，阿狗完全不屑與他們這群臨時工一起抽菸，反而是卑躬屈膝地跑到工頭身旁遞上打火機，然後用臺語不斷跟工頭攀談。

上一次工頭自己水腦問所有人紫色推車的貨在哪裡，還把全部人叫來集合大聲訓話，結果工頭轉過身發現紫色推車和上面的貨已經被阿正推上卡車了，而且還是幾分鐘前他自己罵罵咧咧、吼著要中輟生阿正推上去的。

沒有人出聲取笑或是吐槽工頭，更精確地說，大家還來不及表示任何意見，工頭就直接用力往阿正的頭巴下去。

緊接著，阿狗竄了出來，對著揉著自己頭的阿正說：「閃啦！靠么咧！」然後殷勤地在工頭面前又搬了一大堆的貨上推車。本來看這種操作，許佑愷已經怒火中燒了，誰知道阿狗放完貨，又裝出一副義憤填膺的樣子，推了一下阿正的肩膀，然後轉頭對工頭說：「羅大哥，這囝仔白目啦，我來接他的班啦！」

後來阿正再也沒有出現在工廠，而阿狗喜孜孜地接了阿正的班，然後動作一樣慢，只有在工頭面前，才會積極地跑來跑去，搶著拿大家理好的貨，丟上卡車。

【3】

物流工廠的夜晚比白天還要躁動，機器運轉的聲音和廠外清冷寂寥的夜色成了鮮明的對比。臨時工們沒完沒了地奮力搬貨，個個面紅耳赤、滿頭大汗，而冰冷的夜風颳著臨時工們的臉頰並沒有帶來任何涼意，只有讓人發燒的錯覺。

這些都不是許佑愷最討厭的部分，他最討厭的是工廠的日出。日出的時候他就會想起自己只賺到了那點微薄的錢，而且就為了這些微薄的錢，他的盡頭隨時都跌在大家的起點之後。天色越亮他就越發覺得疲憊，疲憊時他的牙齦也跟著發痛，他覺得自己無論怎麼努力都只能停在昨天，永遠追不上所有人的今天。

只不過這些埋怨都變成了一句傳給鄭云安的語音訊息：「老婆，我下班了。」但鄭云安還是他老婆嗎？他好像記得鄭云安昨天哭鬧著說他都不載她去夜唱了，覺得他不愛她和寶寶。

下星期就是除夕了，除夕到初七的大夜班工資會翻倍。許佑愷以為那一週班鐵定都是自己的，結果和大家一起抽菸時，發現這些臨時工都是沒資格過年的人，新年的大夜班仍然非常搶手。剛哥玩樂團結果在活動上為了想紅亂鬧被人說要賠錢。阿義是非法移工，一個人漂流到這裡。工頭的兒子暑假去花蓮玩，然後摔下河裡死了。

有一位和阿狗在其他地方一起搬過水泥的臨時工說，阿狗的女兒是個智障。

這句話引來大家的哄堂大笑。

許佑愷以為這只是那名臨時工的玩笑話，直到那天工廠一堆人確診新冠肺炎，連工頭都感染了，廠裡只剩下沒中標的他和阿狗在撐，阿狗偷偷把女兒帶了過來。

他才發現，阿狗的女兒真的是個智障。

雖然許佑愷很肚爛阿狗，但他隱約覺得這樣講不太好，雖然他也不知道要怎麼講才比較好。喔，幹！就是憨兒，喜憨兒。做麵包的那個憨兒。阿狗的女兒好像連路都走不好，走路得靠著儀器助行，然後咿咿呀呀地叫著「把拔把拔」。那白白亮亮的儀器跟阿狗破破爛爛的長袖有著鮮明對比，任何人都知道這臺機器一定花了一筆不小的費用。

搬貨搬到一半，阿狗的女兒開始亂叫，接著在工廠裡亂走，阿狗看到了，只能無奈地用一條繩子綁著儀器，將女兒連同儀器一起綁在工廠的某個柱子旁。

許佑愷忽然想到自己小時候也是被媽媽這樣綁著，綁好後媽媽她那群酒肉朋友就去旁邊賭個火熱，輸個精光。他皺著眉頭，一邊搬貨一邊打量四周環境，等到休息時間，便臭著臉找到阿狗，指著某臺報廢的卡車，說可以把女兒抱進卡車的後車箱，別把小孩綁著，小孩會很不爽。

阿狗狐疑地看了他一眼，便把女兒抱了上去。

阿狗的女兒咿咿哇哇地笑著，好像很開心，而許佑愷仍然沒有笑容，可他遞給了阿狗一支菸。

【4】

見到阿狗女兒的隔天，許佑愷白天沒有睡覺，拖著女友去把孩子墮掉了。

因為他想到阿狗的女兒就睡不著。他原本以為多了爸爸的頭銜就像買到了一件盜版愛迪達，穿上去之後可以說服自己和別人：「我們也有完整的家，阿嬤、爸爸、媽媽、女兒。」

但他慢慢理解，所謂的家，只是一條繩子，讓他像阿狗的女兒一樣，被綁在某個陽光照不進來的角落。而且如果小孩生出來，他保證，那個小孩一定會被綁在鄭云安夜唱的地方。而他能做的，就是把自己的小孩和阿狗的女兒一樣，放進報廢卡車的後車箱而已。

鄭云安又哭又叫，說他是渣男，阿狗耐心地哄她，她還是繼續又哭又罵，阿狗無奈之下對鄭云安吼了一串：「靠么，哀三小，整天夜唱夜唱，有小孩子妳半夜在顧小孩，沒得唱啦！幹！」

鄭云安聽完立刻同意進開刀房。

許佑愷以為沒了這個孩子，他會很悲痛，但他沒有，因為他一直想到阿狗的女兒。他反而覺得自己該感謝阿狗才對。

這幾天阿狗都會把女兒帶來，然後偷偷放在那輛卡車的後車箱。許佑愷有時候會逗阿狗的女兒笑一下。那瞬間，他覺得自己是好人，可能阿狗也是。

一切都有可能慢慢變好，是不是？

【5】

工頭確診康復回來後，阿狗的女兒被工頭發現了。

女兒被工頭從車上拽下來的時候，儀器也被扯鬆了。那瞬間阿狗哭喪著臉，因為他得先接住儀器，才能再接住女兒。

好在阿狗平常有巴結工頭，才沒有被轟出去。

兩天後就是除夕夜了，少了孩子以及負氣離開的女友，許佑愷發現自己這陣子也算是籌到了一點點錢。他開始會跟阿狗聊天，他在想，這兩天是不是要拿這些錢去準備應徵個白天可以做的工作，這個操蛋物流就別做了。領完錢，就直接蹺班吧。

只不過當他想點一下自己的存款時，那些錢早已不翼而飛。他忽然想到，這幾天他半夜不在，他媽媽也不在。

許佑愷覺得自己一口爛牙底下的牙齦突然腫了起來，讓他痛得寒毛直豎。

於是他又準時出現在物流工廠。

上班前，他決定要用自己最後的積蓄買兩個菠蘿麵包給阿狗和他女兒。可能是某種反向作用吧，許佑愷覺得，如果他有能力做點好事，就代表他不再是那個好不起來的壞人了。

大病一場的工頭看起來更蒼老、也更暴躁，他以一個造物者的姿態念著除夕夜的排班名單。

許佑愷知道又有同事確診了，所以除夕夜的工作一定有他的份，畢竟突然缺了一堆人。

名單裡面果然有他，卻沒有阿狗。

工頭念完後，阿狗一副快哭出來的樣子，維持著小心翼翼地說話方式問：「真的沒有班了嗎？」

「沒有啦！沒啦！」本來心情就很差的工頭挑起眉毛，又狠狠地皺了一下，轉身就要走到自己休息的地方：「幹！你們全部不要待在那邊，趕快去做事啊！等投胎啊！」

「可不可以再讓我接幾個時間？我過年除夕到初七都可以。」阿狗不知道哪裡來了膽子，居然緊跟上工頭的腳步，甚至想要攔住工頭：「羅大哥，我女兒要看醫生，我們沒錢過年，過年社工會來巡家，這樣女兒會被社會局帶去安置，拜託一下，拜託。」

許佑愷下意識地以為工頭會通融還什麼的，畢竟阿狗那麼可憐。但許佑愷甚至來不及在腦海中把剛剛的「以為」給「以為」完，工頭就直接往阿狗的頭上巴了下去：「靠么啊！你以為這裡是社會局啊！我是做善事的嗎？雞雞歪歪這麼多，娘砲啊？是想要我算你在那邊雞雞歪歪的時間把錢扣掉是不是？」接著工頭對一臉詫異的臨時工們怒吼：「看戲啊！發呆啊！是想要被扣錢是不是？是不想工作了是不是？」

臨時工們一哄而散，許佑愷往回走的時候，忽然發現工廠外的天空已經亮了。他總覺得底層人的日子就像大夜班的陽光一樣，不會因為天亮而感到溫暖，只會因為天明而看清自己站在哪個不堪的角落。

他其實很想跟阿狗說：「沒關係，我的班給你。」這樣他可以難得當一回好人，然後他的良心和阿狗的生活就會過得去一點點，他也可以在沒上班的那天好好睡一覺，睡飽後趁過年診所休息前去看醫生，牙齒就不會這麼痛。

可是他知道自己沒有當好人的資格。他需要這個班，如果沒有這個班，他大概也不能去看醫生，因為他沒錢，因為他媽大概會在某個他抓不到的地方繼續「他媽的」賭博。

許佑愷隱隱作痛的牙齒提醒著他今天仍然沒辦法當個好人，工頭也是，阿狗還有阿正都是。許佑愷總覺得除了牙齒之外，還有什麼東西正在發炎似地刺著他和工廠裡所有不快樂的人，但他也說不清楚。這裡每一個壞人的明天，都在隱隱作痛。

下班了，許佑愷打完卡後，在亮晃晃的陽光下走出工廠，走向自己破爛的機車。他忽然想到他買的菠蘿麵包還沒有給阿狗，但他現在只想回家睡到下一次大夜班。可是不知道為什麼，車子發不動了，許佑愷奮力踩油門的時候，看到一輛輛休旅車開上工廠旁的五楊高架橋，其中一輛車的孩子搖下車窗，百般聊賴的看向工廠，不知道有沒有看到他。

現在是白天欸，小孩不是應該都去上學嗎？

直到他聽見遠處的鞭炮聲，才想起今天正值年節，歡天喜地的年假開始了。

許佑愷抬起頭來，盯著頭上的太陽發呆。

就算被陽光刺出了淚水，他仍然感覺不到光的存在。

18

低頭屁眼

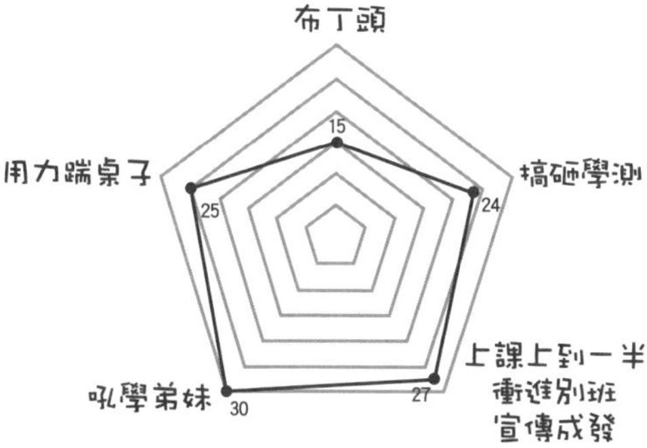

18 低頭屁眼

個人姓名：黃筠安

別名：康輔社太妹

原產地：某個公園裡面自我感動又很擾亂治安的幹部交接儀式

特徵：吵到不行

被孤立的原因：她也不知道自己的學長姐為什麼要逼學弟妹低頭閉眼聽訓話，但她還是照做了，而且狂做

【1】

康輔社廢社了。

康輔社前成員廖翊潔蹦蹦跳跳地走在路上，今天放學不用練活，也不用聽活動長訓話，更不用幫社團直屬學姊買晚餐，可以跟心愛的鼻鼻去路易莎。

路易莎耶！鼻鼻耶！廖翊潔克制不住上揚的嘴角，開開心心地勾著男朋友的手，嘻嘻笑著。

「鼻鼻，怎麼這麼開心啊？」男友摸摸廖翊潔的頭髮。

「因為人家不用再練活了，嘿嘿。」廖翊潔拿起手機，播放起網路新聞：「我跟你說，學長姊有夠智障，我們在社慶前一天的練活上新聞了，影片是一驗的時候發生的事。」

那是一個身高一百七十幾公分的金髮太妹，在一群蹲馬步的高一生面前聲嘶力竭大叫大罵的畫面。

【2】

那是社慶前一天的練活時間。練活就是練習活動，但廖翊潔情願稱之為「地獄時刻」。

此刻她看其他康輔社的「小孩」，也就是高一學弟妹，正在體驗康輔社的老傳統——低頭閉眼。聽著「老人」，也就是高二學長姊的訓話。訓話內容是什麼？其實廖翊潔也搞不清楚，她只記得學長姊一直要她們低頭閉眼站好而已。

在臺灣某些高中職學生社團裡，存在著不成文的規定：「學長姊的話就是聖旨。」這種社團裡的叛逆小孩們痛恨老人要求他們乖乖聽話，所以他們逃離老人，在自己的社團裡，訂下屬於他們世界的制度。

只不過，他們世界中的制度，並沒有帶給其他孩子自由，而是賦予自己成為「老人」的能力——他們說什麼，學弟妹就得一個口令一個動作，絕不能忤逆。在路上看到學長姊一定要問好，要送學長姊飲料，還要集資送禮物給幹部，聽幹部說話的時候要罰站，頭要低下去，眼睛要閉起來，不能回嘴，但是不能不回答。這些爛制度一代傳一代，從「學長姊的無名小站一定要留言」到「學長姊的臉書貼文一定要按讚」，進化成「學長姊的IG一定要追蹤，但學長姊不用回追你」，再到「學長姊抖音號的視訊一定要分享轉貼收藏」，制度都變了，一代代的學弟妹變成學長姊，再去折磨新的學弟妹，而核心的思想仍然沒人敢探討，因為學長姊聽了會叫你「低頭閉眼」，聽他們訓話。

就像此刻，富興高中杉成康輔社社長，正撥弄著自己的金髮，用極其凶狠的眼神瞪著眼前的人們：

「還動！老人們不是要你們低頭閉眼嗎？這一屆小孩會不會聽話啊？」

其實，這一屆的小孩們都把話聽進去了，但他們都忘了，他們其實不是什麼小孩，也不是逃獄罪犯，更不是誰的殺父仇人，他們只是康輔社的高一社員；他們也忘了，罵他們的人不是什麼老人，只是大他們一歲的學長姊。

他們只記得要緊緊閉上眼睛，然後小心翼翼地回答「老人」們的問題。

「到底在搞什麼啊？什麼態度啊？」社長越罵越起勁：「沒看到我在瞪你們嗎？」沒有人敢回答。廖翊潔邊緊閉著眼睛邊發抖，緊緊咬住牙關，腦袋裡開始背起九九乘法表。

（5×5=25，練活完就能回家了，5×6=30，練活完就能回家了，5×7=35，練活完就能回家了。）

「講話啊！不會講話是不是？」社長厲聲質問：「有沒有看到我在瞪你們！說話啊！」她用力地甩門。

「……有……」一個高一社員終於頂不住壓力，帶著哭腔回答。

「報告學姊，有看到！」另外一個比較機伶的社員想起，康輔社規定，「小孩」跟「老人」說話時，要說「報告學長姊」。於是其他高一社員有樣學樣，低頭閉眼的罰站隊伍裡，此起彼落的響起「報告學姊，有看到！」的聲音。

只是社長忽然沉默了。

悶熱、門窗緊閉、沒開燈的康輔社社辦裡，只剩下康輔小孩急促的呼吸聲，以及康輔老人們交談的低語聲。

「搞什麼啊？」社長驟然咆哮，用力踹了旁邊的桌子一下：「你們閉眼睛怎麼可能會看到我？」旁邊響起了「老人」們窸窸窣窣的笑聲，但「小孩」們可笑不出來。有一個女生被嚇哭了，開始啜泣；廖翊潔也哭喪著臉，期盼著社慶趕快到來。當然，她並不是真的期待社慶，只是她們這群無辜的高一生已經為了社慶，被學長姊叫來練活好幾天，每次練活都會突然被叫去低頭閉眼，她已經快要瘋了。

（我剛剛數到哪裡啊，5×7=35，5×8=40，6×8=48，啊，沒有啦，是5×9=45。怎麼辦，好餓哦，從四點半站到現在，應該已經五點四十了，因為剛剛學校五點四十的鐘響了一次。肚子好痛，我的那個怎麼今天來啊。）

廖翊潔繼續在心裡面背著九九乘法表打發時間，但她只覺得頭昏眼花，快要站不住了。

「哭什麼哭啊？」活動長低沉的聲音冒出來，其實剛剛社長在罵人的時候，她一聞到混著狐臭古龍水味，廖翊潔就知道活動長又要進行該死的「處罰傳統」了。「你們現在可能會覺得學長姊很凶，但你們也成為老人，真正成為康輔大家庭的支柱的時候，你們會感謝現在的一切，撐過去，就是你們的。」活動長精力充沛地訓斥著，平常活動長上課都在睡覺，活像一條生病的流浪狗，形象跟現在精力充沛的樣子實在對不上來，廖翊潔總覺得他這樣罵人，真的很奇怪，有點……出戲。

「廖翊潔，放空啊！」活動長的吼聲把廖翊潔拉回現實：「轉過去啊！到底在幹麼啊？」

廖翊潔無奈地轉過身，扶著牆。

「來，我們按照規定喔，如果老人唸到你犯的錯，你就要報數喔！來，我們開始喔！蹲馬步，蹲好喔，小孩，蹲好！」一陣讓人毛骨悚然的娃娃音傳來，在當網紅的公關長終於要開始作妖了。

「蹲好啦，蹲好。怎麼都蹲不好啊。」這就是活動長剛剛興奮的原因，因為他可以趁機用腳踹高一男生的膝蓋，還有用手扶女生們的屁股。

「江自宏，已讀學長姊，傳訊息給副社長的時候，用顏文字一次，傳訊息給社長的時候，用『～』符號兩次，蹲馬步，四分鐘。」

「報告是！謝謝學長姊！」江自宏的聲音在抖。

「你是白痴啊？」公關長尖銳地大聲叫罵：「我們之前說什麼？」

「報數要講學長姊取的綽號。」江自宏的聲音充滿懊悔。

「你很了不起是不是？重來！」公關長用力踹了一下旁邊的桌子，而幹部們嘻嘻笑著：「唉唷，小隻馬很兇哦。」

「報告是！子宮謝謝學長姊。」江自宏用最淒厲的聲音喊著。

「何乃柔，上週五看到學長姊沒有問好，蹲馬步，一分鐘！」

「報告是！奶頭謝謝學長姊！」何乃柔算是比較會討好學長姊的人，而且正在跟活動長曖昧。

「施虹茵，昨天晚上練活妳跑去補習，蹲馬步，兩分鐘！」

「報告是……陰道謝謝學妹！」施虹茵是個非常天真的傻妹，從小就沒什麼朋友的她對學長姊說的話深信不疑，公關長一罵，她的眼淚就已經快要破防了，而公關長又柔聲地勸導她：「學姊希望我們康輔社永遠是一個大家庭，如果妳想自己好，就不是真的好。真的好是大家一起好，不要再自私了，我們都在等妳，知不知道？」

「嗚嗚嗚嗚……嗚嗚嗚……謝謝學姊……學長姊對不起……」施虹茵哭到差點斷氣，活動長溫柔地托著她的胸部，拍拍她的肩，說道「沒事啦，我們都是康輔一家人啊！」

「李宜菁，瞪學姊，蹲馬步，兩分鐘。」

「報告是……」社團裡細皮嫩肉的病弱美人李宜菁快要哭出來了：「陰莖謝謝學長姊。」

「重來！什麼態度啊！」活動長大吼。

「當網紅了不起是不是啊！只想在ＩＧ上當妳的宜寶是嗎？低能！」公關長非常痛恨ＩＧ粉絲人數比她多的人：「重來啦！耳背喔！」

「報告是，陰莖謝謝學長姊！」廖翊潔聽得出來李宜菁在哭。

「重來啦！講到我滿意為止啦！」公關長的聲音霎時變粗，但她又很快地調整回娃娃音狀態：「重來！」

「報告……嗚嗚嗚呃呃呃是，嗚嗚嗚……陰莖謝謝學長姊！」

「重來！」公關長用力推了一下。「其他人現在也跟著蹲馬步！看到社員有困難，我希望你們不要冷眼旁觀，有事要一起扛。」

活動長和他的狐臭味在高一新生之間來回穿梭，扶完何乃柔的屁股，他的雙手在李宜菁的下半身游移，還時不時又搓又揉：「欸，李宜菁，妳是不會站好是不是啦！」

「林佐傑，沒有追學長姊IG，也沒有送飲料給直屬學長，一直不打招呼，被很多學長姊投訴，蹲馬步，十分鐘。」

「報告是，做愛謝謝學長姊。」一百八十幾公分的林佐傑聽起來非常的壓抑。事實上，學長姊幫他取的綽號算是最符合事實的，他真的超想做愛。要不是他想要跟社團裡的美宣長變熟，狠狠操她那騷得要死的蜜桃臀，他早就離開這該死的白痴康輔社了。

「很了不起是不是？」林佐傑聞到空氣中的狐臭味，一定是那身高一百六的侏儒死猴活動長在該該叫：「很了不起是不是啦！」說罷，活動長用力踹了一下他的膝蓋。

幹！等我撈到美宣長，我一定要把今天受的氣加倍射進她裡面。想到這裡，林佐傑心甘情願地喊著：「謝謝學長！」

「廖翊潔，跟社長撞鞋，上週四和五沒有跟學姊打招呼，蹲馬步，三分鐘。」

「報告是，精液謝謝學長姊！」廖翊潔心中暗暗叫苦：媽的，我前幾天還送Lady M的蛋糕給公關長，很貴欸！還不罩我！

「胡朝旭，活動長生日禮物沒有出錢，上週缺練，蹲馬步，十二分鐘！」

「報告是，潮吹謝謝學長姊！」

（好可憐喔，胡朝旭不是低收入戶嗎？他鞋子都破了，哪還能集資買iPhone給活動長啊？）

廖翊潔練過舞的大腿，再度因為蹲馬步而又痠又麻。

（可是為了可以跟李宜菁還有公關長變熟，讓她推薦我的頻道一下，老娘都跟著出一千二一起買了耶，超貴。既然胡朝旭這種邊緣人想參加康輔社讓人緣變好，就要出一點錢吧？）

「胡朝旭，上次為什麼缺練啊？」公關長用娃娃音問。她對長得帥的男生都比較好，尤其是五官端正的胡朝旭。

「報告學姊，因為我請病假。」胡朝旭聽起來沒有很難過，畢竟用蹲十二分鐘的錢可以換他快一個月的餐費。

「欸不是啊！我不是說要一起扛嗎？你裝病是在裝什麼啊？」活動長狠狠踹了胡朝旭一下。長得好看的人或比他高的人就是得受處罰，女生用摸的，男生用打的。

終於，在每個人都蹲完馬步之後，社長又再度吼道：「大家說說看，你們來到康輔社的理由。」只不過，無論學弟妹們怎麼回答，社長都會凶狠地大罵，說「這不是我想聽到的理由。」

又不知道過了多久，幹部們全都喊話完畢，時間已經來到了晚間七點。現在是十月底，冷氣團提早報到，天空飄著綿綿細雨。按照康輔社的慣例，低頭閉眼的學弟妹在社慶前一天被訓話之後，會被學長姊帶到社辦外的操場「罰基數」，也就是交互蹲跳。

被矇住雙眼的廖翊潔不知道還有什麼該死的活動等著她，一大坨幹訓總籌社慶檢討紀錄三籌二籌一籌大成小成你爸葬禮你媽頭七，她忽然害怕起往後的日子。

學長姊命令他們把矇住眼睛的口罩拿下來，廖翊潔以為她會不適應戶外的光線，但她發現天色早已經黑了。

「小孩，剛剛學長姊這麼凶，都是整你們的，歡迎來到杉成康輔社！」在黑暗中，廖翊潔仍能看到公關長塗得超白的臉。她笑咪咪地說「來喝熱的珍珠奶茶吧！」

傻妹施虹茵又哭了起來，大喊：「謝謝學長姊！謝謝學長姊！」

當後方的學長提著熱珍珠奶茶走向他們時，一陣冷風剛好吹過廖翊潔的臉龐，也掀起了她對於熱飲的渴望。

只不過椎心刺骨的寒冷和蠻橫的潮溼比熱奶茶先來——高一社員們被拿著水桶的學長姊圍堵，一桶又一桶的冷水潑在他們身上，接著是刮鬍膏。每個高一社員的身上都被噴了刮鬍泡又被冰水給沖掉、接著又有人噴上新的刮鬍泡。廖翊潔覺得自己要死了，可是這樣的想法立刻被刮鬍膏噴進眼睛的痛楚給打散，她覺得有人在哭，接著她發現那哭聲是自己的。

「呀哈哈哈！整你們的啦！」公關長一邊錄影，一邊甜笑。外貌亮麗的美宣長拿起吸管戳進熱騰騰的珍珠奶茶裡面，小心翼翼地吸了一口，深怕口紅糊掉。而超嗨活動長直接撕開熱珍珠奶茶的包裝，歡呼著跳進高一新生裡面，把燙珍珠奶茶潑在高一新生們的頭上。

整個富興高中的操場，迴盪著康輔社老人們尖銳又醜惡的尖笑聲，以及不知道哪裡傳來，又很快速被掩蓋的幾聲孩子們的嗚咽。

【3】

【北市康輔社傳霸凌！低頭閉眼摸乳樣樣來　寒流來襲潑冰水伺候　校方：已加強管教】記者古育文／臺北報導

臺北市某中學社團驚傳霸凌！昨日接獲該校學生傳影片投訴，康輔社的學生幹部把凌辱當有趣。影片的調亮版本中，可以看到該校康輔社的幹部正在對著學弟妹喊話，而後學弟妹集體蹲馬步，其中一名男學生藉故觸摸女學生身體較為隱私的部位，對男學生則頻頻毆打。而後一群學生被口罩遮住眼睛，帶到操場，從影片可見當時正在下雨，而該校其他幾名社團幹部拿著水桶和刮鬍泡淋在他們身上。

富興高中校長於昨日（24）表示，會加強校內宣導，以及對該社團進行懲處。由於該校康輔社已遭多次檢舉，本次事件亦嚴重影響校規與損毀校譽，富興高中校方於今（25）宣布，該校康輔社將會「廢社」，目前已經通知學生家長來學校會談……

前康輔社成員之一黃筠安滿意地看著報導。

但她最愛的還是公關長丸子的ＩＧ貼文，以及下面的留言。

她很快樂，因為這些都是她把社團幹部在社慶前一天折磨學弟妹的影片傳給媒體的成果。這是她最愛的學習檔案。

【20251024 富興舞哈哈社慶練活】

杉成康輔最後一練大成功
哈哈康輔們小孩都好可愛
丸子學姊很凶真的不要惹
老人都是一起這樣撐過來
現在變成了幹部負起責任
有時候口氣不好是為你好
然後今天直接冷水刮鬍泡
小孩超級驚嚇真是夠好笑
明天就是社慶了傻眼超快
歡迎找丸子公關長開心玩

下面有一些正經八百的留言，例如「學生高喊權威退出校園，是因為他們想要成為更惡劣專制的權威本身」，或是「我高中的時候學長姊也這樣，這種制度早該廢除了，都是小屁孩，大一歲而已，是要怎樣？」

面對蜂擁而至的留言，公關長丸子的粉絲全部無力招架，有些甚至立刻脫粉。再加上網紅高一社員李宜菁的粉絲人數更大也更凶，紛紛在下面臭罵康輔社，什麼「死屁孩欺負我女神」、「霸凌的人都該退學」，還有順勢攻擊幹部長相的，例如「白痴侏儒男、可悲學店暴牙女、智缺金髮妹」。黃筠安的眉頭皺了一下，但還是看得很開心。

留言區還有人留比較好笑的諧音梗，例如「丸到退社」、「丸作死堂」，還有人留「伊迪家族全員天擇」，最好笑的是有人留言：「為什麼一包菸有二十支？一支愛你，一支等待，一支守候，一支期待，一支渴望，一支幻想，一支難過，一支高興，一支傷心，一支孤獨，一支寂寞，一支偽裝，一支堅強，一支懦弱，一支想念，一支沉默，一支哭泣，一支微笑，一支渴望，一支無言。為什麼要加入康輔社？因為你是一隻猴子。」

黃筠安看到這個留言，笑到掉眼淚。

為什麼要加入康輔社呢？

笑著笑著，她忽然想起些什麼，她點開幹部群組，裡面的人都一直問她、標記她，問她為什麼要偷錄影，還把影片傳給媒體？為什麼？為什麼？她沒有回答，只是轉貼學校發的廢社公告，然後把所有人都退出群組。

為什麼？為什麼，是啊，為什麼呢？還有為什麼要加入康輔社呢？

黃筠安只記得，自己高一的時候滿心期待地想要當校園風雲人物所以加入了康輔社。被學長姊凌辱，低頭閉眼的時候，她感覺到一隻手伸進她的褲子裡，她尖叫著向學姊求助，但學姊厲聲要她閉嘴，而她隔天還是得向學長姊打招呼，就算摸她私密部位的學長也在裡頭也一樣。她覺得有種東西碎了然後有另一種東西慢慢滋長起來而且日漸壯大壯大再壯大，她在向噩夢打招呼，她為了噩夢低頭閉眼，她為了噩夢練習成發舞，為了噩夢發一堆康輔感性文，為了噩夢留在康輔社。她為了噩夢把自己當成母豬、白痴、洗碗機、康輔社小孩、康輔社老人。

她還為了噩夢，讓自己當上康輔社社長。

看著學校的廢社公文，以及自己的休學申請書，黃筠安想起她當上社長後，常常用吼的問學弟妹：「請你們說說看，你們來到康輔社的理由。」然後學弟妹的回答她都不滿意。並不是她要模仿康輔老人耍狠，而是因為她沒有聽到有學弟妹說「為了噩夢」，這才是她心中加入康輔社的正確答案。

總之，這些都不重要了。現在噩夢該醒了。

19 三色豆少女！友情魔法好簡單！

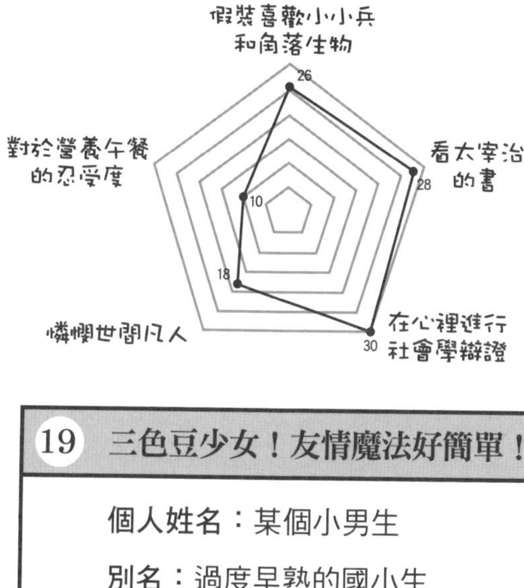

19 三色豆少女！友情魔法好簡單！

個人姓名：某個小男生

別名：過度早熟的國小生

原產地：某個忽然看透世間萬物的星期二國小全天課午休

特徵：沒有大人可以反駁他的吐槽

被孤立的原因：看起來很需要大人鼓勵他講話，但他一開口就會讓大人後悔鼓勵他，所以為了不造成雙方疲憊，偶爾會裝一下天真

【1】

月球總部在臺灣培育魔法少女的計畫終於成功，三色豆少女慢慢地取代了紅衣小女孩。

其實紅衣小女孩是個美麗的錯誤。臺灣在月球人眼中，一直是個孤苦伶仃的島嶼，所以月球決定先從協助臺灣開始，完成和地球的交際，這樣一來就不會牽涉到任何國際問題。只不過月球總部的人要研發紅衣小女孩的時候不小心看了一九八二年美國科幻電影《Ｅ・Ｔ・外星人》和一九九二年的日本動畫《小紅帽恰恰》，然後試著在臺灣山上繁殖了三十隻。

結果，媽的，臺灣人嚇壞了。紅衣小女孩剛要竄出來說「你需要幫忙嗎？」，臺灣民眾就嚇到不行，甚至還拍了一部鬼片。於是月球部門的人在二〇一六年大張旗鼓地調查了臺灣人對於「少女」的既定印象，趕緊祕密蒐集了王〇凌、張Ｘ涵、Ｗ淨、田馥Ｊ、柯佳Ｙ的ＤＮＡ，按照隨機排列組合，產出一批有自我意識的魔法少女。

經歷過紅衣小女孩的事件，月球總部決定不再用紅色當基礎顏色，而是使用親民一點的顏色。二〇一七年，月球總部使用臺灣人便當店最常使用的「三色豆」為發想，產生了以「橘色、黃色、綠色」為主題色的「三色豆少女」。

少女們身懷各種從美國漫威電影和臺灣終極一班抄來的能力，橘色少女負責進行物理破壞，黃色少女負責心靈控制，綠色少女負責和人類之外的生物溝通。

仿照臺灣「實習生沒有錢拿」的體系，月球總部要三色豆少女們先去臺灣實習一年，先完成一個人類的願望，就可以達成自己的願望。接著，可以選擇要不要留在臺灣，還是回到月球總部工作。

【2】

三色豆少女宿舍F326房，即將去臺灣出任務的黃色部門125號三色豆少女，整理完自己的行李，正看著自己領到的號碼牌傻笑。

「125號，妳被分配到的地球名字是胡子馨喔？好好聽喔。」黃色部門124號湊過來問道。

「謝謝妳，而且我好期待我的任務。」胡子馨一臉雀躍地說：「我的任務是讓一個不願意交朋友的小男生敞開心胸喔！」這幾年黃色部門的任務都非常的暖心，所以隊員們都是走甜美風格，胡子馨和124號也不例外。

124號有著俏麗的短髮，而胡子馨高高紮起的馬尾配上她的清麗笑容，儼然就是每個人心中最美好的時光初戀。

「哇！聽起來好溫馨哦！」124繼續問道：「完成任務後，我們不是也能實現一個願望嗎？那願望實現後，妳會不會想留在臺灣啊？」

「妳想嗎?我有認真在考慮欸。」

「最近總部那邊好像在推廣續留臺灣的樣子。我還記得那個橘色部門的許群莉還有綠色部門的陳甜蓓,都留在臺灣,還有回來宣傳耶。」

「對啊!許群莉留在臺灣交男朋友,陳甜蓓在當明星。」胡子馨正從即時影像瀏覽自己要出任務的地點:「留在臺灣,好像還不錯喔?」

「是啊!可以試看看。」124號正在練習泡臺灣的藍莓果茶:「下個月我也要出發了,我的任務好像是要去臺灣的『好人緣補習班』當助教,我也好緊張。」

「不用緊張啦。我其實一開始也會擔心,但我覺得,我們存在的原因就是要為臺灣人尋找自己存在的理由,這樣想,就覺得有什麼好怕的呢?」胡子馨換上了臺灣鄰家女孩常穿的米白色大學T配上寬褲,眼神閃閃發光。

「我是聽說有些臺灣人很奇怪啦。不是要嚇妳,但上次綠色部門那個123號回來之後精神好像有點失常耶,她心態整個大炸裂,總之妳自己要小心一點喔……」

【3】

胡子馨的任務地點,位於北投大屯山旁邊的某個公園。

靠著瞬間傳送的魔法,胡子馨悄悄出現在公園的溜滑梯附近。臺灣正值秋季，香檳色的陽光配上涼爽的微風，好像一絲絲柔軟的線，織起胡子馨對於臺灣的憧憬——年老夫妻在公園散步的畫面、有趣的彈跳床、孩子們的笑聲、高大的榕樹，這些只能在臺灣街景培訓課程看到的場面，都實際在眼前呈現，看得胡子馨捨不得眨眼。

胡子馨默默啟動念力感應，她看見自己要幫忙實現願望的對象，正一個人坐在公園的搖搖馬上。

那是一個看起來有點陰鬱的小男孩。男孩穿著略顯單薄的國小運動服，上面有一隻半瞇著眼睛的松鼠圖案。他的褲子則是一件寬鬆的牛仔褲，雖然有些泛黃，但總體來說還算乾淨。男孩有雙大眼睛和長睫毛，只不過凸出來的大暴牙讓他的模樣看起來有些呆滯，黑眼圈則讓他的目光顯得無神。

順著小男孩那黯淡的目光看去，是一群舉著氣球寶劍，興奮地追逐比劃著的男孩們。他們時而笑鬧追逐，時而湊在一起交換寶可夢卡，或是竄入鴿子群中，用一雙雙鴿子翅膀激起漣漪。他們做了好多不同的事，不變的是那不間斷的歡聲笑語。

胡子馨發現男孩正盯著那群男生看，又看見男孩們其實都穿著同樣的運動服，立刻猜出來發生了什麼事。

「小朋友，你叫什麼名字啊？」胡子馨微笑著蹲在搖搖馬旁邊：「姊姊可不可以跟你聊天？」

「我叫暴牙弟。他們都叫我暴牙弟。」

「好過分喔。」就像所有童話中突然降臨的善良仙子一樣，胡子馨想同理小男孩。「他們怎麼可以這樣呢？」

「這是我自己取的。」暴牙弟的表情複雜。

「喔，喔。」胡子馨有點尷尬：「好酷喔。」

兩人繼續望著那群大玩特玩的男孩。天色有點暗了，胡子馨忽然想起12 4號說的話，又看著一言不發的小男孩，心裡忽地湧起一股不安。只是一陣夾著青草香的涼風吹過，胡子馨的心再度舒坦開來，她告訴自己，臺灣人一點都不奇怪，而那些被說奇怪的人，終將會找到地方來安置自己的獨特。

屆時，每個人就能在不同的路上，獲得同樣的幸福。

我要努力打開這個男孩的心房才行。

「那你為什麼不跟他們玩呢？」胡子馨耐心地看著男孩，露出了淺淺的笑容。

「我……」暴牙弟欲言又止，他緊緊握住搖搖馬的握把，小臉蛋上出現了遲疑。

「可以告訴我嗎？大姊姊可以當你的朋友喔。」

聽到「朋友」兩個字，暴牙弟看起來更加動搖。

又過了一陣短暫的沉默後，暴牙弟終於緩緩開口：「我們這輩子……」

「嗯？」胡子馨湊近暴牙弟。

「我們這輩子，終究要花太多時間迎合別人。」
「蛤？」胡子馨以為自己聽錯了：「弟弟，你可以再說一次嗎？」
「我不知道妳懂不懂啦，我只是在享受我還沒長大所以不用去迎合別人的時光而已，身為沒有特別想變成強者的普通人，是註定要迎合別人才能活下來的，而且就算故意不迎合人，其實也是一種變相的迎合。所以我只是在最划得來的時候，順從自己，不去迎合別人而已。」
暴牙弟跳下搖搖馬，抬起下巴，以一副居高臨下的姿態，繼續盯著那群在追逐的小男生。
「我現在正享受不迎合別人的自由，因為下週園遊會要分組，我不想找不到組員，到時候我得裝作自己也喜歡玩寶可夢卡才行，那是很累的，所以我只剩下最後這點時光可以做自己了。請不要因為妳的自我滿足與臨時起意來打擾我，謝謝阿姨。」
胡子馨學過許多地球冷知識，包括一些社交詞彙。像是在觀光區看到商家在超稀冰淇淋插一片樹葉就說是「森林香氛冰淇淋」然後賣你兩百三十塊，你女友還堅持要買的時候，你只能說「喔，那你很酷耶。」；或是看到一些優越聽團仔說「如果粉專超過兩百人按讚，那就太主流了，我直接棄追了，我不走商業化」然後去KTV還是點了五月天的〈乾杯〉來唱，你也會說「喔，那你很酷耶。」。
總之你覺得對方很低能但又不知道該從哪裡開始吵，你就可以說「喔，那你很酷耶。」

雖然胡子馨沒想過會遭受這種對待，但她仍覺得這樣對待一個小朋友好像不太好——直到她看見暴牙弟邊講邊挖鼻屎還一邊斜眼看她的時候，她的嘴巴很誠實地說出這句話：「喔，那你很酷耶。」

暴牙弟聽完之後笑了。他的眼神清澈，笑容釋然：「我在想，妳只是迎合別人對於『好人』的標準，然後因此想要迎合我而已。在某些層面，迎合是一種無私，但為了別人迎合別人，是對妳我的自私。所以，如果妳真的想迎合我，而不是為了迎合別人而迎合我，那就走吧，去當個無憂無慮的人吧，再見了，少女。」

暴牙弟說完，就跑去路邊的草叢尿尿，在他附近的家長都迎合著暴牙弟，因為他們都大喊「矮額矮額」，然後牽著自己的小孩跑走。

暴牙弟聳聳肩，還想回頭對胡子馨說些人生道理，卻發現胡子馨不見了。

【4】

任務失敗後，胡子馨立刻被遣送回月球。

為了這次超迅速的失敗，她必須要寫一份報告書。

只不過她想破頭，還是只能在報告書上擠出十一個字：「幹媽的臺灣人真的好奇怪。」

20

娘砲才在那邊偷偷來

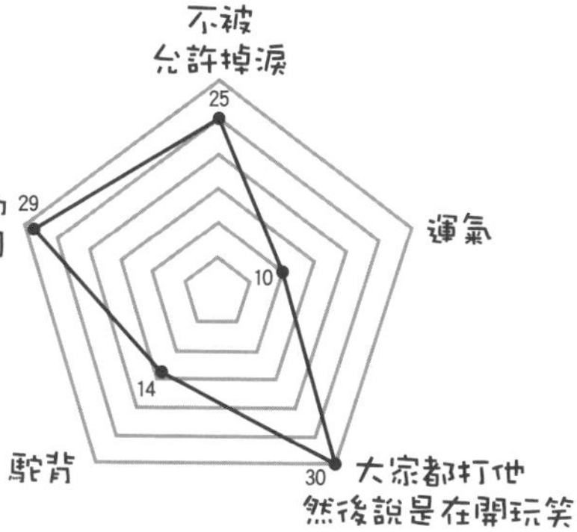

20	娘砲才在那邊偷偷來

個人姓名：高萬信

別名：高玩以及任何有關性器官的綽號

原產地：高中男生宿舍

特徵：內外皆平凡，但運氣超極差

被孤立的原因：遇到最麻煩的男校霸凌組合。不只被心機重的猴群頭頭盯上，還被愛鬧事的猴子跟班纏上，更向衝動又笨的男老師求助下雨的夜，某私立住宿國中的四樓宿舍交誼廳內，正進行著一場正義的審判。

輝哥生氣地盯著209號房男生宿舍的這幾隻猴子，接著以沉重的心情，盯著拄著拐杖的高萬信。

（幹！我他媽是體育老師，還要兼這所破私校的班導，有夠肚爛，學務主任還他媽不放菸。當班導錢也沒有比較多，整天跟一堆屁孩混，心情真的很差。）

還好輝哥自認為是一個有正義感的人，所以霸凌這件事情，他是不會忽視的。盯著打著石膏、一臉頹喪的高萬信，還有這五個被高萬信他媽投訴聯合起來欺負他的室友，輝哥莫名就知道高萬信遇對人了，他以前當學生的時候也屁過，你各位搞什麼屁孩手段，都逃不出我大輝哥的手掌心。

對於高萬信被霸凌，輝哥一直心裡有數，不然誰會甘願讓自己的綽號變成「高丸」？一定是這群猴子在鬧。

輝哥打量著眼前的209寢猴子們，準備要來玩個心裡戰。

209寢有一臉猴樣、整天破壞器材的彭紹源，綽號小黑；白淨清秀，舉止十分女性化的何立維，綽號肉便器；愛跟輝哥打籃球還有愛裝熟的賴冠毅；還有戴著眼鏡臭著臉，人緣卻很好的寢室長劉鴻傑，人人尊稱他一聲傑哥；最後還有一個滿嘴幹話的幽默胖子黃博哲，綽號胖哲。

「欸，你，媽的，劉鴻傑，帶頭的，出來。」帶兵要帶心，制裁第一個就弄大哥。而寢室的傑哥劉鴻傑一句話也不說，臭臉瞪著輝哥。

「出來啦！」輝哥暴吼：「幹麼要叫別寢的把人家推下樓梯，推到骨折啊？蛤？國家有必要養你這種白痴嗎？幹！娘砲啊！不會說話啊！」

娘砲這兩個字踩到傑哥的底線，傑哥的眼神更鋒利了：「沒有啊。」

「沒有什麼啦！講清楚啊！」輝哥的吼聲震耳欲聾，推了傑哥的肩膀一下。

「啊他又沒有看後面！他自己跌下去的啊！奇怪！」傑哥畢竟也是個國中男生而已，面對輝哥這樣的氣勢，眼眶開始紅了。

眼看問不到什麼了，輝哥又走向小黑，怒推了一下小黑的肩膀：「啊那高萬信他媽媽說你們拍他裸照，你們同性戀啊！娘砲啊！蛤？」

「白痴喔我沒拍他裸照啊，幹！我又不是甲！」重義氣的小黑看到大哥被罵，也跟著忍不住了頂嘴。

「對啊，老師。」一直沉默的肉便器何立維發出尖尖細細的聲音：「我可以作證，沒有人拍他裸照。真的。」

輝哥頓時轉動起自己的思緒。他想著，小黑平常也算是常常跟自己打籃球的人了，平常都麻吉麻吉的，他是不是甲，自己心裡有數。而肉便器這種一定會被欺負的娘砲都站出來說話了，應該真的不會拍吧？幹！誰要拍男生的懶覺啊。

此時的肉便器非常慶幸自己又逃離了一次霸凌地獄。自從高丸因為打籃球蓋傑哥火鍋被209寢室公幹後，原本一直被說是娘砲的肉便器終於不用被全寢排擠，還會因為用自己的那張賤嘴幫高丸取綽號，獲得傑哥的賞識。

上次小黑他們玩真心話大冒險的時候全部玩到脫褲子猜拳，高丸當然是被迫加入了，還光著屁股被阿魯巴，而他則是欣然答應傑哥的邀約，一起加入了大男孩們的瘋狂遊戲，因為他要負責錄下高丸被折磨的窘樣。

那一晚讓肉便器無比陶醉，除了可以用好哥兒們的立場狠狠觀賞一波大屌秀之外，還可以偷偷鞏固自己的勢力。因為他把高丸的屌照賣給推特網黃，狠狠收割了一筆錢，又拿這筆錢巴結傑哥，所以現在傑哥直接把他當小弟來罩。

而傑哥則是趁著輝哥逼問小黑時，狠狠瞪了高丸一眼。

雖然錢已經被拿去買球鞋了，但小黑和他還是以「敢亂講我們拍你裸照，我就要把你的屌照外流」來威脅單純膽小的高丸。

「對。」高丸垂下了頭，極力壓抑地開口：「這是我媽亂講的。她搞錯了。」

輝哥皺著眉頭本來還想說些什麼，但高丸再度說話了：「還有阿魯巴事件也是我自己說要跟他們玩的。」高丸害怕地瞥了那群霸凌他的猴子一眼，又戰戰兢兢地說了一次：「真的，是玩的。」

輝哥一直都知道這是被霸凌者不敢求救的謊言，但想起裸照事件一旦作實，性平會的流程一定會無比繁瑣，他竟也慢慢說服自己睜著眼睛信了這個謊言：「欸，那你只是在玩而已，你要跟你媽講啊，話不能亂講，對不對？」

滿心絕望的高丸看著肉便器助紂為虐來換友情，也打算犧牲拯救自己的機會，來向那群惡魔示好。

「幹每次玩都這樣，玩到走心。他就沒義氣啊！」這時候，喜歡到處稱兄道弟的小賴不爽了，他可不容許這個被公幹仔加入他們的兄弟會，沒有人被公幹，兄弟會去哪找樂子？

「之前搜菸的時候教官叫我們全寢半蹲，然後他蹲到軟腳，教官一問就說我們偷藏菸了，幹！自己沒抽就在那邊當廖北仔，操！」小賴一發現高丸想用默許他們霸凌的行為來示好就爆氣，幹！我們就是要霸凌你啊，怎樣？示好三小？

而且高丸沒義氣是大家都知道的事，因為只有小賴知道什麼是義氣。傑哥一開口，小賴就為了傑哥在高丸抽屜裡面偷塞廚餘、趁高丸坐下的時候偷拉走椅子，還有把高丸的考卷偷拿去弄溼，剛剛他甚至把可樂偷倒在高丸的床上。

小賴的座右銘就是看誰不爽，就直接來，絕不偷偷摸摸，所以他不爽高丸這個背骨仔蓋他兄弟傑哥的火鍋，害傑哥出糗，更不爽高丸這個告狀精偷偷打反霸凌專線告狀，到底是怎樣？偷偷來是娘砲是不是？

一想到這，小賴再度怒火中燒：「幹沒有人跟你一樣低能啦！媽的死娘砲，侖！」

「啊你在大聲什麼啦！」輝哥正在用自己不太靈光的腦袋判斷裸照事件的真相，突然被小賴嚇到，只好朝小賴吼了一句：「你不知道抽菸違反校規嗎？」

「啊輝哥你上次跟我們打球也在一起偷抽啊！」小黑一聽，又急又氣地對輝哥怒吼。對國中死猴子來說，學校裡能夠有個跟自己平起平坐、對他沒大沒小的老師，是一件比會考還要重要的事。他深怕平常不管班上事情、和他們稱兄道弟的輝哥會站在遵守校規的一方。

「對啊！幹！」小賴也理直氣壯地大吼。

「喔，靠杯喔，站好啦。」此時輝哥的氣焰已減三分：「你們他媽不要再藏菸了喔。」

「幹！我們抽的都是輝哥你愛抽的啊。」油嘴滑舌的胖哲決心鋌而走險，他觀察到輝哥最近脾氣暴躁，可能是沒砲打或沒菸抽，便從口袋摸出了一包菸，示意肉便器拿出打火機——因為肉便器不抽菸，學務主任不會懷疑他，所以打火機給他藏。

「輝哥，我們都你兄弟欸。」小賴皺著眉頭，非常認真地看著輝哥：「萬寶路紫晶球欸，幹。」

輝哥眼巴巴地看著自己最愛的萬寶路，卻又費了好大的勁，故意移開視線。

「好啦，輝哥，幹！不要這樣啦！沒事啦沒事啦抽一根啊！罩一下啊！穩啦！」小黑鼓起勇氣拿出了一根菸遞給輝哥，然後和其他人交換了眼神。

「欸輝哥，你是我們老大欸～！」肉便器故意裝起女生的聲音，其他人開始講幹話，測試輝哥會不會制止他們：「幹肉便器欸！」「肉便器吃一下輝哥大屌啦！」

「輝哥，罩一下啦。」一直臭臉裝酷的傑哥看到輝哥沒制止他們，便適時出聲。他的態度一樣跩，但眼神已經沒有戾氣：「抽一根啦。」

混過體育系兄弟會的輝哥明白，傑哥此時的邀菸舉動，正是男生團體中屬於領袖的默認。

看到眼前的菸，輝哥吞了口口水不想拒絕，因為他也好久沒來一根了，但他又覺得這樣做有點對不起高丸，只好胡亂找了一個人來罵：「幹！黃博哲，媽的胖哲，舍監還跟我說，你把高丸他媽送來的雞湯喝掉了，你是怎樣？小偷啊！」

「啊我就也想媽媽嘛！」胖哲抓準時機，挺著大肚子大喊。除了高丸之外的人都笑了起來，連輝哥也忍俊不禁。

「輝哥，抽啦。」小黑見輝哥已完全軟化，直接把菸塞進輝哥嘴裡，小賴則很有默契地幫忙點火：「輝哥，一根菸講開啦。」

「幹！白痴喔，你們就鬧出事了啊。」抽菸的當下，輝哥心中的正義，就這樣被美妙的尼古丁取代，化成飄散的菸霧：「你們他媽這樣弄人家，人家不想來上學怎麼辦？」

「啊他自己說了，我們就在玩啊。」傑哥朝輝哥笑了一下，一副「安啦」的表情。然後他轉頭問到：「欸，高丸，你自己說，我們是不是在玩。」

「……」宿舍交誼廳的菸霧瀰漫，高丸覺得自己僅存的希望葬送在濃霧之中。「是。」

「幹我跟你們說啦，我以前也屁孩過啊，幹！我們班也有一個白目，我他媽也是直接在他上大號的時候放鞭炮，讓他不敢來上學啊！」輝哥想起還是該維持一下身為班導的威嚴：「你們要跟我比還差得遠咧，安分一點啦！」

「哇，輝哥，行情餒。」小黑怪聲怪調的叫了起來。

「社會我輝哥行情餒。」小賴陪著他一搭一唱。

「欸——幹！好啦好啦，幹！你們以後乖一點啊。」輝哥菸抽了，也被奉承了，更把這幫男孩當成兄弟了。

「還有啊，你啊，以後就不要一直走心啊！」輝哥代表自己的兄弟們，拍拍高丸的肩膀：「欸高丸，我跟你講啊，我以前也這樣過啦，你這樣以後當兵怎麼辦？不要一直走心啊，都男生很好講開啦，娘砲才會偷偷憋在心裡對不對？你不要變得跟肉便器一樣啊！哈哈哈哈！」

「要來試試看嗎？輝葛格！」肉便器做了一個M字深蹲。

「幹！白痴喔，臭甲！」小黑首先笑了出來，然後幾人連同輝哥，一起滿足地吞雲吐霧。輝哥從皺成一團的紙堆中抽出一張校園霸凌的報告書，在上面寫上「同學之間打鬧不小心造成受傷」，然後又哈了一口菸。

高丸偷偷掉下了眼淚，站起身來，一拐一拐地回到宿舍。他知道自己的床鋪一定又弄溼了，他要趁沒人的時候直接扯下床單，這樣才沒有人會嘲笑他隨著床單落下來的眼淚。

「欸他哭了欸。」小賴試探性地在菸霧中提了一句，然後小黑立刻補了一句「娘砲」，觀察輝哥的反應，而輝哥只是淡淡地說了一句「白痴喔」就開了自己的手遊來玩，其他男孩們也湊上去津津有味地看輝哥打手遊，順便問輝哥有沒有A片來開車一下。

今晚是男人間的談心之夜，MEN'S TALK光明磊落，沒有眼淚也沒有心機，只有不言之中的默契。娘砲才會哭哭啼啼躲躲藏藏偷偷摸摸。

於是偷偷拿高丸的裸照威脅高丸的小黑，偷偷吃掉高丸媽媽寄給他的補品的胖哲，偷偷把高丸的裸照賣給網黃的肉便器，偷偷把高丸的東西藏起來的小賴，以及偷偷叫人把高丸踹下樓梯的傑哥，和偷偷說霸凌事件是小孩不小心推擠的輝哥，都不是娘砲，高丸才是。

高丸自己偷偷告狀後在那邊哭，男生哭什麼哭？死娘砲，整天只會偷偷來，媽的娘死了臭娘砲。

21

悲傷金綿羊

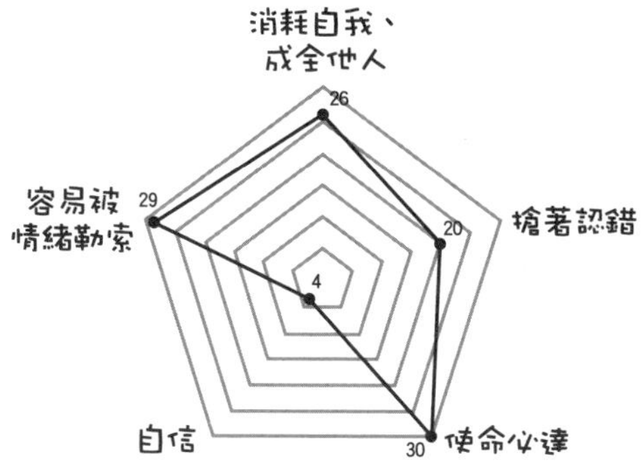

21 悲傷金綿羊

個人姓名：悲傷金綿羊

別名：泛指一切討好性人格的人

原產地：某段單方面付出的關係

特徵：主動退讓、害怕別人離開自己、不斷的配合別人

被孤立的原因：對某個人非常好，結果對方不但沒有正向回饋，還用來自抬身價，所以產生了強烈的「我不夠好」的錯覺

從前從前，有一隻金綿羊住在草原上，牠有著一身柔軟且濃密的金色羊毛。金色羊毛非常美麗，在陽光下會散發閃耀的金黃色光芒，夕陽下更會綻放迷人的金橘色光輝。

可是金綿羊還是不快樂，因為牠很孤單。牠想要交到朋友。

有一天，一群普通的白色綿羊來到大草原居住。

金綿羊第一次看到這麼多和自己相像的羊群。唯一不一樣的是，那群白色的綿羊的白毛又硬又粗，上面還有灰色的骯髒斑點。

金綿羊開心地跑向白色綿羊們，想和牠們當朋友，但白色綿羊卻異口同聲地說：「你的金色羊毛好好看喔，你拔下來送我們，我們才要跟你好！」

金色綿羊很為難地說：「可是我的金羊毛如果被剪掉了，要一百年才能重新長出來，不能拔呀！」

白綿羊們聽了，便一起生氣地尖叫著：「如果你不拔給我們，我們就不跟你好了！你不分我們金毛，那就和普通綿羊一樣，我們不想認識普通的羊！」

金色綿羊只好掉著眼淚、忍著痛，把身上的所有羊毛拔下來，分給一臉期待的白綿羊們。

白綿羊們開心地接過金色的美麗羊毛戴在頭上，在草原上手舞足蹈。

全身光禿禿的金綿羊雖然全身劇痛，仍興奮不已地慢慢往白色綿羊們走去。牠想要加入牠們的舞蹈，牠再也不寂寞了。

只不過，牠剛靠近，其中一隻白綿羊就凶狠地推開了牠。那隻白綿羊指著全身光禿禿的金綿羊說：「現在你連毛都沒有了，走開！」

「可是，我把我的金羊毛都分給你們了，你們說好要跟我當朋友啊！」金綿羊哭喊著。

「你分我們金毛之後，就和普通綿羊一樣了，甚至還更糟！我們不想認識普通的羊！」白綿羊們尖聲嘲笑著金綿羊，然後凶狠地用頭上的角把虛弱的金綿羊頂了出去。

金綿羊發出淒厲的哭叫，消失在夜色之中。

「現在我們可以跟任何人交朋友了。」白綿羊說。

「是啊，就算是老虎，也捨不得吃我們。」另一隻白綿羊說。

「因為我們有金羊毛。」又有一隻白綿羊這麼說。

「對，我們有金羊毛。」不知道哪隻白綿羊跟著說道。

這時候，一頭老虎經過。得意忘形的白綿羊很高興地對老虎喊道：「嘿，朋友。」

「齁？」那隻老虎慢慢地走了過來。

「嘿，我們身上有金羊毛了。」得意忘形的綿羊也走向老虎：「我賭你一定也捨不得吃我們。」

「噢，好漂亮的金羊毛啊。」老虎盯著牠們：「親愛的朋友，可以再靠近點讓我看看你們的金羊毛嗎？」

那群驕傲的白綿羊走向老虎，老虎一張嘴，就把牠們都吃掉了。

天亮後，草原上的白綿羊都消失了。

一百年後，草原上又出現了一隻孤單的金綿羊。

22

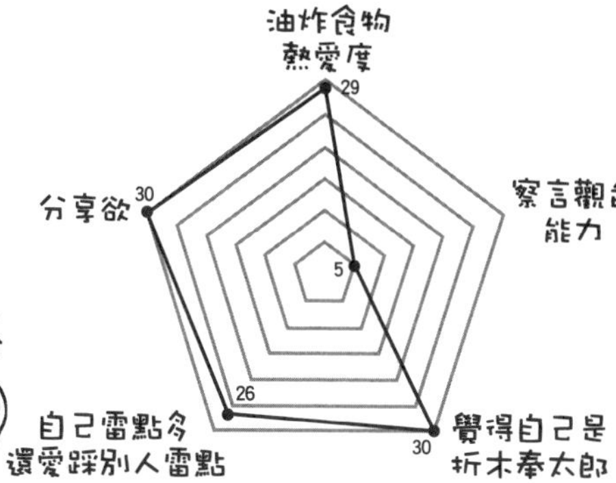

校園怪談

㉒ 校園怪談

個人姓名：孫子昊

別名：善良單純但愛碎碎念動作又慢的胖子

原產地：播放著理論派帥哥折木奉太郎的電視機前

特徵：打字後面會加ｗ，會偷偷用手掌結印，還會把別人的耐心磨光

被孤立的原因：除了胖造成行動緩慢之外，反應還超級遲鈍，只有講玄學的時候語速會變超快，就算沒人想聽、還一直硬要抓著人狂講

【1】

我知道，國中男生總是常常為了小事想要殺掉對方，可是，這太誇張了，我說真的，我認真。

「真的要他們死嗎？」我顫抖著聲音問。

「對。」孫子昊熟練地點起他帶來的線香，繞著那隻掛掉的朱頸斑鳩，繞了三圈，接著，不知道是不是我的錯覺，整間教室傳來粗重的呢喃，那一瞬間，我看到——

【2】

有時候我會想像潘昱凱和馮聖凡不在教室的一天會過得怎樣，可是，幹！我根本想像不到，因為潘昱凱跟馮聖凡每天都會他媽的準時到校。世間有不少白髮人送黑髮人，為什麼這兩隻爛猴偏偏就是他媽的繼續活著。

按照往日的流程，潘昱凱一早來到教室，會先用力跳起來拍門框，發出「哦哦哦哦哦哦～」的叫聲。他會問馮聖凡：「走啊？」馮聖凡就會說「走啊」，瘋狂地亂砸在教室後面的桌子和椅子還有所有東西，發出「砰砰砰砰砰砰砰」的聲響後，再大搖大擺地走上講臺，把講臺的粉筆一根一根折斷，接著他們會跟其他男生拿粉筆互丟。

可是也不知道為什麼，他們到最後，都會走向孫子昊的座位，旁邊的男生會大聲地喊「欸，欸，欸，欸」。然後馮聖凡會用力掐住孫子昊的脖子，潘昱凱會拿起手機錄影，接著男生會繼續喊「欸，欸，欸，欸」，因為潘昱凱拿的是去年新出的 iPhone，我們班只有他有 iPhone，所以全班男生把他當神。

這個時候，我才有時間緊緊盯著潘昱凱和馮聖凡的臉，因為平常只要跟他們對到眼睛，他們就會跑來狂抽你的衛生紙，或是在你的筆記本上畫一根大大的懶覺，一連畫十頁，說聲「嘻嘻嘻」，接著把筆丟還給你，好像你才是班上那個不知檢點的人。

我一直努力想跟著大家覺得潘昱凱很帥。潘昱凱雖然很瘦，可是鼻子很塌，鼻頭又圓又扁，他的鼻子長得像個叫不醒的胖子，所以長在他這隻猴子身上更顯突兀。他都會戴著黑色的口罩，留著超級長的瀏海，走每三步都要甩三下。但這還是遮不住他的鼻子，因為他每次幹爛事的時候都會露出滿足的大笑容，接著他的鼻翼就會像被可愛巧虎島導演指定拍攝獨立影集所以翩翩起飛的陶樂比一樣刷一聲裂到他的眼睛兩邊。只不過楊可熙和高汝俐每次都在那邊唉唉叫的討論潘昱凱和馮聖凡誰帥，所以為了確認我的視力沒有問題，我會緊盯著馮聖凡。馮聖凡掐孫子昊的時候隆起的二頭肌是真的還滿好看的，尤其是那個汗水會讓他的手臂油油亮亮，費洛蒙瀰漫在空氣中，可是他的臉真的不行。他的眼睛很大，嘴巴很大，鼻子很大，看起來很憨，重點是他嘴唇很厚，無論用力或是不用力，都會不自覺地張開，再配上他那個體育班平頭，看起來就是標準體育生裡頭的那層智障區會員，而且馮聖凡一流汗就會發出臭酸汗味，費洛蒙如果把鼻子廢掉的話，會讓我不知道到底萌在哪裡。

總之我會一路觀察到孫子昊被他們弄到吐出早餐的時候，這時候班導就會剛好走進來，我在想班導的「剛好」是「剛剛在地下室停好車，準備進教室的時候剛好是七點五十五分到八點十分之間」，還是「班導剛好聽到我們班欸欸欸的動靜消失了，知道孫子昊一吐完潘昱凱和馮聖凡就會走了，班導可以假裝沒這件事就不用花心力吼這兩隻猴子，她只需要進教室說『孫子昊，你早餐又吐出來啦？清乾淨，去保健室啊。』」

然後潘昱凱就會開始叫「老師，馮聖凡太臭了，他把孫子昊臭吐了！」接著馮聖凡會用力灌潘昱凱一拳，他們就會在教室裡面追打著彼此。這時候班導就會制止了，她會說「請不要打架！有話好好說！」接著嘆口氣，開始改聯絡簿。

我猜班導一定是希望他們兩個不小心就把對方給天擇掉了，例如一起同歸於盡或是集體逃學不要再回來之類的。可是沒辦法，笨猴配低能，天作之合。最後他們總會回來一起繼續狂摔我們班的課桌椅，然後一起狂揍剛從保健室被打發回來的孫子昊，最後坐在同一張位置上，一起發出「喔咿喔咿哈哈哈」的聲音，跟著其他的男生盯著潘昱凱那支聽說有點當機的 iPhone，玩整天的手遊。

【3】

後來我才知道孫子昊會反擊潘昱凱和馮聖凡。

孫子昊的反擊，包含了他被學務處退回來的霸凌申訴狀，還有他為了被掐而不吃早餐所以吐出來的胃液，以及他的淚水、嗚咽，還有他的，呃，那個，魔法。

魔法大概是從馮聖凡那臺嶄新的 iPhone 開始。

那時候潘昱凱正要錄孫子昊被掐，忽然發現自己的手機沒電了，接著他自然而然的翻了翻馮聖凡的書包，說「欸你的爛手機拿來啦。」

我本來以為潘昱凱又會翻出那臺感覺手機殼會飄出體育生洨臭味的智障破初代機，結果他撈出來的是一支沉甸甸的嶄新 iPhone。

「白痴喔，你換手機喔。」潘昱凱忽然冷冷地說。他抽動了一下嘴角：「臭狗，iPhone 喔。」

原本用 iPhone 引來全班男生崇拜的潘昱凱不再是唯一擁有 iPhone 的人，而且馮聖凡的 iPhone 還要比他更新一些。潘昱凱的表情就像你的手機裡的第三個表情符號，就是那種母雞要騎公雞的時候發現對方也會下蛋的那種臉。

只是全班男生才不管先有雞還是先有蛋，他們一看到新 iPhone，就蜂擁而上圍住馮聖凡：「欸借我看一下啦！欸借我看一下啦！欸借我看一下啦！欸借我看

一下啦！欸借我看一下啦！」然後用那臺閃閃發亮的 iPhone 開始打手遊。

事實上，班上男生的群聚以及發出「欸借我看一下啦」叫聲的集體用陽具思考的場面，只有在潘昱凱用他那臺去年新出的 iPhone 播放A片的時候才會出現。馮聖凡顯然不在乎這種光景，他急忙搶過手機，著急地說「幹！不要碰啦」接著開始打傳說對決。

於是，這個早自習，孫子昊久違地沒有被掐到吐，而潘昱凱也難得一言不發。你知道的，有些人註定要當明星，例如鄉村女歌手註定要登上美國熱搜榜，例如國產電影有一天要發光發熱，例如有些表演用的白痴寬鼻翼小水獺註定要用當眾交配或是一邊唱「是誰在敲打我窗」一邊拉屎只為了讓大家注意到他，例如潘昱凱就是那隻他媽的小水獺。

總之，我明顯感覺得到，自從馮聖凡換 iPhone 那天起，潘昱凱不再是那個一呼百應的人，畢竟馮聖凡的 iPhone 可以吸引全部男生的注意，還可以投影A片到教室螢幕。

除此之外，我看到孫子昊從鉛筆盒裡拿出一坨黃色的東西攤平，接著露出滿意的笑容，塞進抽屜裡。

我想看看那是什麼紙，沒想到孫子昊把頭轉了過來，直勾勾地盯著我，擺出一個耐人尋味的表情，又轉了回去。

【4】

體育課的時候，我發現潘昱凱不再帶領馮聖凡還有其他男生一起拿球砸學校的魚池了。這樣的改變讓我有點不習慣，畢竟每次我跟楊可熙和高汝俐在那邊聊八卦的時候都會藉著他們玩魚池的聲音，偷講一些不可告人的十八禁ＢＬ漫畫小祕密。

以前湊在魚池邊的那群男生，現在跟著馮聖凡在樹下面用他那臺最新剛上市的 iPhone 玩交友軟體，看大姊姊的奶照，而潘昱凱則一言不發，跑去跟別班的男生打籃球。

然而，好不容易空曠下來的魚池，今天也不平靜。

因為我看到孫子昊把手伸進池裡撈啊撈，撈起一條死魚，神祕兮兮地用幾張黃紙包著，再捧著牠，進了廁所。

【5】

自從上星期馮聖凡換了那臺 iPhone 後，潘昱凱的日常行程就少了早上的那幾齣鬧劇。他一個人想要砸後面桌椅的時候，他那瘦弱的手臂根本舉不起來，勉強會發出「ㄎㄧㄤ」的聲音。

班上一樣靜靜地看他耍猴，但已經沒有男生會發出「欸，欸，欸，欸」的應援聲，潘昱凱只好用力敲一下孫子昊的頭，然後回到位置上，開始玩自己的甩棍。

不過這份寧靜只維持了兩天。

潘昱凱今天沒穿制服來學校。他滿面春風，穿著他那條緊身窄管褲和緊身T恤進了教室，而且還擠進那坨在玩手遊的男生裡面跟著一起看熱鬧。

教室雖然又變吵了，卻有一股前所未有的祥和感。孫子昊正在我旁邊好整以暇地寫著參考書，但我卻瞄到他隔著參考書，在塗抹一張寫滿紅色鬼畫符的符紙。

他在施魔法嗎？魔法真的有用嗎？

「欸，你的手機殼是哪一牌的啊，有沒有防摔。」潘昱凱像是得到魔法藥水，今天講話特別大聲，還擠進看馮聖凡玩 iPhone 的人群中，去碰馮聖凡的手機。

「白痴喔，等一下再說啦，不要鬧啦。」其中一個男同學回。

「我看一下，欸，可以欸，防摔欸。」不知道哪個男同學驚呼。

「幹！那借我摔一下啊。」潘昱凱搶走馮聖凡的手機，笑著說。

不等馮聖凡反應過來，潘昱凱直接拿走他的手機往講臺上砸。那群看手遊看得興高采烈的男生，本來發出「白痴喔！白痴喔！」的叫聲，一看到這種物理實驗，又開始「欸，欸，欸，欸，欸」的歡呼，想知道馮聖凡的手機會不會被摔壞。國中男生就是這麼低能。

於是，潘昱凱又開始摔摔摔摔摔摔，其他男生叫叫叫叫叫。欸，欸，欸，欸，欸。

潘昱凱的鼻翼又飛揚了起來，他在笑，他在快樂，他在享受舞臺，他在展現自己，而那臺擁有厚重手機殼的 iPhone 在他的殘害之下，依然閃亮而完好無缺。

隨後，iPhone 被馮聖凡抓走，而馮聖凡的另一隻手握成了拳頭，瘋狂地落在潘昱凱的臉上。我看到鼻血滔滔地從他那兩片寬大的鼻翼流出來。雖然潘昱凱的叫聲比較像波克比，但我願稱他的鼻翼為桃樂比，因為馮聖凡看起來就像巧虎他爸。安息吧桃樂比，巧虎來愛你。

【6】

結果當天下午，潘昱凱和馮聖凡就和好了。

男生之間的和好都是走一個「有話直說」的路線——如果暗自較勁又公然打架也算有話直說，那有話直說是不是一種魔法？

和好的理由很簡單，那就是潘昱凱被揍完後，自己安安分分地躲了起來，把鼻血擦一擦，才慢悠悠地回到教室。

班導問他幹麼，潘昱凱瀟灑地甩了一下瀏海，笑了笑：「欸，我去廁所打手槍，屌太長，流鼻血了。」接著，潘昱凱似笑非笑地看了馮聖凡一眼：「剛剛訓育組長也問我怎麼了，我說我被我的三十公分甩到臉喔。」

潘昱凱之前就是拿他爸是家長委員會，跟訓育組長很熟的關係來牽制馮聖凡，因為馮聖凡被記過被記到快退學了。有潘昱凱在，訓育組長連跟他們說借過都不敢，何況是記過呢。

班導其實也知道發生了什麼事，但她好像只打算知道而已，不打算處理，畢竟通報霸凌很麻煩。上次孫子昊打給不知道哪裡的議員候選人，學校差點就要為這件事負責了，班導那時候每天被迫七點半就到班上看早自習，整個人看起來像被強姦一樣。那時候正值選舉，當然，等那位候選人落選後，連帶著孫子昊活下去的希望也一起消失了。

馮聖凡感激涕零地看著潘昱凱，畢竟馮聖凡再被記一支大過就會被退學。他之前破壞了那麼多公物，還差點強暴了隔壁國小六年級的一個蹺課妹，處在一個隨時都要登出國民義務教育的狀態，但馮聖凡居然選擇袒護他，可謂兄弟情，值千金。

「他們其實是彼此的光喔。」高汝俐傳了紙條過來。

「為什麼？」我瞪了高汝俐一眼，她看起來就是進入了那個妄想的狀態。為什麼腐女連這時候都可以腐起來。

「因為駱追到潘後，潘到哪裡都罩著駱，教他怎樣做壞事才不會被抓到跟記過，所以他們雙向奔赴！」我在讀紙條的時候，高汝俐看起來像個痴女。
我本來想問「那潘上次一直說駱讓隔壁國小特教生幫他吹喇叭是真的嗎？」但我不想被高汝俐說是一個忽略她萌點的八卦女，所以我只回了她：「所以潘×駱是腹黑校霸受×體育生忠犬攻？」然後高汝俐就拿著紙條滿臉通紅的竊喜，真是夠了，腐女。
於是，放學時間，熟悉的悲劇再度上演。
潘昱凱露出少年感十足的笑容，酷炫地問「走啊？」，而馮聖凡的厚嘴唇微微張開，說「走啊。」接著，他們就像光之美少女的粉紅女和藍色女一樣並肩戰鬥，開始摔教室的課桌椅，而全班男生好久沒看到摔課桌椅了，開始「欸，欸，欸，欸，欸」的猛叫。
接著，在「欸，欸，欸，欸」的叫聲中，潘昱凱和馮聖凡深深對望一眼，便開始用手臂掐孫子昊的脖子。孫子昊面色漲紅，雙手不斷揮舞，結果他的書包滑了下來，裡頭的黃紙就這樣撒了出來。
仔細一看，是一堆寫有鮮紅印記的符紙，我旁邊的高汝俐看到直接尖叫，因為孫子昊的書包裡，還有幾隻小動物的屍體也一起掉了出來。
那是幾隻乾癟的壁虎屍體。
很剛好的，窗外死白凝滯的天空，忽然下起了滂沱大雨。教室裡悶熱的溼氣瞬間被大雨沖刷，激起了一股遲緩的寒意，連帶著漸暗的天色爬進了我們教室，讓地上的符紙顯得格外鮮明，好像真的有什麼鬼魂在作祟，所有人都不寒而慄。只有高汝俐很盡責地繼續叫叫叫叫，而潘昱凱也嚇到了，一隻壁虎屍體滾到潘昱凱腳邊，潘昱凱大罵「幹！壁虎，幹你良老機掰」接著整個人彈了起來，其他男生在旁邊叫囂：「幹潘昱凱你怕壁虎喔。」潘昱凱看起來又羞又急，他往孫子昊臉上揮了一拳，大喊「怕你媽啦」就走出了教室。

窗外的雨越下越大，我們班就這樣一哄而散，只剩下孫子昊低著頭慢慢地在教室裡把符紙一張一張撿起來。

【7】

潘昱凱和馮聖凡和好後，達成了某種默契。那堆男生還是會圍著看馮聖凡用手機播A片，覺得光芒被奪走的潘昱凱就會去摔馮聖凡的手機。其他男生一樣很開心，畢竟用手機看女優耐不耐幹，看完還可以看手機殼耐不耐摔。接著馮聖凡就會說「白痴喔」然後衝過去巴孫子昊的頭，或是把孫子昊舉起來過肩摔。這時候，全班男生就會發出「欸，欸，欸，欸」的聲音，然後潘昱凱會笑嘻嘻地把手機還給馮聖凡，要他幫忙錄影，再衝到鏡頭前揍孫子昊好幾下，落實校霸人設。這幾天，潘昱凱不知道從哪裡幹來一把小刀，他會拿刀子在孫子昊眼前晃，晃著晃著順便割下一撮孫子昊的頭髮，全班男生會發出「欸，欸，欸，欸」的笑聲，最後潘昱凱會跟馮聖凡擊掌，這大概就是他們每天都在玩的遊戲。

以前我會覺得這樣的場面怵目驚心，但如果你看過孫子昊的遊戲，那你一定會留下真正的陰影。

【8】

潘昱凱和馮聖凡和好那天下著大雨，高汝俐跟我共撐一把傘，臉色慘白地抓著我往校門口狂走。媽的高汝俐真的很膽小，不就是符紙而已嗎？她之前不是連殭屍和廟公的BL都看，在怕啥小。可是我一回想起孫子昊撿符紙時的樣子，也不禁害怕了起來。你們知道嗎，孫子昊在雷聲、暴雨、符紙下的那張臉，真的慘白到不行，好像一具入侵教室的喪屍，隨時都會吃人。

忽然，高汝俐慘叫起來：「啊啊啊啊啊——」

高汝俐的慘叫非常嚇人，害我也跟著「哇呀呀呀呀」地叫了起來，引來路人側目。

「高汝俐幹麼啦！妳白痴喔！」我很火大。

「欸幹！胡逸妍，我忘記帶今天要和隔壁校徐葳儒交換的漫畫了。我今天沒帶，她一定不會借我。」高汝俐跺腳。

「吼唷，啊就下一次再交換啊，妳很有事耶！」

「吼！我真的很想看徐葳儒那本啦！我媽又不給我用手機，看不到電子書！吼唷！」高汝俐開始該該叫。

「那我們回去拿啊。」

「蛤，教室很可怕欸，我不要回去啦，學校沒人了，會有鬼啦。」高汝俐結結巴巴：「還是，一個星期的晚餐都我請？」

我翻了白眼：「欸，我也不要一個人回去喔，」

「兩個星期？」

媽的，哪個白痴會為了兩個星期的晚餐回去拿高汝俐的漫畫？

對，我。

誰叫我要省錢買種子少女的決賽公演票。

我小心翼翼地來到教室門口，走廊的燈是亮的，但教室裡面是暗的，應該是沒有人了。

我稍稍放心地推開教室門，沒想到一踏進教室，就差點踩到地板上其中一張符紙。我驚恐地抬頭環顧教室，發現地板上鋪滿了符紙，而我最怕看到的那個人，就坐在符紙中央，濃濃的線香味撲鼻而來。

孫子昊回頭看我，他的臉上不是沒有血色，因為在走廊稀微的光亮中，孫子昊的嘴唇看起來像是黑的。

我看呆了，忘記要逃，但我超怕我一逃，會有鬼來把我的頭吃掉。我就這樣留在原地和孫子昊對視了好幾秒，直到線香讓我覺得頭暈：「對不起喔，我踩到了。」

「這是不怕踩的死咒喔。」孫子昊笑著說。

「真的要他們死嗎？」我想故作輕鬆，但我知道我的聲音在顫抖，因為孫子昊前面擺著嚇跑潘昱凱的壁虎乾屍，還有一隻剛剛掛掉的珠頸斑鳩。

「對。」孫子昊熟練地點起他帶來的線香，繞著那隻掛掉的珠頸斑鳩，繞了三圈：「比死還要難受。」

接著，不知道是不是我的錯覺，整間教室傳來粗重的呢喃。低沉的聲音呢喃著：「跳針跳針跳針跳針跳針跳針跳咚吱咚吱咚吱咚吱咚吱咚吱咚吱咚咚咚」。

然後我看到孫子昊開始熱舞。

幹！熱舞？

『不要再叫了，叫我什麼姊姊。海K你一拳，你還跟我謝謝～』

孫子昊開始扭腰擺臀。

『你說 I Love you，要跟我 Long stay，誰管女神宅男配不配，姊姊～』

孫子昊雙手揮舞，一個下腰又竄來我身後，關上了教室的門。

『不要再叫了，叫我什麼姊姊。我只是放空，眼神沒有不屑。』

『你說 I Love you，不在乎小幾歲，愛死我電趴你的世界界界界，界界界界界界界界……姊姊！』
孫子昊貼在我身上做了一個非常嫵媚的動作，然後爬上桌子。
『愛死我電趴你的世界界界，界界界界界界……姊姊！』
這時候，學校保全探頭進來，怒吼：「你們在幹麼？」
『Dancing Pa趴趴趴趴趴，管他跳歪七扭八，我就是殺殺殺殺殺，唯舞獨尊的A咖！』
孫子昊整個人趴在桌子上開始對著警衛電臀。
『你就是××××沒在怕膽子好大，卡卡的咚吱咚吱咚吱咚吱～』
一臉凶悍的學校保全看到孫子昊的熱舞，比真的看到鬼還可怕。他趕緊轉頭對我說：「同學，你們要練舞我不管，離開教室記得要把門上鎖，聽到了沒有。」
「啊，知道了。」我已經放棄思考。
『跳針跳針跳針叫我姊姊！』
孫子昊在半空中踢腿。「我要召喚的魔神，喜歡謝金燕。」孫子昊神祕地說：「他們，會受到報應的。」
我還搞不清楚狀況，便看到窗外站著所有孫子昊恨的人：潘昱凱，馮聖凡，訓育組長，班導……只不過他們的臉都黑得非常不健康，就像是滿臉瘀血一樣。
接著，在繚繞的線香中，一個滿臉皺紋的國中生慢慢地浮現，我原本以為這只是穿著我們學校國中制服的老人，但那張臉扭曲了一百八十度往我這邊用力的瞪，我才發現暗紅色的血液正不斷從祂的皺紋流出來。然後老人的嘴巴開始張大，吐出了一大團蠕動的血絲，往窗外那些孫子昊的仇人延伸。

孫子昊仇人的嘴巴被連上老人身上蔓延的血絲，他們的臉越來越黑，發出了「嗚，嗚，嗚」的規律哭喊聲。我終於想起來要逃，才轉身，那個滿身是血和皺紋的老人居然開始用力啃我的脖子，我感受到血絲往我的喉嚨裡鑽，然後——

然後，我就大哭大叫地從床上醒了過來。

【9】

媽媽說我虧心事做太多才會這樣，但我懶得跟她解釋，只是拿棉被蓋住床上靠牆的地方，因為我怕她發現我都會把要我吃的魚油丟進床的縫隙裡。

高汝俐說我因為孫子昊而中邪了。那天我到補習班時，已經是晚上七點多，看著一臉恍神走進補習班的我，高汝俐哭到鼻涕流出來，一直跟我道歉，說要請我吃三個星期的晚餐。可是我當天真的也沒遇到什麼事，我只是看孫子昊跳完舞，尷尬地說「魔神一定會選你當C位」，孫子昊問我什麼是「C位」，我說C位就是Center，是中心點的意思，接著我拿了高汝俐的漫畫書一個人溜走了。

可是，那個夢、夢裡的人和鬼和孫子昊，為什麼這麼真實？

而孫子昊施法的隔天，一切一如既往。教室根本沒有任何小動物的屍體和符紙，只有楊可熙不小心掉在地上的元素週期表小抄。早自習的時候潘昱凱和馮聖凡也沒有變成昨天的殭屍，他們一樣互問「走啊？」然後掐住孫子昊的脖子，一樣在體育課拿籃球丟魚池。

真的，一切一如既往。

直到體育課後回到教室，潘昱凱直直衝向馮聖凡的書包，搶走馮聖凡的手機狂奔。

這一次他是鐵了心要搶手機了。因為他聽說手機裡有人錄下他被壁虎嚇到的影片。

我們全班都看著馮聖凡追著潘昱凱在走廊上狂跑，他氣急敗壞地大吼著「白痴喔又不是我錄的」，但潘昱凱明顯地又走心了，眼看自己快要被馮聖凡追上，他直接大喊：「幹你娘那你不會刪喔？」便把馮聖凡的手機從二樓陽臺上面丟了下去。

「欸，欸，欸，欸，欸」，全班男生發出歡呼。

馮聖凡又喊了一聲「白痴喔！」，就衝下樓撿，我們的目光隨著馮聖凡來到草叢，發現馮聖凡平常就微張的嘴巴張到了最開，好像要幫巨人哈屌一樣，然後我們聽到馮聖凡扭曲又淒厲的哭聲：「白痴喔，白痴喔，咿——咿——白痴喔……」他那支 iPhone 上爬滿了晶瑩的裂痕：「弄壞了啦，幹你娘，白痴喔！」

「欸，聽說那是馮聖凡他爸做流氓跑路前給他的手機欸。」看熱鬧的高汝俐湊到我耳邊偷偷地說。

我看到馮聖凡那副入魔的樣子，已經沒心情聽高汝俐亂說話。

馮聖凡就像個發現火的原始人，發出「白痴喔，白痴喔」的叫聲，飛奔上樓，抄起隔壁班夾垃圾的鐵夾，往潘昱凱奔去。

潘昱凱立刻被撲倒在地，馮聖凡抓起了他的手臂往後用力扭，扭到潘昱凱發出超級爆幹淒厲的嗚咽，配合著馮聖凡唯一說得出口的「白痴喔，白痴喔」，像是小提琴和豎琴，像是女團歌配刀群舞，像是春晚與花開，像是澎澎和丁滿。結果潘昱凱另隻手拿起了他藏在口袋裡面的小刀往馮聖凡的懶叫砸去，馮聖凡的胯下直接大噴血。

我們班的男生看到打架，本來還在那邊「欸，欸，欸，欸」，但看到下身都是血的馮聖凡，全都止住了。

潘昱凱像是斷了絲線的傀儡娃娃一樣往人群衝去，而馮聖凡也發出低吼，繼續手腳並用地追向潘昱凱。直到潘昱凱像猴子般爬上走廊陽臺的欄杆，驚恐地大喊：「幹！幹你娘！不要過來了喔，我會掉下去喔，我要跟訓育組長講，我要跟訓育組長講！」而馮聖凡果然恢復了半點理智，停了下來。

結果因為手臂被扭得太痛，潘昱凱的手一時失去支撐，整個人從二樓摔了下去。

到現在我才發現，我們班導原來這麼囉嗦。潘昱凱和馮聖凡還在的時候，是他們在吵，現在則是我們班導在吵。

班導催促著我們，要大家趕快把潘昱凱和馮聖凡的祈福小卡寫完。

我在潘昱凱的祈福小卡上面寫著「要健康喔，要早點好起來」，在馮聖凡的祈福小卡上寫「要早點好起來，要健康喔！」

高汝俐看著我的小卡，嫌我白痴。我問她寫了什麼，她說她寫「自古黃黑CP不滅」和「走花路吧花路少年周云禾」。

「妳寫的就不白痴？」

高汝俐不回我，她自顧自地轉向孫子昊：「我可以看你寫什麼嗎？」

孫子昊遞上了兩張卡片。一張是「潘昱凱祝你保持狀態」，一張是「馮聖凡祝你學業進步。」

「他好好笑喔！」楊可熙摀著嘴巴狂笑：「好地獄喔！」

「胡逸妍、楊可熙，還有那個高汝俐，妳們到底還在竊竊私語什麼？」班導管得還真多。「潘昱凱現在摔成了植物人，馮聖凡被記大過，除了退學外，現在還在縫合傷口。」

「懶叫的傷口！」臺下有男生大叫。

「欸，欸，欸，欸，欸。」其他男生歡呼，而孫子昊也在其中。

「請肅靜！」班導一邊強裝聲勢罵人，一邊偷偷瞄向外頭鐵青著臉的訓育組長。自從潘昱凱和馮聖凡毀了彼此後，教育局規定學校要有人監督我們班。

「同學們，要知道，共體時艱，就算他們到畢業都沒辦法回來，大家還是要保持正念，為同學加油。」班導的聲音哽咽，但很明顯是裝的，因為她還在偷瞄組長。「他們永遠是我們的一分子。」

「我覺得孫子昊超帥的。」楊可熙被罵完還在那邊碎嘴。

「對啊，有點小肚子的男生很好看。」高汝俐又在發花痴：「而且還會幫人算命。」

「啊妳們之前的潘駱雙帥咧？」我問，但她們沒有回答。

自從上次孫子昊被大家發現拿符紙作法，潘昱凱和馮聖凡隔幾天直接雙雙住院後，他就成為了班上人人恭維的算命仙。

可是我覺得孫子昊算命一點都不準。雖然他總能說出可以討好大家的答案。

他算出高汝俐以後會考上北一女，但高汝俐會考模擬考超爛。他還算出國二的管樂隊帥弟弟在五年後會跟楊可熙在一起，害楊可熙期待到不行，但他們根本不知道管樂隊帥弟弟喜歡男的。總之，隨便啦，他算命是真的不準。

昨天，高汝俐拖著我，要孫子昊算我喜歡什麼。

他算出我最愛的課是體育課。

「超準欸！」楊可熙驚喜地說：「胡逸妍測八百公尺的時候跑超快的！」

我剛剛說孫子昊的算命技巧很兩光，但對於這個算命結果，我是滿意的。雖然孫子昊沒有算出我最喜歡種子少女裡面的陳甜蓓，也沒有算出我暗戀他好久的祕密，但我確實很喜歡體育課，因為體育課可以做好多事情。

體育課可以講八卦，可以補作業，可以不用背煩死人的古文。

體育課還可以藉故跟老師說要去上廁所，接著飛快躲過學校監視器，跑回教室，把馮聖凡的 iPhone 抽離手機殼，一次又一次地砸在地上，直到它的表面徹底碎裂，再若無其事地放回他的書包；還可以在回到操場後，跟潘昱凱說：「馮聖凡昨天給我們看他手機裡面你被壁虎嚇到的影片欸，我覺得很傻眼。」然後等到這兩個人互相殘殺後，把這份功勞算在自己的暗戀對象頭上。

雖然有時候我會因為這件事做那種很真實很噁的噩夢啦，像媽媽說的，我做虧心事就會做噩夢。

但我還是很愛體育課。總之，體育課可以做的事情，真的太多了。

23 我沒去的那場宿營慶功宴

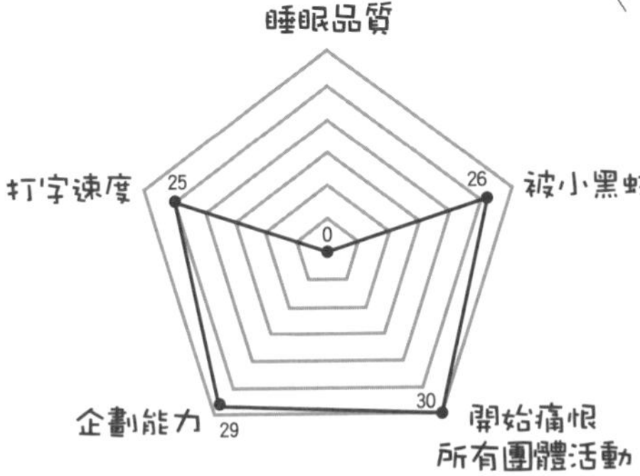

23 我沒去的那場宿營慶功宴

個人姓名：宿營副召

別名：大家都叫他幫忙卻記不起他的名字的宿營工人

原產地：一群白痴系核心籌辦的宿營以及好幾份沒人想搶救的爛活動企劃

特徵：常常看不下去所以收拾爛攤子、缺乏睡眠

被孤立的原因：不會滿腦子想要淦炮也不會逼學弟妹吹捧他，以為宿營幹部真的是要努力當幹部

企管系的宿營慶功宴辦在一間裝潢時髦的燒肉店裡。肉香四溢、觥籌交錯，宿營幹部們坐在同一桌上各聊各的，看起來十分愜意，而其他擔任宿營工作人員的大二生們則聲勢浩大地坐滿好幾桌位置，幾乎將整間燒肉店占據。

在一片熱鬧的氛圍中，幾個宿營工作人員像是追星族一樣，來到幹部桌找宿營的帥氣總召合照：「欸欸欸，總召拍一波啊！」「拍一波啦男神欸！」「暈了啦！」

「沒有啦，白痴喔。」總召嘴上拒絕大家的奉承，卻很享受這種受人追捧的感覺。只不過幾個工作人員看見他旁邊的空位，便七嘴八舌地開始提到缺席的副召：

「總召，副召好像沒來欸？」「他滿 carry 的啊，雖然臉很臭啦幹。」「哈哈，臭臉哥！」

聽到他們說 carry 的人不是自己，總召皺了皺眉頭，決定下意識地忽略他們說的這句話。

（他們算什麼邊緣人，總召又是什麼咖？那個看起來像大叔、講話還會口吃的宅男工具人，有什麼資格幹幹叫。慶功宴上總召才是主角啊幹！）

總召的內心湧起了一股心虛又不耐煩的感覺。幸好又有一批新的宿營工作人來找他自拍，看著手機內鏡裡帥氣的自己，一絲絲的煩躁終於被虛榮感取代——總召知道，自己永遠都會是風雲人物。

（是的，今晚主角是我，別被這些邊緣仔影響心情！）
想到這裡，帥氣陽光的總召咧嘴微笑、露出一口潔白的牙齒，率先起身，帶大家舉杯慶祝。
「大家辛苦了！」
穿著低胸平口一字領洋裝的甜美活動長微張著嘴巴一邊自拍，隨後用嗲到不行的聲音尖叫「欸等一下再把杯子放下來啦！我還沒有拍照！」
而滿身潮牌的公關長完全沒有理會活動長的要求，他吐出一口電子菸，大喊「chilllll bro!」一邊把酒倒在器材長的頭上，並迅速地拍下器材長的蠢樣。身材圓胖的器材長硬撐出笑容，說「很，很 chill 哦！」然後笨拙地拿起手機想要跟公關長自拍，結果公關長立刻閃過去勾住隊輔長的脖子，舉起手機大喊「宿營 what's good～yo，宿營無情交配二人組，yo！」
只不過這一次痞子隊輔長並沒有跟著比出很 chill 的手勢，他看起來面有難色，好像身體不舒服的樣子。而總召暗暗皺眉，他總覺得公關長這個假嘻哈仔正在搶自己的鋒頭。
桌子最靠邊的地方，美宣長一邊烤著燒肉一邊對總務長朗讀詩集，而總務長表面應和著說「哇，好感人的文字」一邊滑手機。美宣長則熱淚盈眶地感嘆「果然只有我們在乎文字的精粹度還有社會議題了！」
總務長暗暗叫苦，要不是剛剛被美宣長抓到自己正把燒烤店的食材偷偷塞進保鮮盒裡想外帶，她就不用在這邊聽美宣長念經了，美宣長說要用詩的意象性感化她的社會報復心態。啊，一盤肉一百五十元，聽她念無聊的白痴爛詩可以換得一盤偷來的肉，值得啦，值得。

美宣長的詩還沒念完，心不在焉滑手機的總務長卻迅速變了臉色。

「妳也被這首詩感動了嗎？」美宣長微笑地看著總務長：「我跟妳說，所謂的溫柔革命——」

沒想到，總務長迅速起身跑去拍了拍總召的肩膀，然後用顫抖的聲音說道：「那個，總召，還有大家，不要聽副召在群組裡亂說，我真的沒有拿器材——」

總召本來想隨便敷衍就好，他想忽略土氣女總務長和邊緣人副召的任何資訊。但當他拿起手機時，全部宿營工人包括幹部的目光忽然聚集在幹部桌上，而且不是眾星捧月的歡騰，是難堪至極的寂靜。

所有人都被副召的訊息嚇壞了——那是一大段長到像是網路小說的訊息，只不過，小說的主角，是幹部們。

活動長看完訊息才不到幾秒，就失去小網美的樣子，像一根快要燒完的雜牌菸一樣，又氣又急地跑出燒肉店。然後她像瘋子一般在路邊狂按手機，想把所有宿營的工作人員退出群組，好像這樣大家就不會看到副召的「宿營遺言」。

只不過人群中、已經有好幾個人將副召的訊息傳了出去，還回家轉成 word

檔來看——

【親愛的總召】

真的很榮幸跟你當夥伴。因為你什麼事情都沒做又要假裝自己是 CARRY 哥，大家還會說你很辛苦，所以身為真正最辛苦的人，首先就要從你開始復仇。啊，你們不要急著把我退出群組哦，因為我在最後要爆隊輔長的猛料，你們最好全部看完。

我原本以為身為副召，所有的事情都要經過你的同意才可以公告，所以我把我做的所有文件都傳給你。一開始你還很窩心地說所有的檔案都讓你來公告就好，如果有什麼事情你來擔。

我聽到之後感動到不行，覺得你很有義氣，而且你每次都說要去跟其他幹部一起開會，然後就急忙出門，完全沒有辦法好好地睡覺跟上課，讓我以為你真的很累。所以身為室友的我，總是幫你代點名，甚至連你的報告都做好了，結果你他媽的在我奮力完成所有事情的時候跑去窩在你女友家耍廢談戀愛。

上一次名單出錯，你立刻在我們系的群組跳出來說這個是我做的，還說我本來就很生疏，請大家給我機會。我才發現原來我做的所有文件之前都被說成是你完成的，只有出問題的時候才突然變成我的鍋。

你一定很好奇我怎麼知道你都窩在你女友家耍廢？因為我親自去問你女友啦。她為什麼會跟我說呢？因為我抓到你的活動長女友正在跟你的公關長好兄弟亂搞。他們是在宿營的露營區亂搞的，而且你女友還大剌剌地吹公關長喇叭，那時候你們拋下我一個人收拾夜教的智障器材，所以我看到了，還錄了下來。

我問你女友要不要把影片傳給你，她哭著說不要，所以我要她在「她自己」和「你」之間選一個，要馬是給我你蹺課去她家耍廢的證據，讓我寄信給每一堂課的教授，告訴教授你的報告都是我幫你寫的；要馬就是我把影片傳給你，讓她在系上變成人人喊打的綠帽製造臭雞。

她毫不猶豫地把你蹺課去她家偷懶的照片，還有約要碰面的對話紀錄都傳給我，甚至還傳了你說我是工具人的聊天截圖。

結果我發現你說我是工具人的聊天截圖，是來自於只有你、你的活動長女友，還有器材長和隊輔長的聊天群組，所以我轉念一想，你們都是共犯，我有說過要放過綠帽製造臭雞，但沒說要放過共犯，所以今天，你們就一起死吧。

【親愛的活動長】

其實妳要製造多少頂綠帽我都不在乎，我只想告訴妳，他媽的不會當活動長就不要當，高中玩過猴子社團不代表活動企劃書也能這樣玩，每次都要三催四請哀求妳，妳才會把活動企劃上傳，然後上傳的內容又很爛，到底誰會在大熱天叫學弟妹隔著保鮮膜舌吻後把褲子脫到一半折返跑？反正我猜這也不是妳想的，是妳那群白痴活動組笨直男一起提議的，因為我看他們在宿營喇妹喇得很爽。

好，我也不多說妳了，因為整天拍網美照、逼學弟妹追妳ＩＧ、一整天蹭YouTuber的白痴根本聽不懂人話，但我跟妳說，以後要搞外遇或是要綠別人，不要整天跟拿打砲來吹噓的低能兒待在一起。妳在宿營第三天跟公關長的影片被外流到臉書社團了，點個短網址就可以進去，網址跟妳的鮑魚一樣簡單，密碼是１２３４。

為什麼會外流呢？因為公關長在自己的兄弟群組還有推特上傳你們的性愛影片來約砲哦，看妳外流影片的人數應該比妳那沒人在乎的彩妝VLOG還要多了，有沒有很竊喜呢？

如果竊喜的話，那就對了，妳的功德正在迴向妳。畢竟我發現妳在自己的ＩＧ限時動態拍我還有學弟妹醜照、然後打上一堆嘲諷說明訕笑的時候，我要求妳他媽的刪掉，結果妳又酷又踐地回我「那又怎樣」。

對啊，那又怎樣，妳自己被外流的時候才知道會怎樣啊，學到了嗎？

【親愛的器材長】

你很害怕被霸凌嗎？別怕，因為你真的要被霸凌了！

你都那麼努力討好系上的系核心了，整天在總召的貼文大喊「總召大人英明」、一天到晚跟潮男公關長稱兄道弟裝熟、每次我要活動長學會負責任的時候，一副英雄救美的樣子對我逞凶鬥狠，然後我跟總務長這種邊緣人和你說話的時候，都假裝沒聽到我們講話，操，我告訴你，你這種身高不到一七〇的胖子，就算卑微到去當狗，別人也會選比你瘦的吉娃娃。

你自己在現實生活中過得不如意，所以在網路上外流公關長傳到兄弟會群組炫耀的打砲影片，想要在霸社當霸主，可是你知道嗎？你那篇終於超過千讚的貼文都是為了公關長和活動長的下面，根本沒人在乎站在地上的你是不是死了還是怎樣，真的，沒人在乎你。

唉！做牛做馬才得到的公關長SKR談色嘻哈兄弟會聊天群組的票，就要被狠狠抽走囉~去法院辦系核心聚會吧，人緣好的都會去，你啊，公關長，活動長。噢！對了，你人緣不好，我搞錯了，你就繼續去那裡攀吧。

但你也很好笑，宿營的時候所有人都放你一個人收器材（我再強調一次），我要幫你，你還說「邊緣仔快滾開」，結果器材自己收一收收到一大堆不見，然後活動長一掉眼淚、公關長一問誰處理、總召一皺眉頭問我和你是怎麼顧器材的

（顧器材不是我的工作，但背黑鍋是。），你就立刻逞英雄自己貼了一萬七去賠。媽的，要是我一個人扛超重的白痴營火晚會木材時你不要裝作沒看到還跟著系學會幹部那幾隻猴子一起拍照笑我是工具人，我的手臂就不會被木材嚴重劃傷了。

我真的不懂，你不救你的夥伴，只救那些你想巴結的智障網美活動長還有低能假饒舌公關猴子長，只換來活動長在ＩＧ的限時動態說「嗚嗚嗚嗚夥伴好CARRY男生比較好相處」，還有公關長拍你領錢的影片，上傳到抖音，說「這個傢伙賠了一萬七太ＳＫＲ了吧」，其他人根本不在乎你為了這場爛宿營花了一萬七。可是，就當成贈禮，同為被孤單留下來的人，我跟我們的總務長，還是要給你一個小驚喜。

【親愛的總務長】

我現在要對妳告白，我真的好喜歡妳這種欺善怕惡又貪小便宜的省錢女孩。妳他媽的每次都把我們的發票弄不見然後說錢沒下來，有時候還會故意洩漏錯的統編給我，害我們不能報帳，然後把系上的宿營經費都吞了。告訴妳，我已經把我用在宿營而且有正確統編的發票和收據都存下來了，害我他媽都沒錢吃晚餐因為錢都在妳這邊。只不過我一說妳，妳就開始嚶嚶嚶的狂哭，說「我也不知道我也不知道」，妳當然不知道啊，妳只知道偷幹走大家的經費啊妳還知道什麼？

總之，我把發票的電子檔傳到妳的私人LINE裡面了，請退錢給我，要不然我就呈報學校了。

對了，我其實滿欣賞妳這種每次系員大會還有我們真正幹部在開會時，把大家的便當偷塞進書包的節儉美德的。下次我們一起去旅行吧，例如把妳趁器材長在忙的時候偷走的器材拿去還給廠商，順便再問能不能把器材長賠的一萬七拿回來。別緊張，不用害怕妳沒辦法向那名未付款的買家交代，因為買家就是我喔！我知道妳偷了器材打算轉賣，所以我很早就追蹤到妳的網路商店帳號下單了，但我一直遲遲不付款，所以妳一直沒寄出去。啊，這樣算是雙向奔赴嗎？還是投資理財？

至於妳偷活動長的CK原味內褲拿去賣的事情，我就不知道該怎麼處理了。妳懂的，這跟投資理財一樣複雜：CK內褲是總召買給活動長的，但CK內褲是活動長為公關長脫的，唉，怎麼釐清呢？如果不知道要跟總召、活動長，還是公關長道歉的話，先跟我說對不起，怎麼樣？

妳如果再繼續耍腦，我們可以搭公車去警局，我幫妳自首，公車錢我出，我很大方，對嗎？

【親愛的美宣長】

對不起，幹！真的對不起，可是妳的圖真的畫得很醜，但我都沒辦法鼓起勇氣跟妳說。還有，真的很抱歉，可是講話後面可以不要再加W了嗎？真的很抱歉，但每次妳講話硬要加一堆W的時候我都覺得很煩。

有沒有覺得這種感覺很熟悉？對，這就是妳帶給我的恐怖感受。明明每次重點不是這個，妳卻硬要提其他東西還得意洋洋，搞得好像自己很社運一樣，到底在衝三小啊？宿營主題明明全系的人都投票要做「小美人魚」了，然後妳開始在群組大爆氣說我們在物化女性，為什麼女性會被當成魚還有女性只能當公主，說我們仇女，所以妳把宿營的大背板做成兩個肌肉人馬在接吻後面還畫了彩虹旗，還很得意地上臉書說妳正在進行一場溫柔革命，妳要讓我們這些異性戀男性知道被當成禽獸的觀念。

所有的幹部都已經懶得跟妳說話，只能派我叫妳重新做背板，媽的我只是截圖給妳看，提醒妳當初的投票結果是「小美人魚」了，我還說我可以一起幫忙做，妳就直接外洩我的臉書帳號給妳的憤青臉書好友看，說我是仇女殺人凶手，害我一天到晚被不知名的網友肉搜出征。我想說妳這麼愛外流，本來想要約妳一起外流這場宿營、投書給媒體的，沒想到妳自己逼著學弟們不穿內褲接吻還看得很開心，反過來嗆我不要外流妳，這是性騷擾，這是社會改革的漏洞，我只好叫那個大一學妹去投書，報導今晚會放出來，真希望媒體可以賜予逼學弟接吻的妳「性別友善」的封號哦。

最後，我把妳在妳的繪畫帳號的描圖作品和證據全部放上噗浪了，描圖在繪師圈是死刑，對嗎？就跟妳說我不支持肌肉人馬接吻一樣，值得死了一次又一次。不知道一報還一報是不是一種轉型正義呢？如果是的話，我們現在都很努力地在轉型正義上前進哦。

【親愛的公關長】

我不知道你宿營除了打砲還做了什麼，你他媽所有倒數文都是我在發，還有我他媽幫你們拍到數照的時候你硬要站中間然後比ＳＫＲ動作，那當下我真的很想殺你，但還好隊輔長跟總召也想站中間，所以他們也看你很不爽，覺得你搶了他們的老大位置。

他們有多想殺你呢？前幾天我們因為宿營玩了太鹹溼的遊戲，被放上網路檢討，然後被系主任約談的時候，你說你要去錄音室編輯自己的單曲，所以沒去，所以總召跟隊輔長以及其他幹部都把所有的鍋推給你了。啊，這麼心機、這麼沒擔當，我們這些幹部真的是一群可愛的男孩子。

但最想殺你的，還是我。你他媽趁晚會大家在跳幹部舞的時候上去唱饒舌，有夠尷尬，媽的我編舞編了這麼久結果你根本不練舞在唱饒舌，難怪你參加大嘻哈海選沒進。我不知道你是怎麼有那個自信把你宿營的饒舌影片放上YouTube的，還說我們這些認真跳舞的人是你的伴舞，伴你媽啦伴。所以我把你的饒舌影片放到爆料公社了，現在大家都在笑你。

我其實不認同大家笑你的部分，因為這些都不是最好笑的。跟你分享兩個好笑的壞消息跟好消息。

好消息是，你沒有得到菜花，恭喜你！

壞消息是，我剛說的那一句是騙你的，原因看下去你自己就懂了。

【親愛的隊輔長】

活動長耍廢，把編幹部舞的工作丟給我，結果我這麼辛苦幫忙編了你們要跳的幹部舞，你跟公關長還有活動長卻給我帶頭不練舞，真他媽的。上臺跳幹部舞的時候只有我會跳，你們都在耍廢，你們這三個白痴因為不會跳舞，還在其他人賣力狂跳舞的時候下臺跟學弟妹擊掌，你是不是不適合來宿營，只適合去特教班？

還有整個宿營有的大一新生被隱翅蟲叮到、有些大一新生因為你跟活動組那幾隻猴子排的什麼「女生脫胸罩男生脫褲子」的白痴噁爛闖關遊戲引發性騷擾創傷，還有些大一新生直接跑回家，你都沒在管，只在那邊觀察哪個女生的褲子比較短還偷拍下來，你是白痴是不是？

但我很開心，你都把鍋甩給了你的好兄弟公關長還有總召。因為當初你吵著想當總召結果沒選上所以一直搞小動作，算是幫我出了一口氣，所以我也不會跟你的女友說，你在宿營第一天的時候跟那個跳女舞站中間的大一學妹在廁所打砲，而且你還騙學妹你母胎單身，幹完後學妹問「我們現在是什麼關係」，你才說你有女友了然後射後不理。

幹！你知道學妹在宿營第二天的時候想要鬧自殺嗎，我費了九牛二虎之力才在夜教現場找到學妹，然後勸她勸了好久，不然我們一定會被放上新聞媒體。而且她小小一隻力氣有夠大，一直拿美工刀揮揮揮揮揮，害我也受傷了。我滿手是血回去幹部房間包紮的時候，你們全都給我醉倒，你還吐在我床上，幹你娘卡好。

總之，你們死有餘辜，但學妹不是。學妹前幾天傳訊息跟我說，她被隊輔長傳染菜花了，她要我告訴跟隊輔長有過關係的人「隊輔長有菜花」這件事，因為她不希望讓無辜的人被傳染。

可是其實你在宿營第一天晚上跟學妹無套後，又在宿營第二天跟活動長打炮了。你問我為什麼會知道？因為你他媽的吐在我床上，害我只能睡廁所，結果我累得要死快睡著的時候，你跟活動長醉醺醺地闖進廁所開幹，醉到完全忽略我，我還得一個人爬出去。接著在宿營第三天活動長又偷偷跟公關長打炮，我想這幾天活動長也有跟總召打炮了吧？

總之，學妹要我告訴無辜的人你有菜花，所以我傳了這一大段訊息給你們。

但還好你們沒有一個人是無辜的，所以現在你們都得到菜花了。

宿營萬歲。

24 懦弱受暴婦女

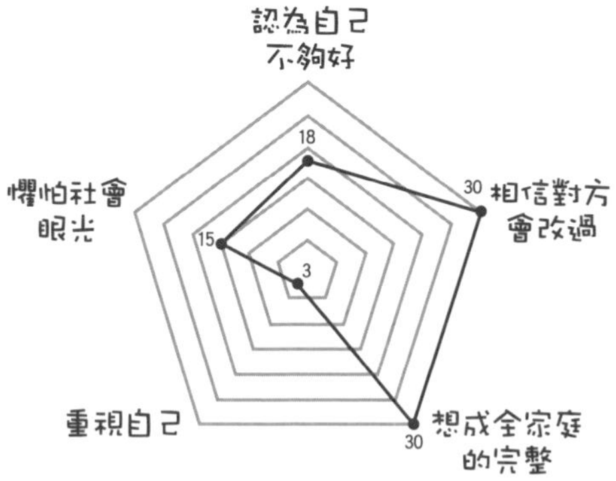

24 懦弱受暴婦女

個人姓名：陳勝瑞的媽媽

別名：那些終將變得勇敢的單親家庭女性

原產地：某幾場讓人動彈不得的悲劇

特徵：善良、願意原諒人、相信明天會更好（也許會）

被孤立的原因：為了所謂的家庭完整而使自己破碎。

【尾聲】

她常被痛醒。

讓她痛醒的、往往不是丈夫毆打她的皮肉傷，而是丈夫沒毆打她的那個夜晚。

那週丈夫出差，那晚月色明亮、一切安詳。她緊握著手上的驗傷單，腳邊有行李，兒子瑞瑞晃著自己手上的小背包，看著她。叫來的車在樓下等候，自由近在眼前。

她原本不打算逃跑，但丈夫出差後的第一晚，她終於有空幫自己上藥時，年僅三歲的瑞瑞看著她，問她「媽媽妳會不會痛？」

她無法回答，但她終於哭了出來。極為壓抑又極度悲憤，她把自己的頭埋在滿是瘀青的膝蓋裡，任由眼淚大把大把地掉下。那一刻，她才知道自己是個有感覺的人。她真的好痛。

踏出家門前她還顧家裡，開始期待著沒有菸味的新住處，期待自己不用每天跪在地板求饒、不用遮掩身上的傷痕，還可以安心地平躺睡覺，因為她的背不會再被丈夫踹到紅腫。

她要瑞瑞穿好外套，說要一起去阿公家玩了。她想著自己可以重新開始，她可以一個人照顧瑞瑞。孤身一人。

不，她不行。

她看著瑞瑞暗紅色的名牌新外套時，想起自己那條白色褲子也沾上過差不多的暗紅色。

那一大片暗紅來自於她十一歲的某次悶痛。這本該是值得紀念的成長軌跡，但讓她難忘的只有爸爸尷尬的表情和難堪的沉默，以及隔天桌上擺著的那片來路不明、使她紅腫發癢的衛生棉。

那片暗紅還讓她想起久違沒見的媽媽，在她上大學時匆匆塞給她的蛋糕。是紅絲絨蛋糕，跟她在雜誌上看到、夢裡夢到的一樣。雖然是媽媽在新家庭幫自己兒子慶生剩下的，而且放超過一天，她沒來得及吃，就被堆著假笑的媽媽請了出去，她仍然覺得無比幸福，反正好面子的她，早就在媽媽明示她別再出現之前、不甘示弱地誇示著自己過得非常好了；反正她已經完成了自己的心願——跟媽媽分享自己喜歡的男生是誰，雖然媽媽看了那個男生的照片，只是笑意盈盈地敷衍了一句「妳真有眼光呀！」，但爸爸連敷衍都不懂。

爸爸不懂她喜歡哪個男生，只會叮嚀她女生就是要文文靜靜的，才會招人喜歡。爸爸也聽不懂什麼是紅絲絨蛋糕，有一次她小心翼翼地問能不能在慶生時吃吃看，爸爸卻買了紅豆餅。那天下雨，她憋住眼淚去陽臺收拾爸爸忘記要收的衣服。她邊收邊拚命說服自己不要怪爸爸，至少跟爸爸說幾句話，至少讓爸爸為她唱一首生日快樂歌。

她好不容易整理好心情，回到客廳，爸爸早已疲憊地躺在沙發上睡去。她的悲傷頓時因為劇烈的、不堪負荷的無奈而煙消雲散。她麻木不仁地啃起了紅豆餅，把所有紅豆餅一個接著一個當成責怪對象往嘴裡塞，她知道怪爸爸跟怪媽媽都沒用，她要在責怪自己、逼瘋自己之前，找一個暫時的出口。

後來她硬是吞下了所有的紅豆餅，也吞下了自己對於完整家庭的渴望。

那年是她的十七歲生日。後來紅豆餅被她吐了出來，一樣是難堪的暗紅色。

在她即將逃離破碎的生活時，這份渴望被她狠狠地吐了出來，並重壓在自己身上。她才剛計畫自己要一個人照顧瑞瑞，就立刻想到以後沒人陪瑞瑞打籃球、釣魚、陪瑞瑞做一些父子該做的事，而且無論她再怎麼努力，這份少了一半的愛都會像她爸爸給的劣質衛生棉一樣，真心誠意卻殘破不堪。

所以她收好行李，請走樓下的司機，乖乖地洗好丈夫要穿的衣服，並精明地忽視丈夫口袋裡拆過的保險套包裝，然後等著丈夫回到家帶著微笑把瑞瑞舉起來，舉到她舉不起來的高度，並記好瑞瑞在被丈夫撐起來時，在半空中手舞足蹈的笑臉。這樣當丈夫用舉起瑞瑞的手拿著菸灰缸砸她時，她才能轉移對痛覺的注意力，這樣隔天醒來——如果隔天還醒得過來，她就能繼續與丈夫假裝他們是幸福的一家三口。

她和丈夫高超的偽裝技巧騙過了外人，甚至騙過了瑞瑞。丈夫不會在瑞瑞面前打她，壞的一面留給這個逃不掉的女人就好，好的一面則是留給其餘所有人，如此一來他就可以持續享受外人的尊敬與欽佩，以及兒子對自己的順從與崇拜。丈夫很寵瑞瑞，他想要讓別人知道他們是完美家庭，所以在他規定的範圍內，兒子要求什麼他都有求必應；她也很寵瑞瑞，因為她始終知道自己無法給瑞瑞一個正常的家，兒子想要什麼她都使命必達。瑞瑞也很愛自己的爸爸媽媽，所以爸爸怎麼操縱他的生活、怎麼逼他上才藝班、怎麼否決他的興趣並「決定」他的興趣，他也全盤接收。

有時候看著瑞瑞對爸爸恭恭敬敬、唯唯諾諾的樣子，她會懷疑丈夫也曾私下對瑞瑞施暴過。只是後來她才明白，瑞瑞只是在無形之中學著她的模樣。這讓她心痛又心安。她發現自己和丈夫已經裝到連瑞瑞都信了，這代表瑞瑞相信自己的家庭正常，也代表當她逃出去的時候，瑞瑞不會理解她逃的理由，跟好幾年前的那個夜晚一樣。

那個夜晚沒有皮肉傷，卻有更加殘虐的心碎。

瑞瑞的模擬考成績進入校排前五名，所以瑞瑞開開心心地說要吃麥當勞，因為麥當勞是爸爸從小到大不屑的廉價垃圾食物。她感到欣慰，慶幸這樣的成績不會讓丈夫對瑞瑞說「我養你這麼大，不是讓你輸給別人」，更不會讓丈夫為了瑞瑞的不完美而痛毆她一頓。當她買好麥當勞套餐時，她甚至幸福地幻想著，瑞瑞出人頭地、成家立業後，可以接她一起去住，然後將丈夫送進養老院。

只不過丈夫踏入家門時，滿身酒氣的他忘記和瑞瑞的約定，冷冷地問瑞瑞為什麼吃垃圾食物。她正想為瑞瑞解釋，丈夫回身就把餐桌上的麥當勞全都灑到地上，瑞瑞嚇壞了，衣服前方沾上了番茄醬。她和瑞瑞還沒從震驚中平復，丈夫就狠狠甩了她一巴掌。

她一反溫和常態，厲聲催促瑞瑞立刻回到房間去，然後跪在丈夫面前。

不知過了多久，她熬過了那個痛苦如昔的夜晚，但她覺得最難熬的，是等待瑞瑞醒來的時間。晨光中她溜進瑞瑞的房間，刻意晚點叫醒瑞瑞，又刻意忽略瑞瑞紅腫的眼睛與臉上的淚痕。她輕輕搖醒瑞瑞，不等瑞瑞說任何一句話，就溫柔而急促地說：「趕快起來，你看，要遲到了，不然爸爸起來了，會問你怎麼還沒出門哦。」瑞瑞一聽，還來不及疑惑，昨晚的種種就讓他決定快速動身。

匆匆穿上鞋子、接過早餐後，瑞瑞正要問她問題，她便搶先開口：「瑞瑞，我今天再送一份麥當勞給你哦，沒關係，爸爸媽媽都還會在，都還會在，會沒事。」她的手搭上瑞瑞的肩膀：「會沒事。」

她目送瑞瑞離開這個殘忍而完整的家，然後回到客廳。擺好丈夫的早餐後，立刻去陽臺洗衣服，避開與丈夫接觸的時間。她一遍遍刷洗瑞瑞衣服上的番茄醬，雖然淡藍色的長袖已經不見任何紅色的痕跡，但她還是一遍遍地來回刷洗，好像在幫某個犯人湮滅犯罪證據一樣。

接近晚餐時間，失魂落魄的她，騎著電動車，來到瑞瑞學校附近的麥當勞。她穿著合身的高領毛衣，妝容與髮型乾淨，只差步伐有點蹣跚，但還是勉強維持住平日裝出來的優雅。瑞瑞現在應該在夜自習，比晚餐時間早一些些過去比較好。

麥當勞人群眾多，一開始她被家暴時，會害怕別人看見她的傷，但後來她發現，所有人的目的與目光，永遠都只會是他們自己，不會是任何需要求救而無法求救的人。於是，這成了她生活中的小小悲哀與大大幸運。

只不過，當她看到那名流著鼻血的國中生時，還是愣了一下。他穿著跟瑞瑞同一間學校的運動短袖，瘦削的手臂不斷發抖，沒有任何表情地握著手上的玉米濃湯，鼻血沿著臉龐緩緩流下，也沒打算擦掉，就這樣滴在衣服上。

她看著國中生衣服上的血漬，想起昨晚瑞瑞衣服上的番茄醬，接著她有一種強烈的熟悉感：遲早有一天，丈夫會讓瑞瑞變成這個樣子。而後，她意識到這樣的感覺並不全然來自於對瑞瑞的擔憂，而是她自己的縮影。她跟那名國中生一樣，在長久的時間或諸多人群中，都已經被某種事物衝垮了唯一的信仰，痲木地讓各式各樣的疼痛占據自己的身體。

於是，她緩緩走向國中生，坐在他對面，拿出紙巾，用顫抖的手擦國中生臉上的鼻血。

國中生一樣面無表情，淡淡地瞪了她一眼。她以為那個國中生會一拳朝自己揮過來，可是，沒有。他只是放下玉米濃湯，眼睛繼續死死盯著前方，任由她拿著溼紙巾擦去血漬。

她端詳著國中生臉上似曾相識的瘀青。按照「豐富」的「經歷」，她知道打在這個位置真的很痛，只不過這孩子傷得這麼重，為什麼一聲不吭？她擦著擦著，忍不住輕聲問道：「怎麼會這樣，你會不會痛？」

國中生沒有回答，只是掉下了眼淚。眼淚滑入她的指縫時，她突然覺得被丈夫打過的傷口都劇烈地痛了起來。

那晚瑞瑞問她會不會痛，她也沒有回話。她好想承認自己其實很痛，她也好想問瑞瑞，那你呢？瑞瑞你會不會痛？

可是她一直不敢這樣問瑞瑞，因為她知道，如果瑞瑞真的向她求救，對她說「我痛了」，就會發現媽媽也需要求救，還會發現媽媽連求救都不敢。她不能救瑞瑞，但她明白自己一直在仰望瑞瑞救她，她告訴自己瑞瑞需要待在這個家，她才有力氣留在這裡，用最痛苦的方式滿足她心中最偏執的渴望。

她常常在想，如果瑞瑞那晚堅持要去阿公家玩，會怎麼樣？

可是當時瑞瑞並沒有選擇的權利。其實她知道丈夫打她的時候，三歲的瑞瑞已經被吵醒了，躲在暗處偷看。所以她收拾行李的當下，瑞瑞才會接著問她，爸爸怎麼了。她想起了好幾年前的事，也想過了好幾年後的事，所以在沉默許久、在決定留下後，她回答：

「因為媽媽想偷偷去阿公家玩，所以爸爸提醒媽媽不要做壞事，要當乖小孩。我們一起留在有爸爸的地方當乖小孩好嗎？」

於是她和瑞瑞乖了好久好久，久到她認為丈夫真的能控制她，久到她忘記真正控制她的，是心裡那個渴望完整家庭的小女孩。這幾年她努力滿足的並不是瑞瑞，而是好久好久以前，希望一家三口永不分離的自己。

想到這裡，她再也克制不住，低下頭，在國中生面前痛哭了起來。

她的內心好像有什麼被填補了起來。隨著斗大的淚珠掉落、隨著再度凝聚的詫異目光與竊竊私語，她並沒有因此感到更加脆弱，因為她的理智正被漸漸拉回來。

她終於認清自己所堅守的家庭從來沒有完整過，而她知道此時此刻，將會有一個全新的機會。不一定能完整，但至少能遠離破碎。

她知道，她不用再承受這樣破碎的完整了。

「被欺負要說。」她抬起頭的時候，國中生依然面無表情，卻也同樣淚流滿面。「要找到方法。找不到的話，就一直找，一直找下去，我也在找。」她把自己的手機抄在衛生紙上，遞給國中生：「不能再這樣了。不會永遠都這樣的。」

她凝視了國中生一陣子。不會永遠都這樣的——她在心裡又對自己說了一次。然後她起身，慢慢地走出了麥當勞。

接下來，她一樣會去瑞瑞的學校送麥當勞。不一樣的是：在這之後，她就要真的去報警了。

走出麥當勞，她在密密麻麻的機車當中，用力拉出自己的電動機車。她深怕丈夫會突然追上她，所以綠燈時她緊盯後照鏡，紅燈時她不斷轉頭檢視後方來車，彷彿在防備揮之不去的鬼魅。

可是騎了一段路之後，她不得不試著專心前行。因為她害怕再騎得這麼慢，車箱裡要給瑞瑞的麥當勞會冷掉，這才是現在的她最擔心的事；也是從此刻開始，她不允許自己害怕其他難關，包括變成單親家庭、包括逃離那個男人。講得更精確一點是：她不允許任何人再感到害怕了，她會拚盡全力，把這份該有的完整交給瑞瑞，並還給一直破碎的自己。

所以過了下一個路口，她便不再回頭。冷冽的寒風和沉重的溼氣讓她的手指凍僵，卻讓她清楚感受到自己正拚命地想辦法活下來。

她獨自往瑞瑞的學校奔馳。

孤身一人。

後記　好不起來的人

你們知道的，身為一個從國小就被排擠的人，除了自卑之外，還有自傲——有時候我會安慰自己，是我們排擠了全世界。有時候啦。大多數的時間我都在跟人吵架，還有眼巴巴地看著別人湊在一起玩。

我讀國小的時候，曾經跟我在別班被排擠的朋友說：「我們應該要組成一個被公幹協會，集合全校每班被公幹的人，這樣我們就不會沒有朋友了。」猜猜發生什麼事？你們以為英雄就此集結了嗎？並沒有。那個「朋友」跟我說：「不要，你好遜。我不要跟你當朋友。」

嗯，好像也不能叫他朋友了，是「前朋友」。

順帶一提，我的「前朋友」被排擠的原因就是因為他很遜。所謂被公幹的人就是這種存在。這種人一定需要被幫助，但不是每個人都能幫助他。

那天晚上我做了一個噩夢。

我夢到我們國小所有被公幹的小朋友都各自被埋在一個坑裡面，我們一直大喊救命救命，坑外是一群觀眾正放肆地嘲笑著我們，我們都知道彼此在求救，可是我們都看不到對方，只能越叫越大聲，然後……夢就醒了。

從那之後，我開始相信，這個世界上，隨時隨地都有人被公幹。這種被公幹的人受到一種詛咒——無法被異類接納，遇到同類時也無法和他們互相拯救，直到他們把詛咒傳給下一個無辜的人為止。

當然這番愚蠢的推論，在我讀大學之後就被我自己推翻了。因為我知道，只要能想到辦法不去依靠那些公幹你的人，就可以過得自由自在。只不過我後來去國小擔任輔導室的回信志工時，收到了不同年級小朋友的祕密紙條，裡面寫滿了各年齡層小孩的人際焦慮，那種「隨時都有人在被公幹」的感覺，才又潛入我的腦海之中。

是的，隨時隨地都有人被公幹。

更精確的說法是，一天之中的二十四個小時，都會有不同的人在不同的地方因為不同的原因遭到不同形式的公幹，這就是這本書的由來——由二十四個被公幹的人組成的小故事。

而這本書的特色，就是「被公幹的人是主角」，因為一般來說，被公幹的人是沒機會當主角的。

我敢說，每一班被排擠的人都是非常重要的存在，比主角還要重要。你們想，如果少年漫畫裡面沒有讓主角組隊打怪的大魔王，少年漫畫還能熱血什麼？同理得證，被公幹的人就是全班熱血回憶的必要角色。被公幹的人是全班凝聚向心力的功臣，是大家發洩情緒的對象，是那些人氣王耍酷的重要沙包，可是有任何好康、任何被讚美、任何被愛的機會，被公幹的人永遠會被非常完美地隱藏起來。沒有人在意被公幹的人的感受，大家只在意自己的感受有沒有透過讓被公幹的人痛苦而變好。

所以我打算在這本書把每一位被公幹的人的心情寫出來。我要讓每一個被公幹的人在裡面看到自己，知道自己不孤單。

只不過，在寫這本書的時候，我曾經想要延續我的大尖叫大解離大失控大復仇風格，每一篇的主角都要大仇得報，每位加害者都得大敗而逃，但我的編輯提醒了我一件重要的事：

「如果每次都復仇成功，這還是公幹嗎？」

對啊，如果被公幹的人能夠復仇成功，那為什麼還會被公幹？

所以這本書的結局中，在畢旅被排擠的女孩仍然沒辦法被閨密們重新接納；偶爾燃起善心的8＋9仍無法去對任何一個人行善；想改變社團陋習的幹部和社團同歸於盡；被演藝圈潛規則的偶像仍然得強撐精神面對每一個註定被排擠的明天。

這本書之中，幾乎沒有人復仇成功。

所以寫完這些故事後，我很不痛快，我不痛快到從我高中時期寫的「死亡筆記本」裡，拿出被我們班康輔豬威脅繼續當僕人的紙條，想要拿麥克筆狠狠地塗黑洩憤。

說來也好笑，但當我找出這張紙條時，上面已經有立可帶的痕跡，原來我早就已經塗過了，而且還是紙張雙面都有塗。

可是我仍然記得康輔豬寫的每一字每一句。

被公幹者的傷痕好像也是這樣，外表沒事了，但近看會發現那些沒事的表象，只是用立可帶拚命遮掩的痕跡。被公幹者的傷痕不會真正的好起來。

但就是因為好不起來，所以我故事裡面沒有好結局的人們，才能演出貼近被公幹者們真實情況的故事。

也許這本書裡面沒有任何解藥或是良方，卻有我拚命捕捉的那些被公幹的人的身影。

所以，如果閱讀此書的你，對這些身影在結局之後的生活有什麼幻想或期待，那麼請把這些幻想或期待化成鎧甲穿在身上，來抵擋整個小組、整個班級，甚至整棟大樓對你的惡意，來對抗蔓延在一個人的房間裡隨時要刺傷你的巨大寂寞。

感謝你們，買了一個才出一本書就過氣的作家的書。
謝謝我教書國小的周老師、黃老師、曾老師、謝校長、雲校長，謝謝您們的包容和教導，讓我知道原來我也可以不用面對職場霸凌。感謝我的編輯國治，在經歷出書計畫改變而且知道我寫得很糟糕的情況下，還是接納我寫個故事以及回答我的蠢問題；感謝我的讀者小坦克們，知道我很肥、很醜、很沒用、愛發瘋、過氣，還是願意對我說一聲加油。感謝親子天下的紹雯老師願意讓我寫一些被排擠的小孩的文章。感謝我的家人朋友還有煒儒，謝謝你們，讓我知道自己沒資格整天唉唉叫，因為你們讓我不再是孤單一個人。

感謝那些和書中角色有相似情況的人。縱然你們仍然待在人際坑洞，但至少你們可以推論，也有一個被孤立的他人，在別的坑裡面和你品嘗相同的寂寞。

而那寂寞中，再也不只有我噩夢裡的詛咒，而是非常微弱卻又難以忽視的祝福。

「我也被公幹了，雖然見不到你，但是我懂你，我希望有一天我們都能從坑裡面爬出來。」

「我也被公幹了，你不是一個人。」

嬉文化

孤立圖鑑：搞砸人緣自習模擬題本

著　　者／大坦誠
執 行 長／陳君平
榮譽發行人／黃鎮隆
協　　理／洪琇菁
總 編 輯／呂尚燁
美術總監／沙雲佩
美術編輯／陳又荻
資深主編／丁玉霈
執行編輯／楊國治
國際版權／黃令歡、梁名儀
企劃宣傳／陳品萱
文字校對／施亞蒨
內文排版／謝青秀

出　　版／城邦文化事業股份有限公司 尖端出版
台北市中山區民生東路二段一四一號十樓
電話：（〇二）二五〇〇—七六〇〇
傳真：（〇二）二五〇〇—二六八三
E-mail：7novels@mail2.spp.com.tw

發　　行／英屬蓋曼群島商家庭傳媒股份有限公司城邦分公司 尖端出版
台北市中山區民生東路二段一四一號十樓
電話：（〇二）二五〇〇—七六〇〇（代表號）
傳真：（〇二）二五〇〇—一九七九

中彰投以北經銷／楨彥有限公司（含宜花東）
電話：（〇二）八九一九—三三六九
傳真：（〇二）八九一四—五五二四

雲嘉以南／智豐圖書有限公司
（嘉義公司）電話：（〇五）二三三—三八五二
傳真：（〇五）二三三—三八六三
（高雄公司）電話：（〇七）三七三—〇〇七九
傳真：（〇七）三七三—〇〇八七

香港經銷／城邦（香港）出版集團有限公司
香港灣仔駱克道一九三號東超商業中心一樓
電話：（八五二）二五〇八—六二三一
傳真：（八五二）二五七八—九三三七
E-mail：hkcite@biznetvigator.com

新馬經銷／城邦（馬新）出版集團 Cite（M）Sdn. Bhd.
E-mail：cite@cite.com.my

法律顧問／王子文律師　元禾法律事務所
台北市羅斯福路三段三十七號十五樓

二〇二三年七月一版一刷

郵購注意事項：
1.填妥劃撥單資料：帳號：50003021戶名：英屬蓋曼群島商家庭傳媒(股)公司城邦分公司。2.通信欄內註明訂購書名與冊數。3.劃撥金額低於500元，請加附掛號郵資50元。如劃撥日起 10～14日，仍未收到書時，請洽劃撥組。劃撥專線TEL：(03)312-4212 ・ FAX：(03)322-4621。E-mail：marketing@spp.com.tw

國家圖書館出版品預行編目資料

孤立圖鑑：搞砸人緣自習模擬題本 / 大坦誠作. -- 一版. -- 臺北市：城邦文化事業股份有限公司尖端出版：英屬蓋曼群島商家庭傳媒股份有限公司城邦分公司尖端出版發行, 2023.07

面； 公分

ISBN 978-626-356-860-0（平裝）

863.57 112008518